破劍懸歌
이정헌 新무협 판타지 소설

파검가 3

이정현 新무협 판타지소설

초판 1쇄 찍은 날 § 2005년 11월 28일
초판 1쇄 펴낸 날 § 2005년 12월 8일

지은이 § 이정현
펴낸이 § 서경석

편집장 § 문혜영
편집책임 § 최하나
편집 § 장상수 · 서지현

펴낸곳 § 도서출판 청어람
등록번호 § 제1081-1-89호
등록일자 § 1999. 5. 31
어람번호 § 제2-0753호

주소 § 경기도 부천시 원미구 심곡1동 350-1 남성B/D 3F (우) 420-011
전화 § 032-656-4452   팩스 § 032-656-4453
http://www.chungeoram.com
E-mail § eoram99@chollian.net

ⓒ 이정현, 2005

ISBN 89-5831-786-8 04810
ISBN 89-5831-783-3 (SET)

破劍悲歌

울음 속의 파검가
3
Fantastic Oriental Heroes
파검가
정현 新무협 판타지 소설
도서출판 청어람

목차

第一章

나로 인한 죽음은 허무할 것이다

우리는 누군가를 죽이기 위해 키워지고 있다. 그것은 변할 수 없는 사실이다. 하지만 무림에 대해 잘 모르는 나도 이매망량이 된다면 죽이지 못할 자가 없을 것임은 잘 알고 있다. 사람을 죽여야 하는 사실이 두렵고 거부감이 들지만… 어쩔 수 없는 일이다. 내가 그를 만나면서부터 내 인생은 원하든 원하지 않든 폭풍 속으로 휩쓸려 들어갔으니까. 난 정처없는 부평초처럼 이리저리 휘날렸다. 그를 죽인 그날 이후 초선득과 헤어졌음에도 난… 내가 의도한 대로 살아가지 못했다는 것을 후에 초선득을 다시 만나고서야 알게 되었다. 그가 아직 살아 있음에 두려웠고, 내가 나로서 살지 못했다는 사실에 화가 났다.

반 시진 후 말홍의 장원을 떠난 여의대원 다섯은 신록회의 무사들이 있는 산채(山寨) 근처에 도착할 수 있었다.

"나와 유림, 그리고 조 소저는 오기 전에 숙지했던 지형으로 잠입하여 만독색신이 가지고 있는 해독제에 대한 실마리를 찾을 것이오. 해독제가 대량이라는 것을 감안하면 분명 이를 관리하는 보관 장소가 있을 것이니 그에 대한 수색을 일차 목표로 하며, 발견이 힘들다면 만독색신이 머물고 있을 장소를 수색해야 하오. 그렇지만 무엇보다 안전이 중요함을 잊지 마시오."

"우리는 단지 소모품일 뿐인데 안전이 중요한가요? 그건 대주님의 희망일 뿐이겠죠."

조선영의 냉소에 남궁명욱은 고개를 저으며 단호하게 말했다.

"내가 무림제왕성의 명령을 받는 여의대주이기 전에 남궁명욱이라

는 한 사람이오. 난 그대들이 다치거나 목숨을 잃는 것을 원하지 않
소."

"그러면 차라리 성사율이 지극히 낮은 이 임무를 받지 않는 것이 더
나을 텐데요?"

조선영은 남궁명욱의 이중성이 역겹다는 듯 비아냥거렸지만 남궁명
욱의 태도는 결코 수그러지지 않았다.

"이것은 우리의 임무이니 반드시 실행해야 하오. 그것이 우리가 서
로 다른 곳에 있다가 이렇게 한자리에 있게 된 이유요. 목숨을 바쳐 임
무를 실행하려는 마음가짐을 먹되 최대한 안전에 유의하라는 말이
오."

"……."

조선영은 더 이상 말하지 않고 고개를 돌려 버렸다. 더 이상 고지식
하기만 한 그와 이야기하고 싶지 않은 것이다.

"죽으려 할 때 비로소 살 수 있다는 마음가짐을 갖는 것은 전쟁에서
반드시 필요한 법이오. 그것은 우리 여의대의 임무에서도 마찬가지요.
그리고 부대주와 만 소저는 이곳에 남아 혹시 있을지 모르는 일에 대
비하여 주시오."

"혹시 있을지 모르는 일이 아니라 분명 문제가 있을 겁니다. 신록희
는 결코 만만한 곳이 아니거든요."

만위령은 이들 셋이 잠입한 후 어떠한 위험이 닥칠 것임을 확신하고
있는 모습이었다. 그러면서도 명령을 따르는 남궁명욱의 융통성없음
이 아쉽지만 그의 표정은 확고하기만 했다. 그것이 오늘의 남궁명욱을
이룬 점이기도 하지만.

"나는 여의대원들을 믿소. 우리는 충분히 임무를 완수할 수 있는 능

력이 된다고 보오."

"흐음… 그런가?"

전유림이 회의적으로 말했지만, 남궁명욱은 이에 대답하지 않고 몸을 돌려 먼저 신형을 날렸다. 나머지 두 사람도 뒤를 따라가자 장내는 기이한 침묵이 감돌고 있었다.

"흐응… 당신도 대주가 참으로 고지식하다 생각하지 않나요?"

"내 알 바 아니다."

"그러면서도 잘 따라오는 것을 보면 여의대의 일이 당신에게 필요하긴 한가 봐요?"

그렇게 말하면서 짓는 미소에는 무언가를 탐색하는 듯한 기색이 서려 있었다. 그 말을 들은 광마는 감고 있던 두 눈을 번쩍 뜨며 만위령을 쳐다보았다.

"헛소리 한 번만 더 지껄이면 지저분한 남자들의 분비물로 냄새나는 몸뚱이를 짓이겨 주마."

"호호호호!"

만위령은 짜랑짜랑한 교소를 터뜨렸지만 그녀의 웃음 속에는 은은한 살기가 숨겨져 있었다. 그러나 그녀는 더 이상 아무런 행동도 취하지 않고 태연한 모습으로 앞만 바라볼 뿐이었다.

그렇게 어색한 침묵이 일각가량 이어지다 북풍한설이 내리치는 건 아닌가 하는 착각이 일 정도로 살을 에는 듯한 그녀의 목소리가 울렸다.

"남자들은 다 똑같아. 그건 너도 마찬가지야."

세 사람은 신록희의 무사들이 삼엄한 경계를 서고 있는 산채의 정문이 보이는 숲 속에 기척을 숨기고 있었다. 신록회의 전신이 원래 녹림이라 그런지, 이들은 자신들의 병력을 주둔시킬 때는 항상 산속에 임시 산채를 만들었다. 방어적인 면에는 뛰어나지만 대신 급조된 곳이라 어떤 비밀스러운 일을 하는 데에는 적절하지 않았다.

세 사람이 지켜보고 있는 산채는 물샐 틈이 없을 정도로 경계가 삼엄해 예상했던 것보다 잠입이 훨씬 힘들어질지도 모른다고 남궁명욱은 생각했다. 일단 입구가 좁고, 주변은 나무로 빽빽이 둘러싸여 있어 그쪽으로 잠입하기란 불가능해 보였다.

"계획한 대로 경계무사가 없는 산채의 후면으로 가겠소. 이십 장 높이의 절벽이라 위험하기는 하지만 우리라면 어렵지 않게 내려갈 수 있을 것이오."

"어이, 대주. 경계를 서지 않는다는 말 믿을 만한 거야? 그 돌대가리 지부주가 대체 무엇을 근거로 그런 정보를 얻은 것이지?"

남궁명욱 전음에 전유림이 의문을 표하자 그는 확신에 찬 눈빛으로 전음성을 보냈다.

"무림제왕성의 정보력은 결코 약하지 않다. 지금까지 줄곧 싸웠으니 이 정도의 정보는 충분히 얻을 수 있었을 것이야. 검현자는 비록 도인이지만, 이런 집단 전투에 필요한 각종 계략을 매우 뛰어나게 구사하는 자이지. 그런 자이니만큼 여러 가지 정보를 습득하는 데 있어서도 뛰어난 용병술을 발휘할 것이다."

남궁명욱은 두 사람이 더 이상 아무 말 없자 먼저 신형을 옮기기 시작했다. 두 사람 역시 그의 뒤를 따랐지만 얼굴에는 일말의 긴장감도 보이지 않았다.

산채를 빙 둘러 일각가량을 올라가니 산채의 뒤쪽에 도달할 수 있었다. 아직 해가 완전히 지지 않아 붉은 햇빛이 산속을 비추고 있었기에 세 사람은 절벽 아래에 지어져 있는 여러 목재 건물들을 확인할 수 있었다.

"임시 거처라더니 엄청나게 지었네? 대체 몇 명이나 저기에 있는 거야?"

"병력이 대략 천오백 명 가까이 있다고 들었네."

"수가 본성의 무사들보다 적음에도 밀리는 것을 보면 만독색신이란 자의 독공이 뛰어나긴 뛰어난 모양이군요."

"신록희 본당 백팔채주 중에서 드러나지 않았던 다섯 사람 중의 하나요. 아마 무서운 능력을 지니고 있겠지."

"그런데도 우리에게 해독제를 탈취해 오라는 명령을 내렸다는 것은… 우리를 과대평가하고 있거나……."

"우리를 물먹이려는 수작이겠지. 가서 죽으라는 말 아냐?"

조선영과 전유림의 말에 남궁명욱은 기다렸다는 듯이 대답했다.

"둘 다 아닐 것이라 생각하오. 내가 보는 여의대의 힘은 그 어떤 집단보다 강력하다고 보기 때문에… 만약 여의대원 여섯 사람이 힘을 합치면 죽이지 못할 사람이 없을 것이오."

"우리 정도의 실력을 지닌 여섯이, 그것도 광마, 그 무지막지한 놈까지 끼어 있는 상태에서 한 사람을 협공한다면 죽이지 못할 놈이 어디 있겠어? 그건 당연한 말이잖아. 하지만 우리의 임무는 해독제를 가져오라는 것이야. 우리 중에서 그런 능력에 탁월한 사람은 아무도 없어. 차라리 그냥 돌아가서 전면전으로 붙은 다음 우리 여섯이 만독색신이란 놈을 협공하는 것이 제일 낫지 않나? 수괴가 죽으면 그럼 이곳 산채도 알아서 붕괴되겠지."

"만독색신의 실력을 제대로 알지도 못하는 상태에서는 그런 말을 해 봤자다, 유림. 더구나 고절한 독공을 사용한다고 했으니 우리의 실력이 아무리 좋아도 쉽게 상대하기란 힘들어. 해가 지기를 기다렸다 절벽을 내려간다. 그때까지 힘을 비축해 두자."

광마와 만위령 두 사람은 조금 전 험한 말이 오간 뒤 벌써 두 시진째 아무 말도 하지 않고 자리에 가만히 서 있기만 했다. 두 시진이나 가만히 서 있으면 지쳐서 쓰러질 법도 한데 두 사람은 처음의 모습 그대로였다.

"크크크……."

그때 돌연 광마의 입가에 살기로 번들거리는 미소가 번졌다. 너무나 갑작스러운데다 어둠 속에서 터진 웃음이었는지라 만위령은 자신도 모르게 놀랐지만 이내 원래의 신색을 되찾은 뒤 그를 향해 시선을 돌렸다. 무슨 의미냐고 물을 필요도 없이 광마의 입에서 먼저 말이 나왔다.

"재미있는 일이 곧 벌어질 것 같은 느낌이다. 큭큭!"

그렇게 말하며 바닥에 꽂았던 거검을 뽑아 어깨에 걸친다. 마치 자신들이 출동할 것을 예측이라도 한 것 같았다.

'어떻게? 여기서 산채까지 거리가 거의 십 리는 되는데……?'

그녀의 이런 의문이 채 끝나기도 전에 하늘 높이 솟아오르는 불빛이 희미하게 보인다. 낮이라면 보이지 않았겠지만 지금은 어두운 밤인 데다가 그들의 시야는 밤낮을 구별할 필요가 없을 정도로 좋았다.

"출동……?"

그녀는 마치 예감한 듯 미리 말을 꺼낸 광마를 놀라운 눈으로 바라보았지만 이미 광마는 앞으로 성큼성큼 나아가고 있었다.

"이 시간에 저것이 터졌다는 건 이미 안으로 들어간 상태이고… 수많은 무사들이 몰려 있다는 말……."

그렇게 말하는 당사자인 그녀의 얼굴에는 일말의 두려움도 보이지 않았다.

얼마 지나지 않아 두 사람은 산채의 정문이 보이는 수풀 속에 자리했다. 나무로 지어진 엉성한 정문에는 일정한 간격으로 횃불이 피워져 있어 대낮을 방불케 할 정도로 밝았지만, 정작 중요한 경계무사가 보이지 않았다.

"경계무사가 없다는 말은 비상사태로 인해 그들도 안으로 들어갔다는 말이 되겠지요. 하지만……."

"……."

광마는 그녀가 무슨 말을 하든 상관없는지 그저 정문을 바라보며 악마와도 같은 미소를 짓고 있었다. 곧 닥쳐올 피의 바람을 미리 만끽하고 있는 것인지도 모른다.

"함정일 수도 있어요. 난 잘 모르겠는데… 혹시 안에서 싸우는 기운이 느껴지나요?"

"그딴 것은 느끼지 않는다. 다만 내게 누군가가 나타나면 검을 휘둘러 피를 묻힐 뿐이야. *크크크크!*"

그는 그렇게 말하며 기척을 숨길 생각도 없이 앞으로 나선다. 그의 몸에서 스멀스멀 피어오르는 살기는 같은 편인 그녀조차도 견디기 힘든 무언가가 있었다.

"역시 미쳤군요. 당신의 몸뚱이가 독에도 용케 잘 견딘다면, 당신을 인정하지요."

안으로 들어가면 만독색신의 독에 노출될 것이 뻔함에도 광마는 거리낌이 없었다. 그녀 역시 두렵지 않은 듯 그의 뒤를 따라갔다.

산채의 정문 안으로 들어갔지만 사방은 조용했다. 안으로 들어서고 나서야 그녀는 산채 안이 조용한 것을 확신할 수 있었다.

"알면서도 들어왔군요. 정말 무한한 자신이 있는 건가요, 아니면 생각이 없는 건가요?"

"큭큭큭……!"

함정임이 분명했지만 두 사람은 그래도 물러날 기색이 없어 보였다.

"어차피 우리의 임무는 세 사람을 구해야 하는 것이니, 함정이라도 어쩔 수 없겠군요. 지금에 와서 생각난 것인데… 난 검현자조차도 의심이 가는군요."

"그따위 생각은 지금 필요없다."

"하지만 우리 현 동생이 걱정인데, 어떡하지?"

"이제 왔군. 큭큭큭!"

그의 말이 끝나자마자 어두웠던 산채 내부가 순식간에 밝아지며 시야를 괴롭힌다. 사방에 횃불이 하나둘 솟아올랐고, 이내 두 사람은 자신들을 에워싸고 있는 수많은 무사들을 확인할 수 있었다.

"꽤 많네?"

"나머지 둘도 이제 나타났군."

동굴 속에서 말하는 것인 양 웅웅 울리는 소리가 멀리서 터져 나왔다. 지독한 내공에 만위령은 자신도 모르게 내공을 끌어올릴 수밖에 없었지만, 광마는 여전히 섬뜩한 미소를 지으며 먹잇감을 찾는 늑대마냥 주변을 쳐다볼 뿐이었다.

"그럼 이로써 신록회에 위험이 될 만한 여의대의 존재를 모두 말살

시킨 셈이 되겠군."

이십 장 정도 떨어진 곳을 에워싸고 있는 신록희 무사들 위를 날아오며 그들의 십 장 앞에 착지하는 한 사내가 있었다. 나타난 사내는 외모는 사십대 초반으로 보였는데, 색동옷을 입고 빨간 당혜를 신고 있어 혐오감을 주고 있었다.

작은 두 눈과 붉은 입술, 왠지 모르게 불길함을 안겨주는 번들거리는 두 눈, 그리고 분을 바른 듯 새하얀 얼굴은 쳐다보기 부담스러울 정도로 괴이했다.

"반로… 환동……?"

만위령은 외양에서 그자가 만독색신임을 예측하고 자신도 모르게 그런 말이 나왔다. 느낌은 분명 나이 많은 노인인데 얼굴은 나이보다 훨씬 젊은 것 같아 보였기 때문이다.

"그 두 계집보다 더욱 마음에 드는 계집이 이곳에 있었구나. 네년은 남자에 대해 잘 알고 있을 것 같도다! 여의대에 있는 계집들이 하나같이 미인들이니 본 색신은 마음이 흡족하다. 으하하하!"

웃음소리에 맞춰 그의 전신에서는 뭐라 설명하기 힘든 괴이한 기운이 피어올랐다. 설명하기는 힘들었지만 만위령은 자신이 지금 느끼고 있는 기분 하나만큼은 확신할 수 있었다.

'기분이 나쁘군. 그것도 무척이나!'

"큭큭큭! 크아아앗―!"

기괴한 미소를 짓던 광마가 돌연 괴성을 지르며 우측으로 번개같이 신형을 날렸다. 얼마나 빨랐던지 이십여 장의 거리를 순식간에 좁혔고, 갑작스런 상황에 아무런 대처를 하지 못하고 있던 무사들은 횡으로 휘두르는 검에 고스란히 당할 수밖에 없었다.

콰콰쾅—!

"으아악!"

순식간에 여섯 사람의 신형이 일그러지며 목숨을 잃었다. 땅에 부딪치며 폭음을 울리던 검은 거검이라고는 믿을 수 없을 정도로 빠르게 또 다른 곳을 향해 날아갔다.

퍼퍼퍽!

날이 선 검이 아니었기에 거검은 마치 거대한 철판처럼 파육음을 일으키며 피를 마음껏 마시고 있었다.

광마의 움직임은 거대한 덩치와는 어울리지 않게 너무나 빠르고 민첩해 무사들은 순식간에 일어난 사태에 대처하지도 못하고 죽음을 맞이하고 있었다. 숨 몇 번 들이키기도 전에 이십 명이 잔인하게 죽임을 당하고서야 정신을 되찾은 다른 무사들은 갖가지 욕설을 내뱉으며 각자의 병장기를 꺼내 들었다.

"이런 쌍!"

"죽여라!"

동료의 처참한 죽음에 분노한 그들이 일제히 광마를 향해 무기를 휘둘렀지만, 그는 단순히 검 한 번 휘두름으로써 그들의 모든 무기를 뒤로 튕겨냈으며, 다시 한 번 휘두름으로써 그들 모두의 몸을 짓이겨 버렸다.

비명이 밤을 밝힌 횃불을 타고 사방으로 흩어졌고, 눈 깜짝할 사이에 육십여 명의 목숨이 오락가락하자 이를 넋 놓고 구경하던 신록회의 무사들의 얼굴에 조금씩 공포감이 서리고 있었다.

광마의 살인은 누가 봐도 잔인했고, 그의 무공은 누가 봐도 강했기에 사람들의 마음에 공포심이 절로 들었다. 특히 살인을 즐기며 간간이 피를 마시는 모습은 악귀나찰이라 해도 믿을 정도로 혐오감을 주었다.

"크하하하하—!!"

그의 광소가 하늘을 치솟으며 그칠 줄을 모르고 있었다. 평소에는 과묵하고 술만 마시는 자가 이렇듯 전장에서 살인을 하면 정반대의 모습을 보인다.

"미쳤어……."

말로만 들었지만 이렇듯 직접 보게 되니 만위령은 속이 울렁거릴 정도로 역겨운 기분이 들었다. 자신도 여러 번 살인을 해보았고 무림인인 이상 끔찍한 장면도 많이 보았지만, 이처럼 압도적으로 잔인하게 살인을 가하고 살인을 전적으로 즐기는 자는 처음 보았다. 이것은 싸움이 아니라 일방적인 살육일 뿐이었다.

"하하하하! 광마란 자의 무공이 뛰어나다고 하더니 명불허전이구나!"

만독색신은 자신의 수하들이 압도적으로 밀리고 있는데도 전혀 당황하는 기색이 없었다.

"모두 저자를 공격하라! 피하는 자는 내가 직접 죽여주겠다!"

불문의 사자후인 양 쩌렁쩌렁한 그의 외침이 산채를 울리자 무사들은 두려워하면서도 어쩔 수 없이 병장기를 꼬나 쥐고 광마를 향해 다가갔다. 그의 명령을 불만없이 듣는 걸 보면 만독색신이 수하들을 장악하고 있는 정도가 어느 정도인지 알 만했다.

그는 수하들이 광마를 향해 공격해 가는 것을 확인한 뒤 곧 만위령을 향해 시선을 돌렸다. 두 눈에 맺힌 음탕한 기운이 구역질날 정도로 역겨웠지만, 만위령은 억지로 참으며 색정 어린 미소를 지었다.

"어린 것이 마음에 드는구나. 그 미소하며, 몸에서 풍기는 염기(艶氣)하며… 하나같이 나를 자극하도다! 내 너에게 나의 은총을 특별히 먼저 내려주겠다. 네가 나를 받아들이겠다면, 아무런 고통 없이 너를 환희의 세계로 이끌어주겠다."

"흐응… 자신감은 가득 차 있어 보여 좋긴 한데… 그런 사내들일수록 별 볼일 없더군요. 남자들은 다 똑같거든요."

그녀의 마지막 말에는 섬뜩함이 서려 있었지만 만독색신은 아무렇지도 않은 표정이었다.

"좋구나! 그 색정 속에 장미의 가시가 숨겨져 있으니! 본 색신의 육봉이 안달하고 있도다! 하하하하! 이제 슬슬 힘이 빠질 때가 되었을 것이다."

"어머, 전혀 보지도 못했는데 벌써 하독했나요?"

"너도 그렇고 광마도 그렇고 모두 지독한 독에 당했지."

한쪽에서 일어나는 처참한 살육과는 어울리지 않게 두 사람의 대화는 너무나 여유로워 보였다.

"어머나! 어쩌죠? 전 이런 게 있는데?"

그녀는 입을 살짝 벌려 혀를 내밀었다. 혀 위에는 약지 한 마디보다도 작은 녹색 구슬이 놓여 있었는데, 그것을 보여준 그녀는 혀를 다시 입 안으로 넣는다.

"어허! 혀를 내미는 모양도 요사스럽구나! 본 색신이 널 취하지 않는다면 만독색신이란 이름을 버리겠도다! 하하하하!"

"호호호! 정말 색신이란 별호답군요. 하지만 무공은 과연 어떨지 두고 봐야겠군요."

그 말에 만독색신의 얼굴빛이 갑작스럽게 바뀌었다. 작은 눈과 붉은 입술의 괴이한 분위기에 어울리는 음침한 표정으로 그녀의 전신을 훑어보더니 이내 비릿하게 웃는 모습이 그녀에게 알 수 없는 불안감을 가져다주었다.

"그런 피독주(避毒珠)로 본 색신의 독을 막을 수 있을 것이라 생각했더냐?"

그의 자신감에 만위령은 아주 잠깐 흔들렸지만 이내 교태롭게 웃으며 한 걸음 앞으로 걸어 나왔다.

"일단 붙어보는 게 순서겠군요. 호호호!"

횃불로 인해 대낮처럼 밝은 장내였는지라 누구도 그녀의 몸에서 밝은 빛이 반짝인 것을 보지 못했다. 하지만 만독색신은 음침한 표정을 지우고 어울리지도 않는 호탕한 웃음을 지으며, 어느새 두 손가락에 잡힌 비도를 흔들어 보였다.

"하하! 계집의 손맛이 제법 있구나! 그 교태로움과 장미의 날카로움이 내 마음을 충족시켜 줄 것이라 기대하겠다!"

그의 말이 끝나기도 전에 만위령이 언제 날렸는지 모를 비도가 또다시 날아왔다. 그것은 하나가 아니라 세 개였는데, 하나같이 시간차로 날려 모두 받아내기란 여간 쉬운 일이 아니었다.

타탁!

가벼운 마찰음과 함께 만위령의 비도 세 개가 모두 바닥에 나뒹굴었다.

"그 정도로 본 색신을 제압할 수 있을 것이라 생각했더냐? 이제 슬슬 무릎을 꿇거라!"

두 눈에 은은한 흑광이 번뜩인다 싶은 순간, 그의 양손에 검은 기운이 끈적끈적한 느낌으로 휘몰아치기 시작했다.

“……!”

만위령은 만독색신이 독공을 시전하려는 것임을 알고 긴장했다. 일반 무공이 아닌 독공이라면 상대하기가 여간 까다로운 것이 아니었기 때문이다. 비록 피독주를 입에 물고 있다지만 간혹 강력한 독공에 피독주가 무력화될 수 있다는 것쯤은 그녀도 알고 있었다.

“본 색신이 굳이 독공을 시전할 필요도 없지만… 좀 더 빨리 네년을 취하기 위해 일장만 날리겠다.”

그는 천천히 앞으로 걸어 나와 그녀와의 거리를 좁히려 했다. 만위령은 그의 속셈을 알고는 몸을 날려 그와 거리를 두려 했지만, 눈 깜짝할 사이에 만독색신과 자신의 거리가 오 장으로 좁혀지자 깜짝 놀랄 수밖에 없었다. 단순히 독공에만 뛰어난 줄 알았는데 경공술도 고수다운 면모를 보인 것이다.

우웅!

그녀가 재차 거리를 두려는 찰나, 만독색신의 검게 물든 손이 그녀를 향해 나아갔다. 미처 피하지 못한 채 독장의 진력에 뒤덮였지만 그녀는 결코 두려워하는 모습이 아니었다.

“핫!”

짧은 기합성과 함께 그녀의 양손에서 빛이 명멸한다. 곧이어 명멸했던 빛이 만독색신의 흑장을 세 조각으로 갈라 버리며 그를 위협해 날아갔다.

두 자루의 비도가 도기나 도강도 품지 않았는데 장력을 깨끗이 가르는 모습이 놀라웠지만, 만독색신은 의도적으로 깜짝 놀란 표정을 지어 보일 뿐이었다.

“날의 예리함만으로 기운을 가르는 무기는 흔치 않은데 이거 놀랍구

나. 하하하!"

그는 여유로운 웃음을 지으며 자신을 향해 날카로움을 드러내는 비도의 날을 양손으로 잡아버렸다.

"으음……."

자신의 공격이 무위로 돌아간 것도 잠시, 만위령은 몸속의 내공이 산산이 흩어지는 것을 느끼며 자리에 주저앉아 버렸다.

"이제 내공을 어느 정도 끌어올렸으니 효과가 나타나는구나."

그녀의 반응에 만족한 만독색신은 두 눈에 욕정을 숨기지 않은 채 그녀를 향해 다가왔다.

"신선폐(神仙廢)를 개량하여 더욱 뛰어난 성능을 지니게 한 무색무취의 무형신량분(無形神量粉)이라 한다. 내공을 끌어올리는 순간부터 자신도 모르게 내공이 흩어지기 시작해 일정 시간이 지나면 지금처럼 되어버리지. 그리고 이틀 정도는 내공을 쓰지도 못할 뿐만 아니라 전신이 물먹은 듯 힘을 쓸 수가 없어. 하하하! 나에게는 가장 이상적인 독이도다!"

"피독주도 듣지 않다니……."

그녀는 만독색신이 사용하는 독이 예상을 뛰어넘는 위력을 발휘하자 당황할 수밖에 없었다. 피독주라면 어느 정도의 시간을 끌 수 있을 줄 알았는데, 제대로 공격 한 번 해보지 못하고 당한 것이다.

"그따위 피독주도 무력화시키지 못하는 독을 사용했다면, 지금의 만독색신은 있지도 않았을 것이다. 너희들은 백팔채주 중 최상위에 있는 다섯 사람의 무공을 너무 쉽게 보고 있었다는 실수를 인정해야 한다."

주저앉아 힘을 못 쓰는 그녀의 얼굴을 가볍게 쓰다듬은 만독색신은 그녀의 전신을 노골적으로 이리저리 훑어본 후 광마가 자행하는 살육의 현장으로 시선을 돌렸다.

광마의 움직임은 끝이란 말을 모르는지 끊임없이 계속되고 있었다. 지루하지 않을까 생각될 정도로 치고 베고 죽이는 압도적인 무위를 선사하는 광마였다. 이미 신록회 무사 이백여 명이 처참한 모습으로 땅을 나뒹굴고 있었고, 그 모습에 만독색신조차 놀라지 않을 수 없었다.

"저건 그 옛날 일 대 다수의 전투의 신이라 불리던 혈전마를 떠올리게 하는구나! 아직도 독이 퍼지고 있지 않다니 놀랍도다! 하하하!"

그 놀람도 잠시였던지, 이내 원래의 여유로움을 되찾은 만독색신은 번들거리는 눈빛으로 만위령의 하체를 노려보다 곧바로 손을 그녀의 옷 안으로 거칠게 집어넣었다.

"……!"

만위령은 순간 움찔했지만 그의 손이 아랫도리에서 이리저리 움직이기 시작하자 오히려 교태로운 미소를 지어 보인다. 힘이 빠져 눈이 풀린 와중에도 짓는 그 미소는 가히 요사함의 극치라 해도 부족할 정도였다.

"네가 남자를 알고 있을 것이라 했는데 이 정도일 줄은 몰랐도다! 본 색신이 오늘 큰 고기를 물었구나!"

욕정으로 물든 눈빛과는 다르게 손을 빼버리는 그였다.

"난 이런 지저분한 곳에서 색을 즐기는 자가 아니다. 최고의 곳에서 최고의 쾌락을 너에게 선사해 주마. 하하하하!"

그때 광마와의 일방적인 격전을 벌이던 장내에서 변화가 일어났다. 광마의 움직임이 처음보다 눈에 띄게 느려진 것이다. 그 모습을 곧바로 알아챈 만독색신은 고개를 끄덕이며 흡족한 표정을 지었다.

"역시 저놈도 인간이었구나. 나의 무형신랑분을 저놈의 체구를 생각해 대량으로 하독했으니 아무리 강인한 놈이라 해도, 설령 전설의 만독불침지신이라 해도 견디지 못할 것이다. 좀 더 강하게 밀어붙여라! 저놈이 독에 중독되었으니 얼마 가지 못해 쓰러질 것이다!"

만독색신의 외침을 들은 무사들은 어느 정도 공포심을 지울 수가 있었다. 하지만 광마는 아직 멀었다는 듯 미친 듯이 거검을 휘두르고 있었다.

"크하하하! 네놈들이 무슨 짓을 하든 나의 살인을 막을 수는 없을 것이다!"

콰콰콰쾅! 쿠쿠쿠쿵!

그의 움직임이 느려진 대신 검의 위력이 이전보다 몇 곱절은 더 상승한 것 같았다. 그의 검에 부딪친 자들은 아예 전신이 터져 버리며 조각났고, 검이 땅을 치면서 비산하는 돌과 흙이 그들에게 큰 충격을 주었다.

무사들의 비명은 폭음 속에 묻히고, 공포 서린 외침은 광마의 웃음소리에 가려졌다. 과연 독에 중독된 것이 맞는지 의심스러울 정도로 그의 행보는 여전히 거침이 없었다.

"일반인 같으면 곧바로 기절했거나 죽었을 정도의 양인데도 저런 힘을 내다니 놀랍구나! 과연 우리가 예측하던 거강류(巨剛流)가 정말 맞을지도 모르겠어."

눈살을 찌푸리며 그 모습을 보고 있던 만독색신은 만위령의 혈을 눌러 정신을 잃게 한 뒤 그를 향해 몸을 날렸다.

"네놈이 아무리 강하다 해도 이미 나의 독에 중독된 이상 얼마 가지 못할 것이다.”

그를 향해 날아가는 만독색신의 두 손에는 만위령을 상대할 때와는 천양지차의 기운이 모이고 있었다.

“실패하면 어떡합니까?”

“저자는 무림의 경험이 많지 않고 어수룩하기 짝이 없다. 그리고 무취이기 때문에 절대 알아차리지 못해. 더구나 우리는 같은 편이다. 의심할 수가 없을 것이다.”

“알겠습니다.”

“그럴 리는 없겠지만, 혹시나 그놈이 알아차린다면 그때는 눈치 볼 것 없다. 그냥 죽여 버려라. 시체를 처리하는 데 있어 좀 복잡하겠지만 하지 못할 것도 없지. 겸성무의 팔을 잘랐다고는 하나 내가 봤을 때는 과장된 소문임이 분명하다. 신록희의 조사대로 그는 단지 죽은 단리채빈의 남편, 그 이상도 이하도 아니니 쉽게 제거할 수 있을 것이다.”

“네.”

두 사람은 그가 건네주는 작은 낭을 받아 쥐고 밖으로 나갔다. 그들의 뒷모습을 바라보던 사내, 검현자는 화려한 금색 옷을 입고 있어 전혀 무당의 도사로 보이지 않았다. 입가에 걸려 있는 사악한 미소가 불길함을 자아낸다.

“쾌락에 빠진 무당의 개들… 크크크!”

검현자는 자리에서 일어나 뒤쪽 벽면 구석으로 갔다. 바닥에 깔린 우피(牛皮)를 들추어내자 바닥에 붙어 있는 작은 손잡이가 드러났다.

“전쟁통이라 급조한 것이지만 즐기기에는 무리가 없지.”

손잡이를 당기자 한 사람이 들어갈 만한 구멍이 나타났고, 검현자는

사다리를 타고 내려가면서 우피를 원래대로 해놓음과 동시에 작은 문
을 닫았다.

"좋은 냄새야."

그의 코로 정신을 마비시킬 것만 같은 독한 냄새가 들어왔다.

"썩을… 냄새가 너무 지독해."

밤이 되자 마음을 은근히 흥분시키는 냄새가 더욱 짙어졌다. 경험상
으로 보면 분명 어떤 일이 벌어질 것 같은데, 그게 무엇일지를 알 수가
없어 답답하다.

"피 냄새라면… 위험한 일이겠지만, 이건 피 냄새도 아니고 무슨 춘
약 같은 냄새니 나 원……."

방 안을 이리저리 서성이던 현어운은 자신의 허리춤에 있는 도끼를
다시 확인했다. 분명 이곳 장원 내에서 좋지 않은 일이 벌어질 것이다.
그는 이매망량의 본능을 확실히 믿고 있었다.

"그나저나 떠난 사람들은 왜 이렇게 안 오지? 네 시진이 훌쩍 넘었
는데 감감무소식이네. 적진을 탐색하는 데 시간이 오래 걸리는 건가?
아니면 정말 위험한 일에 빠진 것 아냐?"

하지만 그는 그들 다섯의 능력을 믿었다. 아무리 힘든 상황이라도
자신들의 생명은 어렵지 않게 보존할 수 있는 자들이었다.

"괜찮겠지. 거기보단 여기가 더 불안해……."

냄새에 대한 경험 때문에 그는 자리에 앉아 있기 힘들었다. 그가 이
런 저런 생각을 하고 있을 때 밖에서 두 사람의 기척이 들려왔다. 그리
고 냄새는 더욱 짙어졌다.

"……."

“현 대협 있소?”

“누구십니까?”

“지부장님과 함께 일하고 있는 무당의 적혼자와 적단자라 하오.”

“아, 들어오십시오.”

현어운은 무당의 도사들이란 말에 별 의심 없이 안으로 들였다. 회색 장삼의 왼쪽 가슴에 있는 작은 태극 문양이 왠지 모르게 경건해 보였다.

“원시천존, 늦은 시간에 미안하구려. 빈도는 적단자라 하고, 이쪽은 적혼자라 하오. 적혼자는 평소에 말을 거의 하지 않는 사람이니 말이 없어도 이해해 주시오.”

말을 한 자는 평범한 인상의 사십대 도사 적단자였고, 적혼자는 말 없이 살짝 뒤로 물러난 채 두 눈을 감고 있었다.

“아, 저, 저는 현어운이라고 합니다. 그런데… 혹시 무슨 일이 생긴 것입니까?”

“아니오. 밤늦게 임무를 수행하는 것을 보고 우리 빈도들이 현 대협을 격려하기 위해 이렇게 온 것이오. 낮에 보았던 현 대협의 선한 인상이 마음에 남아 있었기 때문이기도 하오.”

자신을 좋게 봐주는 두 사람의 말에 현어운은 얼떨떨하면서도 좋았다.

“하하… 감사합니다. 아, 이렇게 서 계시지 말고 자리에 앉으십시오.”

“원시천존, 보통은 술을 대접하는 것이 마땅하나 빈도들은 수행을 하는 도사인데다 현 대협은 임무를 수행 중이니 술 대신에 차를 드리려 하는데 괜찮겠소?”

“아, 차 정도야 얼마든지 마실 수 있습니다. 배려에 감사드립니다.”

미리 준비했던 듯 얼마 있지 않아 시녀가 세 잔의 차를 가져와 놓았다.

“허허, 드시오.”

“하하, 감사합니다.”

현어운은 찻잔을 들어 입가에 가까이 대었다. 때문에 그 순간 두 사람의 눈빛이 심상치 않게 빛나는 것을 현어운은 보지 못했다.

“…….”

그때 한 모금 들이키려던 현어운은 갑자기 차에서 진하게 풍겨오는 냄새에 자신도 모르게 눈살을 찌푸릴 수밖에 없었다.

‘잔인하고… 위험한 냄새! 독이다!’

그는 자신도 모르게 그런 결정을 내리고 있었다. 그가 마실 듯 말 듯한 동작으로 가만히 있자 적단자는 애가 탔지만 태연한 신색으로 말했다.

“안 드시고 뭐 하시오, 현 대협?”

“왜 독을 타셨습니까?”

“……!!”

현어운의 말을 듣는 순간 두 사람은 망설임없이 탁자를 뒤엎어 그를 향해 날림과 동시에 발검하여 그와 탁자를 동시에 베었다.

“하얏—!”

두 사람의 검에서 솟아오른 푸른 검기가 허공을 수놓으며 탁자를 깨끗이 베어버렸다. 당연히 현어운도 베었을 것이라 생각한 두 사람이었지만, 땅에 떨어지는 것은 조각난 나무들뿐인지라 곧장 경계 자세를 취하며 주변을 살폈다.

“왜 저를 죽이려 하는 것입니까?”

“……!”

현어운은 어느새 그들과 삼 장 정도 떨어진 입구에 서 있었다. 순간적으로 사라졌다가 나타난 것이지만 탁자에 두 사람의 시야가 가려졌기에 그 사실을 알아차리지 못했다.

“원시천존… 그대는 아무 말 말고 죽어주기만 하면 되오.”

적혼자가 몸을 날려 그의 좌측을 점하고, 적단자는 그의 정면에 서 기수식을 취했다.

“우리는 무제의 명을 받고 도와주러 온 여의대입니다. 나를 죽이려 하는 이유가 무엇입니까?”

현어운은 그들의 행동을 도무지 이해할 수 없었다. 하지만 그들이 자신을 향해 재차 공격을 가하는 순간 배신이란 말을 떠올릴 수 있었다. 무림이란 곳은 같은 편이었다 가도 곧바로 등을 돌려 친구를 찌르는 일이 다반사라는 말을 그는 익히 들어왔다. 자신의 아내 또한 배신으로 인해 중상을 입지 않았던가?

‘이들을 죽여야 하나?’

그가 어떻게 할지 고민하고 있을 때 적단자는 구궁검법(九宮劍法) 중 산검난비(散劍亂飛)를 시전해 어지러이 검을 흩뜨리며 공격해 갔고, 적혼자는 구궁검법 중 구동부심(九洞府深)으로 깊고도 강하게 그를 찔러 갔다.

현어운은 자신을 반드시 죽이려는 이들의 살기 짙은 검을 보고 자신도 모르게 도끼를 꺼내 들어 적단자의 검을 향해 아무렇게나 휘둘렀다. 초섬유성수를 응용해 초식없이 단순히 휘두른 것이지만 워낙 속도가 빨라 도끼는 보이지 않고 푸른 빛만이 아른거리며 보일 뿐이었다.

적단자는 불길한 예감에 검을 회수할 수밖에 없었고, 현어운은 그 틈에 자신을 향해 공격해 오는 적혼자의 검을 향해 재차 초섬유성수를 시전했다.

카앙!

"크윽!"

손아귀가 찢겨 나가는 것만 같은 큰 충격을 받은 적혼자는 급히 검을 회수해 뒤로 물러날 수밖에 없었다.

"무공이 형편없다고 들었는데 오히려 그 반대구나!"

하지만 자신들 두 사람이면 이기지 못할 리가 없다고 여기며 그를 향해 재차 공격해 들어갔다. 두 사람의 구궁검법이 절묘한 합격을 이루며 현어운의 전신을 노린다.

"앗?!"

두 사람은 현어운이 갑자기 그들의 시야에서 사라져 버리자 깜짝 놀라며 급히 경계 태세를 취했지만 어느 곳에도 그의 모습은 보이지 않았다.

"원시천존… 어떤 사술을 쓰고 있는 것이오?"

그의 말에 현어운의 신형이 그들의 반대편 벽 끝에 나타났다. 마치 귀신처럼 갑자기 모습을 드러내자 두 사람은 아주 잠시 긴장했지만 그를 얕보는 마음은 아직도 남아 있었기에 재차 살기를 드러내었다.

"배신… 그럼 검현자가 이번 일과 관련있는 것입니까?"

"……"

두 사람은 그의 물음에 답하지 않고 몸을 날려 재빠르게 그의 지척으로 다가갔다. 양쪽에 자리를 잡은 두 사람은 그를 향해 검기를 흩날렸다.

벽 쪽에 바로 붙어 서 있었기 때문에 검기가 망처럼 그의 전신을 감싸자 피하기란 불가능해 보였다.

파팍!

현어운의 신형이 감쪽같이 사라져 버렸고, 두 사람의 검은 애꿎은 벽만 긁을 뿐이었다. 그들의 뒤에 나타난 현어운은 망설임도 잠시, 그들을 향해 도끼를 휘두르려 했다. 하지만 그보다 먼저 적혼자가 재빠르게 뒤돌면서 장포를 휘날렸다.

"……!"

콰쾅!

바닥의 나무가 부서지며 집 안이 흔들릴 정도로 크게 울렸다. 아무런 기척도 없는 부드러운 장력이 이토록 큰 위력을 나타낸 것이다. 바로 무당면장(武當綿掌)으로, 적혼자의 주 무공이기도 했다.

"기척이 느껴지지 않는다."

상대가 사라져 버려 자신의 면장이 빈 허공만 가르자 상대의 기척을 느껴보려 했지만 전혀 느껴지지 않았다. 원래 이곳에 아무도 없었던 것처럼 고요하기만 하다.

"원시천존… 아무리 고수라 해도 이 방 안에서 이토록 완벽히 모습을 감추기란 힘든 법이거늘, 대체 어떤 사술이길래 이토록 괴이하단 말인가?"

적단자가 도호를 읊으며 당혹스러워하지만 답은 나오지 않았다.

"도망간 것 같네."

적혼자의 말에 적단자는 삽시간에 창백한 표정으로 바뀌어 버렸다.

"놓친다면 우리의 목숨이 위험하네. 원시천존, 원시천존……."

"……."

적혼자의 표정도 결코 편하지 않았지만 곧 해결책을 내놓았다.

"이곳을 빠져나갈 공산이 높으니 경계를 강화시킬 수밖에 없겠군. 죄를 뒤집어씌우면 될 것이네."

"역시 그냥 무제의 사위가 아니었구나. 뛰어난 무공을 지니고 있으니 무제가 여의대로 승급시킨 것이었어."

"신록희에서는 어찌 그의 무공에 대해 전혀 모르고 있었단 말인가?"

"일단 여기를 나가세."

두 사람이 걸음을 옮기려 할 때 놀랍게도 그들의 이 장 앞에 귀신처럼 현어운이 나타났다. 그 놀라운 상황에 두 사람은 경악성을 내지르더니 급히 뒤로 물러나며 검을 뽑았다.

"너희들은 신록희의 사람이었구나!"

"대체 어떤 사술을 쓰는 것이냐! 죽어라!"

적혼자는 그의 은신술에 어지간히 놀랐던지 평소에는 내지 않던 큰 소리로 말하며 그를 향해 면장을 날렸다.

콰쾅!

하지만 이미 현어운의 신형은 좌측으로 이 장이나 이동한 상태였다. 이매망량에 대해 모르는 그들로서는 그의 움직임이 이미 한계를 뛰어넘은 초극고수의 그것으로 볼 수밖에 없었다.

"우, 움직임 하나만큼은 무제조차 따를 수 없겠구나. 원시천존……!"

현어운은 이들을 어떻게 해야 할지 잠시 고민했지만 답은 단 하나뿐이었다. 죽음. 신록희의 간자들일 것이라는 생각이 그 결정을 더욱 앞당겼다.

'검현자!'

이들을 해결하고 검현자에게 가볼 필요가 있었다. 검현자에게서 나던 그 냄새가 분명 불길함의 근원지이리라.

그리고 나서 신록회가 있는 산채로 가봐야 했다. 기분을 흥분시키는 냄새와 지금의 상황을 보건대 여의대가 위험에 빠졌을 가능성이 농후했다.

"너희들을 죽이겠다."

현어운은 괴로운 마음을 표현하듯 어렵게 말을 꺼냈다. 평범하게 살아온 그로서는 살인이 아직도 두렵고 실감나지 않는 것이었다. 몇 개월 전 황정 지부에서의 살인은 어쩔 수 없는 자기 방어였기에 지금의 상황과는 크게 다를 수밖에 없었다.

"죽인다는 말을 하면서 그렇게 어려워하는 표정을 짓는다는 것은 방심을 유도하려는 가능성이 높지."

적단자는 그렇게 비웃으며 적혼자에게 눈빛을 보냈다. 현어운이 가까운 거리에 있었기에 기습을 하기에 알맞았다. 놈이 아무리 빠르게 움직인다 하여도 이 장 정도의 거리에서 기습을 하면 결코 피하지 못할 것이다.

"나로 인한 죽음은 허무할 것이다……."

현어운은 자신이 의도적으로 사람을 죽여야 하는 현실에 처하자 안타까움에 두 눈을 감을 수밖에 없었다. 사람을 의도적으로 죽이기 시작하면 그 다음부터는 거리낌이 없어진다. 처음 살인을 한 자라면 반응이 다르겠지만, 그는 예전 이매망량의 수련을 하면서 살인에 대한 수업을 수없이 받은 자이다. 분명 이번 살인 이후로 쉽게 사람을 죽이게 될 것이다.

'빈 매… 사람은 이렇듯 어쩔 수 없는 상황에서는 자신에게 편하고

유리한 선택을 할 수밖에 없소. 우리는 위대한 성인이 아니라 인간이기 때문이오.'

"미쳤구나, 하앗!"

그가 두 눈을 감는 호기를 놓칠 두 사람이 아니었다. 적단자는 구궁검법 중 가장 강맹한 구자신기(九紫神氣)의 초식으로 검기를 뿌리며 그의 다리를 노렸고, 적혼자는 자신의 절기인 면장으로 박살을 내려는 듯 그의 머리를 공격했다.

검기와 면장이 현어운의 몸에 적중하려는 찰나, 두 사람은 원래 없었던 마냥 현어운이 사라지는 것을 볼 수 있었고 그것이 끝이었다. 그들의 의식은 고통없이 어둠 속으로 흩어져 버린 것이다.

툭!

두 사람의 목이 바닥으로 떨어졌고, 그들의 몸은 달려오던 기세 그대로 나아가더니 곧 바닥을 나뒹굴며 피를 쏟아내기 시작했다.

그들이 원래 있던 자리에 나타난 현어운은 자신의 도끼에 맺혀 있는 푸른 빛의 기운을 내려다보고 있었다.

오 년 전, 그 누군가를 죽인 이후 처음으로 의도적인 살인을 했다. 그는 결국 그때의 귀영무혼일살로 돌아온 것이다.

"어차피 각오했잖아. 시작일 뿐이다, 현어운."

그는 검현자가 기거하는 건물을 떠올렸다. 확신할 수는 없으나 장원을 진동하는 이 냄새의 진원지는 그곳일 것이라 생각했다.

"신록희……."

자신의 소중한 자들을 앗아간 자들, 벽력탄으로 수많은 사람들을 눈 하나 깜짝하지 않고 죽인 자들이었다. 조금씩 쌓여가는 그들에 대한 분노가 종내는 복수심으로 화할 것이다.

그의 신형이 꺼져 버리듯 사라졌다.

이매망량을 풀고 모습을 드러낸 그는 검현자가 기거하고 있는 방 안으로 들어가면서 방 근처에 호위하는 무사 하나 보이지 않는 것에 의아해했다. 하지만 그것보다 방 안을 가득 뒤덮은 지독한 냄새에 신경이 다른 곳으로 쏠릴 수밖에 없었다.

'지독한 냄새를 보니 이곳이 맞군.'

다른 자들은 맡지 못하는 냄새였지만 현어운은 또렷이 맡을 수 있었다. 조금 더 신경을 집중하자 그는 그 냄새가 맞은편 벽 구석 쪽에서 흘러나오고 있다는 것을 알 수 있었다. 바닥에 깔린 우피의 끝이 살짝 접혀 있는 것을 보고 현어운은 뭔가를 떠올렸다.

그곳으로 다가가 우피를 들추자 그의 예상대로 작은 손잡이가 있었다. 더욱 진해진 향기에 현어운은 두근대는 가슴을 진정시켜야만 했다.

"이곳에 대체 무엇이 있길래……."

그는 문을 열면 검현자가 바로 알아차릴 것이라 생각했지만 자신의 이매망량을 믿었다. 그의 몸이 이 세상에서 사라지자마자 지하로 향하는 입구가 열린다. 몸을 아래로 날리며 동시에 문을 닫은 후 삼 장 정도 내려가자 바닥이 보였다. 그는 전신을 덮치는 지독한 냄새가 미혼약(迷昏藥)의 일종임을 확신할 수 있었다.

'미혼약이 필요한 일이라…….'

지하는 한 사람이 지나갈 만한 크기의 동혈로 되어 있었다. 간간이 멀리서 들려오는 듯한 묘한 소리가 마음을 울렁거리게 했지만 지하에서 울리는 것이라 그런지 스산한 느낌도 있었다.

그때 멀리서 누군가가 기척을 숨긴 채 다가오는 것을 느낀 현어운은
역시 저 문에 어떤 장치가 되어 있었다는 걸 확신할 수 있었다.

"……."

얼마간의 침묵 후 두 사람이 모습을 드러내었다. 키가 크고 마른 장
한과 작지만 탄탄한 체격의 두 사람은 눈빛이 살짝 풀려 있었지만, 긴
장을 늦추지 않은 채 주변을 살피며 현어운이 서 있는 앞쪽으로 다가
왔다. 무복에 새겨져 있는 창(槍) 문양을 보니 창기대원임이 분명했다.

"분명 누군가가 들어왔을 텐데 아무도 없다니……."

"적단자, 적혼자 두 분이 잠시 열었다가 닫았을 수도 있지 않은가?"

"그럼 모습을 보였어야지."

"한참 재미보고 있는데 일이 벌어지다니 젠장!"

두 사람의 얼굴이 발그레하고 눈이 살짝 풀려 있는 것이, 아무래도
미혼약을 섭취한 상태인 듯했다.

"이곳은 한 방향이라 결코 숨을 수가 없네. 귀신이 아닌 한은 말이
야. 두 분이 잠시 열었다가 볼일이 있어 들어오지 않았을 거야."

"이런 일은 한 번도 없었는데……."

단단한 체격의 사내는 키 큰 자의 말에 그만 하라는 투로 말했다.

"사람이 보이지 않으니 그렇게 생각할 수밖에. 그 외에 무슨 생각을
할 수 있겠나? 그리고 대체 누가 이곳을 알고 온단 말인가? 분명 두 분
이 왔다가 다시 나간 것일 거야."

"그러지 말고 한번 올라가 보지 않겠나? 두 분에게 묻고 오면 되지
않는가? 허투루 하다가는 검현자께서 크게 경을 칠 거야."

"두 분은 그 여의대원 중 덜떨어진 놈을 죽이러 가셨어. 아마 지금
은 해결하고 이곳에 올 준비를 하겠지! 흐흐, 두 분도 도인을 떠나 사

람이니 그 맛을 어찌 잊을 수 있겠나! 분명 곧 돌아올 거야! 어서 돌아
가자고. 그년들이 기다리고 있을 거야.”

“흠…….”

키 큰 사내는 확실하게 확인하지 않고 돌아가는 것이 탐탁치는 않았
지만 곧 방금 전에 있었던 장면을 떠올리자 회가 동했다.

“자네 말이 맞겠지. 돌아가세.”

두 사람이 자리를 떠나자 현어운은 이매망량을 풀고 발소리를 죽인
채 동혈을 따라 걸어나갔다. 그의 안색은 그들의 대화를 듣고 굳어진
상태였다. 대화 내용과 미혼약의 냄새를 판단하건대 생각도 하기 싫은
상황이 안에서 벌어지고 있을 것이란 생각이 들었기 때문이다.

동혈은 생각보다 길지 않았는지 얼마 지나지 않아 도착할 수 있었
다. 동혈의 입구에서는 미혼약 냄새가 누구나 맡을 수 있을 정도로 진
동하고 있었고, 그 냄새와 함께 미약한 여인의 소리가 섞여 흘러나왔
다.

더욱 굳은 안색으로 현어운은 입구까지 다가갔다. 안은 큰 석실이었
는데 급조되었는지 벽면이 울퉁불퉁했다. 그래도 바닥에는 호화스러
운 붉은 비단이 깔려 있었고, 더욱이 놀라운 건 스무 명은 족히 올라갈
수 있는 거대한 침상이 보였다.

“……!”

방 안에는 그가 예상했던 것보다 훨씬 더 끔찍한 모습을 하고 있었
다.

“으……!”

침상 위에는 이십여 명에 달하는 많은 여인들이 하나같이 나신으로
꿈틀대고 있었고, 그런 그녀들 사이를 열한 명의 사내가 쾌락에 흠뻑

젖은 얼굴로 헤매는 중이었다. 침상을 둘러싸고 있는 향대에서는 백색 운무가 조금씩 피어오르고 있었는데, 바로 현어운이 이곳에 와서 내내 맡았던 미혼약의 냄새였다.

미혼약에 강하게 중독되었는지 여인들은 수치심을 잊은 채 본능으로 새하얀 몸을 뱀처럼 똬리를 틀고 있었으며, 사내들 또한 이 상황을 철저히 즐기고 있는지 하나같이 욕정에 가득 차 있었다. 입구에서 보았던 두 사내도 어느새 동료들과 함께 그 쾌락의 향연에 흠뻑 취한 모습이었다.

여인의 달뜬 신음과 사내들의 짐승을 방불케 하는 신음은 처음에는 현어운에게 충격으로, 뒤이어 분노로 바뀌었다.

'어찌 사람들이 이런 짓을 벌일 수가 있단 말이냐! 약으로 수많은 여인의 넋을 빼앗은 뒤 자신의 더러운 욕정을 채우고 있다니! 그것도 무림제왕성에서 무력의 상징이라 부를 수 있는 창기대원들마저!'

그의 눈에 근엄하고 오만한 모습으로만 비춰지던 검현자의 추한 모습이 들어왔다. 여인들의 다리 사이에서 혀를 내민 모습이 역겨웠다. 그때 자연스럽게 단리채빈이 저런 상황에 처하였을 것이 상상되자 분노를 더 이상 참을 수가 없었다.

"수많은 목숨을 책임지고 있는 지위 높은 자식이 겨우 이따위 짓거리나 하면서 날 죽이려 했던 것이냐! 인간이라면 결코 이러지 않을 것이다!"

콰앙!

그가 벽면을 세게 치자 석실 내부가 은은히 흔들릴 정도로 큰 충격이 왔다. 주먹에서 피가 흐르고 있었지만 현어운은 아픈 줄도 모르고 그들을 노려보고 있었다.

"허엇!"

"누구냐?!"

검현자를 포함한 사내들은 현어운의 외침에 깜짝 놀라며 저마다 일어나 벽면에 세워놓은 무기를 쥐어 들었다. 검현자의 호위 무사 격인 이들 창천십협(槍天十俠)은 자신들의 무기를 쥐고 현어운을 향해 포위해 들어왔다. 흉물스런 남성의 상징이 그대로 드러나 있었지만 이들은 전혀 부끄러워하지 않았다.

"수치심도 모르느냐!"

하지만 창천십협은 그가 무슨 말을 하든 냉막한 표정으로 그를 견제하고 있기만 했다. 현어운이 여차 공격할 기미만 보여도 곧바로 고깃덩어리로 만들 것만 같은 흉흉한 기세가 뻗어 나오고 있었다.

현어운은 그들의 기세에 아무렇지도 않은지 분노한 얼굴로 여유있게 옷을 입고 있는 검현자를 노려보았다. 생각하면 할수록 이들의 인간 같지도 않은 행태에 분을 참을 수가 없었다.

"인간의 욕정은 자연스러운 것이다. 인생에서 이런 쾌락을 맛보는 것만큼 기쁜 것은 없지."

검현자는 옷을 다 입은 뒤 오만한 표정으로 현어운을 바라보며 말했다.

"쓰레기 같은 것들! 죄없는 여인들을 납치해 미혼약을 강제로 먹이고 냄새를 맡게 했겠지!"

"호오, 의외로 잘 알고 있구나. 단리채빈의 남편은 아무것도 모르는 시골 촌뜨기라고 했는데 이렇게 무공도 있는 것 같고 말이야. 적단자와 적혼자는 어떻게 되었는가?"

"내가 단리채빈의 남편인 것을 어떻게 알지?"

“신록희는 모르는 것이 없다. 무림제왕성에서 아는 것은 신록희 또한 알고 있다. 후후!”

검현자는 아직도 흥분에 겨워 꿈틀거리고 있는 여인들을 일별한 뒤 아쉬운 표정을 지우지 못하고 그에게로 다가왔다.

“네놈 또한 신록희의 잔당이었구나…….”

그 말은 임무를 위해 떠난 다섯 모두가 위험하다는 의미이기도 했다.

“적단자와 적혼자는 죽었나 보군. 아쉽구나, 무당에서 그런 자들을 얻기도 힘들거늘. 크크!”

검현자는 검집에서 천천히 검을 뽑아 들었다. 그와 동시에 창천십협의 전신에서도 살기가 빗발치듯 솟아오른다.

“추악한 욕망에 빠져 옳은 것을 보지 못하고 배신한 것으로… 네놈들은 지극히 허무한 죽음을 맞이할 것이다. 저승에 가서 그 억울함을 호소해도 소용이 없으리라!”

분노가 가시자 차가운 감정만이 남았다. 무심함으로 돌아온 그의 모습은 다름 아닌 오 년 전까지 살수로 키워졌던 귀영무혼일살의 모습 그 자체였다.

“도망갔다면 귀찮아졌겠지만 제 발로 찾아 들어왔으니 차라리 잘되었구나. 죽여라!”

그의 명령에 창천십협이 일제히 달려들려는 찰나, 현어운이 순식간에 입구 쪽으로 사라져 버렸다. 이곳의 동혈은 많아 봐야 두 사람이 간신히 지나갈 정도였기 때문에 일 대 다수의 싸움에서 현어운의 선택은 잘한 것이었다.

하지만 검현자는 비릿하게 웃으며 자신감을 보였다.

"방법은 좋다만 창천십협을 너무 우습게 보았구나."

창천십협은 차례대로 입구를 나갔다. 앞으로 계속 나아갔지만 움직임이 재빠른지 창천십협은 상대의 모습을 볼 수가 없었다.

"크흑!"

갑자기 끔찍한 비명과 함께 선두에 섰던 사내의 머리에서 피가 분수처럼 쏟아졌다. 하지만 이들은 놀란 가운데서도 침착함을 잃지 않고 이미 시체가 되어버린 동료를 바닥에 눕히고 앞으로 나아가려 했다.

"크헉!"

동료의 죽음으로 선두에 서게 된 다른 사내의 머리가 어떤 날카로운 것에 베인 듯 덜렁거리며 피를 뿜어냈다.

쉐엑!

그때 시체가 된 동료의 양 겨드랑이 사이로 푸른 창기를 머금은 창날이 뱀처럼 뿜어져 나갔다.

"……!"

바로 뒤에 있던 사내는 자신의 공격이 그저 빈 허공을 수놓자 급히 죽은 동료를 땅으로 밀고 앞으로 나아갔다. 그러는 와중에도 습격을 피하기 위해 창을 허공으로 마구 휘둘렀다.

카앙!

사내는 순간 팔이 마비될 것만 같은 엄청난 충격을 받고 창을 놓쳐버렸다. 하지만 그 역시 보통이 아니었는지 급히 앞으로 몸을 던지듯 숙였고, 그의 뒤에 있던 사내가 자신의 검을 일직선으로 내밀었다. 검기에 무시무시한 힘이 서려 있는 것이, 필생의 힘을 다한 듯 보였다.

"……!"

하지만 그의 손에 아무런 느낌도 잡히지 않았다. 급히 검을 회수해 방어 자세를 취하는 순간, 바닥으로 몸을 숙였던 사내의 등짝에서 피가 솟구쳐 올랐다.

"크악!"

"하앗!"

사내는 동료의 연이은 죽음을 보자 결국 평정심을 잃고 검을 어지러이 휘두르기 시작했다.

"물러나라, 청합!"

뒤에서 또 다른 동료의 외침이 울렸지만 한 번 평정심을 잃은 그는 쉽사리 안정을 찾지 못하고 의미없이 검을 휘두르기만 했다.

카앙!

엄청난 반력에 사내는 자신의 검을 놓치고 말았다. 손아귀가 찢어진 고통을 알아차리기도 전에 사내의 목이 무언가에 찢기듯 갈리며 피가 분수처럼 쏟아졌다.

"뒤로 물러나라! 이곳에서는 우리가 불리하다!"

동료가 죽어 선두에 서게 된 자는 상대가 전혀 보이지 않고, 기척조차 느껴지지 않자 위험하다는 것을 판단하고 외쳤다. 뒤로 물러나는 와중에도 검을 간간이 휘두르며 상대가 공격해 오지 못하도록 견제하고 있었다.

채앵!

아니나 다를까, 보이지 않는 상대가 공격을 가해왔다. 생각했던 것보다 훨씬 강력한 충격에 사내는 손아귀가 찢어질 것만 같은 충격을 받았지만, 이미 예측하고 있었기에 간신히 검을 놓치지 않을 수 있었다. 그리고 곧바로 검기를 뿜어내며 전방으로 열 번이 넘게 검을 찔렀다.

그러나 다른 자들과 마찬가지로 그는 허무하게 허공만을 가를 뿐이었다. 자신의 공격이 무위로 돌아가자 위기를 느낀 사내는 전방을 어지러이 휘두르며 보이지 않는 상대가 가까이 오지 못하도록 방어했다.

"어서 뒤로 빠져나가! 상대는 보이지 않는 귀신과 같다!"

한편, 석실에서 창천십협이 현어운의 목을 가져오길 기다리던 검현자는 병장기 울리는 소리와 물러나라는 창천십협의 외침을 듣고 점점 얼굴을 굳히고 있었다.

"생각보다 강하단 말인가……?"

하지만 그는 현어운이 예상보다 강할 뿐 그 이상은 아니라 여기고 있었다. 그만큼 자신들과 창천십협의 무공에 자신을 가지고 있었지만, 반대로 그만큼 현어운을 얕보고 있다는 것이기도 했다.

얼마 있지 않아 창천십협이 하나둘 입구에서 빠져나왔다. 재빨리 석실로 들어선 여섯은 급히 반월형으로 동굴의 입구를 막아섰다.

"놈이 너희들을 물러나게 할 정도로 강하단 말이냐?!"

검현자가 창천십협을 힐책하자 이들 중 얼마 전에 입구 쪽으로 침입자의 유무를 확인하러 갔었던 키 큰 사내가 변명하듯 말했다.

"놈의 모습과 기척이 보이지를 않습니다. 마치 귀신처럼 움직이고, 그가 사용하는 힘 또한 우리의 무기를 튕겨낼 정도로 강합니다."

"구차한 변명은 집어치워라! 너희들은 무림제왕성 백명부의 상징인 창기대원이다! 창기대원은 어떤 일이 있어도 물러나지 않는 법이거늘, 하물며 너희들은 창기대원 중에서도 강하기로 손꼽히는 창천십협이다!"

그의 호통에 여섯 사람은 말없이 고개를 숙였다. 상대가 강하다고 변명을 늘어놓는 법을 그들은 배운 적이 없었다. 자신들은 백도의 상징이라 할 수 있을 정도로 무공에 자부심을 가진 자들이었는데, 이렇듯 약한 모습을 보인 것이다. 하나 그것이 검현자와 함께하며 타락한 생활로 인해 얻게 된 나태함임을 그들은 모르고 있었다.

"위선자의 말에는 진심이 담겨 있을 수가 없다. 고로 너의 말에는 남을 설득시킬 힘이 없어. 그들은 내심 너의 말에 반박하고 있을 것이다."

그들의 뒤에서 갑자기 들려오는 소리에 일곱 사람은 대경하며 뒤로 돌아섰다. 그곳에는 피 묻은 도끼를 들고 검현자 일행을 보고 있는 현어운이 있었다.

"네놈은 대체 누구냐! 정말 우리가 알고 있던 현어운이 맞느냐?!"

검현자는 무림제왕성과 신록회의 판단과는 너무나 다른 현어운의 모습에 잠시 혼란스러울 수밖에 없었다.

"……."

현어운은 대답하지 않고 침상 위에서 아직도 몽환에 빠져 허우적대는 여인들을 불쌍한 눈빛으로 바라보더니 이내 두 눈을 감았다.

'너희들은 인간임을 포기했다.'

그의 몸이 또다시 사라져 버리자 여섯 사람은 크게 긴장했고, 검현자 또한 괴이한 현상에 놀라며 방어 자세를 취했다.

"크악!"

창천십협은 뭘 어떻게 해보지도 못한 채 동료 한 명을 또 잃어야만 했다. 목이 잘리며 피가 튀는 장면을 두려워할 이들이 아니었지만, 보이지도 않는 적에게 허무한 죽음을 맞이해야 한다는 사실에 대해 조금씩 공포감이 엄습하고 있었다.

"벽에 붙어라!"

검현자는 그 명성에 걸맞게 빠른 대처법을 제시했고, 다섯 사람은 급히 석실의 벽으로 움직였다. 하지만 검현자와 다섯이 벽에 채 도달하기도 전에 한 사람의 입에서 찢어질 듯한 비명이 울려 퍼졌다.

"크아악!"

작고 탄탄한 체격의 사내가 내지른 비명이었다. 그의 등이 갈라지며 피가 솟구쳤다.

"사, 살려줘!"

아직 죽지 않은 사내는 바닥에 쓰러져 허우적대며 목숨을 구걸했지만 남은 다섯 사람은 자신들의 목숨을 보존하기에 바빴다.

"이놈이 이런 무서운 능력이 있을 줄이야……."

검현자는 낯빛을 굳힌 채 자신의 검을 간간이 휘두르며 현어운의 공격에 대비했다. 그러다 앞에 쓰러져 피 흘리며 서서히 죽어가는 사내를 보고 한 가지 떠오르는 게 있었다.

그때 창천십협 중 하나가 방어를 위해 도를 휘두르다 거센 충격을 받고 도를 놓쳤고, 곧 머리에서 복부까지 날카로운 무언가에 갈라져 버렸다.

"으아악!"

처참한 죽음과 함께 돌연 창천십협 중 키가 큰 사내가 급히 몸을 날리더니 입구 쪽으로 달아났다. 좀 전과는 달리 놀라운 빠르기로 몸을 날린 사내는 입구 쪽까지 아무 일 없이 도착하자 자신의 검을 내밀어 보이지 않는 현어운의 공격에 대한 견제를 했다.

그 모습이 평소의 모습과는 달리 은근히 강맹한 기세를 뿜어내고 있었는데, 남은 두 사람은 경황이 없어 알아차리지 못했다. 하지만 검현자는 그 미묘한 변화를 느낄 수 있었고 곧 싸늘한 미소를 지었다.

'그래, 네놈이었구나……. 버러지 같은 놈! 네놈만 살겠다 이것이냐!'

그때 남은 두 사람은 서로 시선을 마주 본 뒤 이내 몸을 날렸다. 하지만 뒤를 따르던 창천십협의 하나는 제대로 된 공격조차 하지 못하고 목이 잘린 채 바닥에 쓰러져 버렸다. 아무도 없는 공간에서 목이 잘리는 모습을 지켜보던 검현자는 절로 소름이 끼쳤다.

'무, 무서운 놈……! 무제는 저놈의 능력을 알고 여의대에 넣었던 것이구나! 이번에 우리는 완벽히 당했다! 하지만 내가 이렇게 쉽게 죽을 수는 없지!'

그때 석실 입구로 달려가는 나머지 한 사람의 두 발이 잘려 버렸고, 검현자는 그 순간을 놓치지 않고 번개처럼 몸을 날려 자신의 앞에서 아직도 죽지 않고 숨을 헐떡이는 사내의 목을 검으로 자르더니 발로 머리를 차버렸다. 피가 사방으로 튀며 입구 쪽으로 날아갔고, 검현자는 아직도 부족한 듯 죽어버린 그의 팔을 잘라 날렸다. 잔인한 짓이었지만 효과는 어느 정도 볼 수 있었다.

사방으로 튄 피로 인해 석실 한 곳의 공중에 피가 몇 방울 떠 있는 것이었다. 그 모습을 본 검현자는 그제야 원래의 여유로운 웃음을 되찾았다.

"모습이 보인다면 네놈도 별것 아니지."

검현자는 지체없이 그를 향해 공격해 갔다. 단 일격에 죽이려는 듯 그의 검에서 뿜어져 나오는 짙푸른 검강은 강맹하다. 검은 일체의 변화 없이 단지 횡으로 그어지고 있었는데, 그 단순한 듯한 움직임에서 보이는 현기와 오묘함은 누구도 흉내 낼 수 없는 무당만의 검, 태극혜검(太極慧劍)이었다.

우우웅―!

현어운은 검현자의 일격을 피할 수 없는지 그 자리에서 꼼짝도 하지 않았다. 검현자의 검이 현어운의 허리를 가르기 직전, 현어운의 모습이 이 세상에 드러나더니 번개처럼 도끼를 휘둘렀다. 초섬유성수를 시전하는 그의 도끼에는 부강이 맺혀 있어 그 위력을 드러내 보이고 있었다.

"크흐윽!"

얼마나 빨랐는지 검현자의 검이 먼저였음에도 현어운의 도끼가 먼저 그의 팔을 잘라 버렸다. 사일체를 이룬 초섬유성수의 위력은 이토록이나 빠르고 강했다.

"네놈이……! 내 팔! 내 파알—!"

검을 사용하는 오른손이 잘렸으니 다시는 지금처럼 강한 무공을 가질 수 없게 되었다. 고통보다 무인으로서의 생명이 끝나는 사실에 대해 더욱 절망하고 있는 검현자였다.

'네놈 같은 위선자가 판을 치는 세상에서… 빈 매는 스스로를 위선자라 칭하였다. 하지만 위선자는 절대 스스로를 위선자라 하지 않아!'

그의 몸이 다시 사라진다. 그런데 몸에 피가 묻어 있었음에도 이번에는 전혀 모습이 보이지 않았다.

"……!"

그 모습에 깜짝 놀란 검현자는 고통도 잊은 채 태청양의심공(太淸兩儀心功)을 바탕으로 한 장력을 시전했다.

콰쾅!

부상을 입은 상태에서도 그의 장력은 대단한 위력을 발휘했지만 상대를 맞히지 못하면 아무런 소용이 없는 것이었다.

"어디냐, 이놈!"

"피를 묻혀 나의 위치를 알려고 한 것은 좋은 방법이었다."

"이야앗!"

검현자는 목소리가 들려오는 쪽을 향해 재차 장력을 시전했다. 하지만 그의 장력은 공허하게 빈 공간을 가르며 석실을 울릴 뿐이었다.

"하지만 이매망량을 풀고 난 뒤에는 피 묻은 옷도 나와 하나가 된다는 걸 몰랐나 보군."

"카앗!"

팔을 지혈할 생각도 않은 채 검현자는 다시 장력을 시전했지만 상대는 뜬구름인 양 도무지 맞지를 않았다. 문득 그냥 통과하는 것일지도 모른다는 허황된 생각이 들자 검현자의 마음에도 드디어 두려움이 엄습해 오기 시작했다.

"이, 이, 귀신같은 놈! 비겁하게 숨지 말고 모습을 드러내라! 무인이라면 정정당당하게 상대를 하는 것이다!"

"나는 이매망량… 너희들이 생각하는 무인이 아니다. 굳이 치자면 너 같은 더러운 배신자를 처단하는 자객이지."

"자, 자객⋯⋯."

현어운의 말에 검현자는 돌연 잊고 있던 기억을 떠올렸다.

'귀영무혼오살!'

하지만 검현자는 알고 있었다. 무림에 알려진 귀영무혼오살과 무황의 동귀어진은 거짓이고 한 사람이 더 있다는 것을.

'그럴 리가⋯⋯!'

"허무한 죽음만큼 서러운 것도 없겠⋯⋯?!"

현어운은 말을 잇다 멈추고 입구 쪽을 바라보았다. 어느새 입구에 서 있던 자가 사라지고 없었다.

‘냄새……! 위험한 냄새!’

더욱 심각한 것은 그의 기억에 들어 있는 냄새라는 것이었다.

‘양중 지부? 벽력탄……!’

우르르릉—!!

유부의 사자가 내는 울음이 울리는 순간, 현어운의 몸은 이미 입구를 통과하여 통로를 지나고 있었다.

“이, 이것은?!”

콰콰콰쾅—!!

무시무시한 폭음과 함께 석실이 갈라졌고 입구 쪽에서 화염이 불어 닥치고 있었다.

“네 이노옴—! 이 배신은 죽어서도 잊지 않겠다—!! 아아악!!”

검현자의 분노와 두려움에 찬 절규가 지하 석실을 맴돌고 있었지만, 그것마저 석실이 무너지는 굉음에 묻히고 말았다.

쿠쿠쿵—!

석실이 무너지며 검현자의 신형이 돌덩이에 가려졌다. 얼마 지나지 않아 화염은 그쳤지만 검현자가 기거하는 건물은 밤하늘을 울리며 가라앉고 있었다.

第二章

본 적이 있다

　하지만 난 분노보다는 두려움이 더욱 컸던 것 같다. 나에게 모든 것을 가르친 자, 즉 나의 사부라 할 수 있는 그였기에 본능적으로 두려웠던 것이다. 그는 선천적으로 천재성을 타고 났으며, 무공 또한 천인지경이었다. 절연세운기는 나만이 익힐 수 있다고 했지만, 아마 그는 일부러 익히지 않았을까 하는 게 나의 추측이다. 절연세운기와 자신의 검, 누가 더욱 강한지를 알기 위해서였지 않을까 한다. 그는 그토록이나 강한 상대를 원하고 있었다. 자신이 기른 자마저 적으로 돌릴 정도로.

"…엄청난 위력이군."

사내는 비릿하게 웃으며 어둠 속을 유유히 미끄러져 가고 있었다. 최근에 받은 것을 이렇게 빨리 쓰게 되리라고는 생각도 못했지만, 어쨌든 예상보다 훨씬 강했던 여의대원 하나를 죽였으니 큰 문제는 없을 것이라 생각했다.

천검지십팔제자(天劍之十八弟子)라 칭해지는 자신들은 실제로 활동을 하는 아홉 명의 간자(間者)와 암중에서 이들을 감시하는 역할을 가진 또 다른 아홉 명의 간자로 구성되어 있었다. 아홉 중 뛰어난 실력을 가진 검현자가 죽어 손실이 컸지만, 신록희에서 단 한 번의 전투로 주목하게 된 여의대원들 중 하나를 죽이는 과정에서 일어난 일이니 큰 손해는 아니었다.

지반이 무너지는 소리가 장원을 울리고 무사들의 소란함이 느껴진다. 무림제왕성의 힘이 수뇌 하나가 죽었다고 무너질 리는 없지만 이번 일로 큰 혼란을 겪지 않을 수 없을 것이다.

'만독색신께 돌아가 이 사실을 알리자.'

감시자의 역할인 사내는 귀신처럼 보이지 않던 상대의 무서운 능력을 떠올리며 몸을 날렸다. 지형물을 이용하지도 않고 완벽하게 은신하는 무공은 그로서는 생전 처음 보는 무서운 장면이었다. 자신이 본실력을 드러내어 도망치지 않았다면 자신도 석실 속의 동료들처럼 되었으리라.

"벽력탄… 신록희."

"……!"

어둠 속에서 갑작스레 들려온 목소리에 놀란 사내는 급히 경공을 멈추고 발검하였다.

"누구냐?!"

"너희들은 절대 볼 수 없는 귀신……."

"헛소리하지 말고 정체를 드러내라!"

사내는 들어본 목소리에 설마 하며 냉정함을 유지한 채 말했지만 그어느 곳에서도 상대의 기척이 느껴지지 않았다. 목소리가 나오는 위치를 보면 분명 자신의 앞에 있을 텐데, 앞의 어디에도 존재감이 없었다.

"인간임을 포기했으며… 그런 무기로 잘도 죄없는 여인들을 죽였구나."

"크흑!"

원래 그랬던 것마냥 사내의 검을 들고 있던 우수가 어깨까지 잘려나갔다. 지독한 고통에 사내는 자신도 모르게 자리에 주저앉을 수밖에 없었다.

“넌 누구지?”

현어운이 보이지 않는 곳에서 물었지만 사내는 비릿하게 웃으며 소리쳤다.

“크큭! 그냥 죽여라! 나에 대해 알려면 저승사자에게 묻는 것이 더욱 빠를 것이다!”

“그럼 자살해. 죽이라는 말이 쉽게 나올 정도면 스스로 목숨을 끊는 것도 어렵진 않을 거다.”

“이……!”

사내는 현어운의 말에 얼굴을 일그러뜨리며 자리에서 일어나더니 품속에서 무언가를 꺼내는 시늉을 하였다.

“내 곁에 있는 것 다 안다. 하지만… 네놈이 나를 죽이는 순간 이것이 땅에 떨어져 충격을 받는 순간 폭발할 것임을 잊지 마라!”

벽력탄을 두고 한 말에 현어운은 잠시 아무 말도 하지 않았고, 사내는 회심의 미소를 지으며 걸음을 천천히 옮겼다.

“죽고 싶으면 나를 죽여라. 크큭! 커헉!”

사내는 불에 지져진 것만 같은 화끈한 고통이 복부에서 느껴지자 자신도 모르게 벽력탄을 쥐고 있던 손을 배로 가져갔다. 하지만 손에서는 아무것도 떨어지지 않았다.

“으으…… 컥!”

그의 목이 반쯤 잘리더니 이내 숨을 멈추고 자리에 주저앉고 말았다. 그의 일 장 앞에 모습을 나타낸 현어운의 안색은 하얗게 질려 있었다. 최대의 힘을 이용해 석실을 빠져나왔지만 폭발의 여력을 완전히 피하지 못하고 내상을 입은 것이다.

“다섯 사람이 위험해.”

일각도 채 되지 않은 시간에 많은 사람들을 죽인 것으로 인한 죄책 감보다 동료들이 위험하다는 생각에 조급함이 더욱 강했다.

"유림… 널 지켜줄게. 나와 가까운 사람이 또 죽으면 안 돼."

자리에서 일어나 도끼를 허리춤에 찬 현어운은 다시 이매망량으로 돌아갔다. 이 세상과 저 세상의 경계에 들어가자 몸이 한없이 가벼웠 지만 내상을 입은 몸이었기 때문에 모든 싸움이 끝난 뒤에는 적지 않 은 무력감에 힘이 빠지리라. 그때가 걱정되어도 그는 멈출 생각이 없 었다.

'이번에는 내가 지켜주마.'

여의대원 다섯 사람에게는 경공으로 반 시진의 거리였지만, 이매망 량의 현어운은 이 다경도 채 되지 않아 산채 앞에 도달할 수 있었다. 하지만 내상을 입은 데다 긴 거리를 무리하여 달려왔기 때문에 상당히 지칠 수밖에 없었다.

멀리 수풀 속에서 몸을 드러낸 현어운은 바닥에 주저앉아 가쁜 숨을 몰아쉬고 있었다. 이매망량에서 내상을 입었을 때에는 그 치료법이 다 른 무림인들과 달리 매우 특이했다. 이매망량의 상태에서 아무것도 하 지 않은 채 가만히 경계의 자유로움을 느끼기만 하면 되는 것이었다. 물론 내상의 정도에 따라서 그 시간이 달라지지만.

하지만 자신의 내상이 가벼운 것이 아니었고, 촌각의 시간이라도 아 껴야 할 상황이었기에 쉴 틈이 없었다. 위험에 처한 동료들이 언제 만 독색신의 독과 음탕함에 희생될지 몰랐기 때문이다.

특히 만독색신이 유난히 색을 밝힌다고 했으니, 여인들을 결코 온전 한 꼴로 가만히 놔두지는 않을 것이다. 방금 전에 있었던 검현자와 창천십협의 추잡스런 색향이 떠오르자 다시 분노가 치솟는 그였다.

가쁜 숨을 몰아쉬며 자리에서 일어난 현어운은 그 옛날 수없이 해왔던 이매망량의 훈련을 떠올렸다. 그때는 지금보다 더한 상황에서도 자객의 일을 완수하는 훈련을 했었다. 지금 힘들고 고통스러운 것을 참으면 자신의 동료들을 위험에서 구해줄 수 있을 것이다.

몸이 사라지자 현어운은 어디든 갈 수 있을 것만 같은 붕 뜬 느낌을 받았다. 산채의 정문에는 경계무사 넷이 주변을 살피고 있었지만, 그들은 머리 위를 날아가는 현어운의 모습은커녕 기척조차 느끼지 못했다.

안으로 들어서자마자 현어운은 산채 전체에서 풍겨오는 위험한 냄새를 감지할 수 있었다. 그와 동시에 임시 장원에서도 맡았던 미혼산의 기분 나쁜 냄새도 맡았다.

'독과 미혼산… 장원에서보다 더욱 강한 냄새다! 어서 찾아야 해!'

냄새의 근원지를 찾아 헤매던 현어운은 내부의 경계가 생각보다 매우 삼엄하다는 것을 알 수 있었다. 하지만 완벽한 이매망량을 이룬 그의 모습을 볼 수 있는 자는 아무도 없었다.

그렇게 마치 안방인 양 이리저리 움직이던 현어운은 자신이 근원지를 찾지 못하고 겉돌고 있음을 알아챘다.

'대체 무엇 때문에 이매망량의 본능이 통하질 않는 것이지?'

초선득은 이매망량의 본능으로 찾지 못할 것이 없으며, 얻지 못할 것이 없다고 했다. 실제로 이매망량의 본능을 이용해 물건을 찾는 많은 훈련을 해왔었고, 그때마다 본능은 실망을 안겨주지 않았다.

그런데 지금은 본능이 냄새를 맡고 있지만 그 방향을 확실하게 찾아가질 못하고 있는 문제가 발생한 것이다. 그렇지만 지금 당장 그 이유를 생각할 시간적 여유가 없었다.

'다른 쪽으로 생각해 찾아보자.'

어떤 문제인지는 모르지만 지금 당장 만독색신이 있는 장소를 찾을
수가 없었다. 잠시 머리를 굴리던 현어운은 번뜩 떠오르는 생각에 그
즉시 몸을 날렸다.

'내가 모르면 상대가 스스로 나오게 하면 되겠지!'

현어운은 사람들이 쉽게 모이는 확 트인 장소로 향했다. 그곳에 경
계를 서는 세 사람의 무사가 있었던 것을 기억한 것이다. 순식간에 그
곳에 도착한 현어운은 자신이 살인을 시작한 지 얼마 되지도 않았는데,
목적을 위해 살인을 하는 것에 잠시 자책감을 가졌지만 애써 스스로
위안했다.

그의 도끼가 초섬유성수의 힘을 얻어 번개처럼 날아가 횃불 아래에
서 있는 세 사람 중 한사람의 목을 갈라 버렸다.

"크흑!"

옆에서 멀쩡히 잘 있던 동료가 갑작스럽게 피를 뿜어내며 쓰러지자
나머지 두 사람은 경악하며 무기를 꼬나 쥐고 주변을 경계했다. 하지
만 나머지 한 사람의 목도 순식간에 갈라지며 죽어버리자 남은 한 사
람은 벌벌 떨면서 도망가기 시작했다.

"귀, 귀신이다! 으아악!"

사람은 보이지도 않는데 동료의 목이 갈라지며 죽어버리니 귀신이
라 생각할 수밖에 없을 것이다.

한밤중의 비명으로 산채 곳곳에서 소란이 일어나기 시작했고, 곧이
어 시체가 누워 있는 곳에 비상용으로 매달린 종(鐘)이 밤하늘을 울려
퍼지기 시작했다.

땡땡땡땡!

종소리가 울리자 산채 내의 소란은 더욱 심해졌고, 곧이어 곳곳에서 무사들이 종소리가 울린 곳으로 이동하기 시작했다.

"귀, 귀신입니다!"

살아남은 사내가 정신없이 도망치다 사람들을 발견하곤 공포에 질린 얼굴로 무사들에게 말했지만, 가장 선두에 있던 자는 눈썹을 꿈틀거리며 싸늘한 미소를 지었다.

"귀신 때문에 비상 타종을 울렸단 말인가?"

그의 전신에서 스산한 살기가 일어나고 있었다. 그는 바로 야간의 경계를 책임지고 있는 자로, 신록본당의 백팔채주의 하나인 파천건곤권(破天乾坤圈) 양음휘였다. 이 산채에서 만독색신 다음가는 직위를 맡고 있는 부책임자이기도 했다.

"저, 정말로 귀신이었습니다! 경계를 서고 있던 다른 두 사람의 목이 차례대로 갈라졌을 뿐만 아니라 비상 타종이 저절로 흔들리며 울었습니다."

퍼억!

"아악!"

양음휘는 무사의 얼굴에 주먹을 내다 꽂은 후 함께 온 무사들에게 외쳤다.

"멍청한 놈! 한낱 귀신이 어찌 사람에게 해를 가할 수 있겠느냐! 침입자가 나타났으니 홀로 떨어지지 말고 다섯 명씩 뭉쳐서 흩어져라. 얼마 전에 도망간 광마일 수도 있으니 모습을 보면 우선 신호를 보내야 한다!"

그의 명령이 떨어지자마자 무사들이 사방으로 흩어졌다.

양음휘는 쓰러진 사내를 재촉해 침입자가 나타났던 장소로 이동했다. 두 구의 시신만이 침입자의 흔적을 드러내 보이고 있었다. 시체의 상흔을 가만히 살펴보던 양음휘는 곧 의아한 표정을 지어 보였다.

"이런 날카로운 상흔을 남기려면 검기만으로는 부족해. 검강의 수준에는 들어야 한다. 그런데 광마는 검기나 검강을 쓰지 않았어. 그럼 대체 누구지? 남은 여의대원 하나는 이런 능력이 없다고 했는데……."

그때 멀리서 다소간의 소란이 밤하늘의 기운을 일렁이게 했다. 간간이 들리는 비명 소리와 고함 소리가 침입자로 인해 생긴 일임을 추측케 해주었다.

일행을 이끌고 소란이 일어난 장소로 급히 달려간 양음휘는 열 명의 무사가 모두 죽어 있는 것을 볼 수 있었다. 목이 잘려 있거나 머리가 갈라져 있었고, 그것도 아니면 배가 갈라져 내장이 흘러나와 있어 하나같이 끔찍한 모습이었다.

"젠장, 대체 어떤 놈이냐! 광마가 아니라면 대체 누가 이곳에 침입했단 말인가!"

쿠우웅!

"……?!"

갑자기 멀리서 어떤 커다란 굉음이 울려왔다. 소리가 들려온 방향을 보면 입구 쪽인 듯했는데 대체 어떤 소리인지 알 수가 없었다.

"그놈의 경공술이 얼마나 대단하길래 이곳에서 입구 쪽까지 금방 도착할 수 있단 말이냐?"

양음휘는 급히 사람들을 이끌고 정문 쪽으로 향했다. 반쯤 도달했을 때 제법 가까운 곳에서 또다시 엄청난 폭음이 울려왔다. 급히 방향을 바꾸어 소리가 울린 곳으로 향해 가자 그곳에는 삼십여 명의 무사가 한 사람을 에워싸고 치열한 혈전을 벌이고 있는 중이었다.

"광마!"

양음휘를 뒤따라오던 자들 중 하나가 겁에 질린 목소리로 외쳤다. 독에 중독되었음에도 무시무시한 위용을 보여주고 유유히 물러나던 게 바로 한 시진 전이었다. 그런데 지금 이렇게 멀쩡한 모습으로 다시 나타나 살육을 벌이려 하고 있으니, 사람인 이상 두려운 마음이 들지 않을 수가 없을 것이다.

그것은 양음휘도 다를 바 없었지만 그래도 그는 백팔채주의 하나이자 이들의 통솔자였다. 그리고 그만큼 무공 실력도 뛰어났기에 결코 주눅 들지 않았다.

"모두 공격하라!"

이십여 명에 달하는 무사들까지 합세하여 거의 오십 명이 넘는 자들이 광마 한 사람 때문에 합공을 하는 형국이 되었다. 이들 또한 합격진을 훈련했기에 오십 명이란 많은 인원이 모였지만 질서가 정연했고, 자기편을 공격하는 실수를 하지 않았다.

"크하앗!"

광마는 정문에서부터 보이는 대로 모조리 죽여 버렸기 때문에 전신에 피가 흠뻑 젖어 있어 소름 끼칠 정도로 섬뜩한 모습을 하고 있었다. 게다가 입가에 맺힌 잔인한 미소는 아직 자신의 살육이 끝나지 않았음을 표현하는 것 같았다.

"크악!"

"아아악!"

그의 강맹한 일검에 세 사람이 뒤로 날아가 버렸다. 죽지는 않았지만 하나같이 팔이 부러져 있어 얼마간의 요양이 필요할 듯했다.

채채챙!

광마는 공격으로 인해 생긴 빈틈이 번개가 무색할 정도로 빠르게 검으로 메워 버렸다. 광마의 허점을 찌르던 다섯 자루의 검이 광마의 거검에 부딪치자 반탄력으로 인해 뒤로 세 걸음이나 물러나고 말았고, 광마는 되레 그 틈을 놓치지 않고 거검을 재차 휘둘렀다.

"크허헉!"

지독한 파육음과 함께 팔다리가 끊어지고 피가 사방에 흩뿌려졌다. 무사들은 동료가 죽어도 물러나지 않고 끝까지 공격을 퍼붓고 있었지만, 광마 또한 자신의 공격을 멈출 생각이 없어 보였다.

"독에 중독되었는데, 한 시진 만에 해독했단 말인가?! 어떻게 그럴 수가 있단 말인가!"

양음휘는 만독색신의 독이 얼마나 지독한지를 잘 알고 있었다. 만약 그가 마음먹고 독을 살포한다면, 자신을 포함한 산채의 천 명이 넘는 무사 모두가 죽음을 면치 못할 정도로 대단한 용독술과 독공을 지닌 자였다.

그런 그의 독에 중독되었음에도 광마는 아무렇지도 않게 이백이 넘는 자들을 죽이고 달아난 것도 모자라 다시 나타나 예전처럼 무시무시한 괴력을 발휘하고 있는 것이다.

"괴물 같은 놈!"

광마가 있는 곳으로 속속들이 무사들이 모이고 있었지만 한 사람의 가공할 무공을 감당하지 못하자 양음휘는 결국 만독색신을 부를 필요성을 느꼈다.

"지금 당장 총채주에게 연락을 취하라! 광마가 해독한 채 다시 나타났음을 전하거라!"

무사 셋이 양음휘의 명령을 듣고 재빨리 신형을 날렸다.

"빌어먹을 여의대 놈들!"

겨우 여섯을 생포하려는데 이백이 넘는 피해를 입었다. 그것도 웬만해서는 모습을 드러내지 않는 만독색신이 직접 나섰음에도 말이다. 이들을 지휘하는 자신에게는 크나큰 치욕이 아닐 수 없었다.

양음휘는 허리춤에 차고 있던 두 개의 건곤권을 두 손에 찼다. 광마를 향한 살기가 숨길 줄 모르고 솟아오르고 있었다.

"미친놈! 어서 줄을 풀어, 이 허여멀건 한 변태 새끼야! 거기서 조금만 더 움직이면 죽여 버릴 줄 알아!"

"……."

조선영은 팔다리가 꽁꽁 묶인 채 침상 위에 누워 있었는데, 연신 욕을 해대는 전유림과는 다르게 침묵을 지키고 있었다. 반쯤은 체념한 것이기도 했다. 이유는 자신들이 무엇을 해보려 해도 지독한 신선폐에 당한 듯 몸에 힘이 들어가질 않았기 때문이다.

"하하하! 네년은 가장 마지막에 음미해 주지. 워낙 시끄러워서 그다지 구미가 당기질 않는구나. 어쩌면 깨끗하게 죽여줄 수도 있으니 기대하고 있거라!"

알몸으로 남성의 흉물을 그대로 드러낸 채 웃고 있는 자는 도저히 노인으로 보이지 않는 젊고 건장한 몸을 가진 만독색신이었다.

침상 앞에 선 만독색신은 침상 위에서 꿈틀거리고 있는 만위령을 지켜보며 만족스러운 미소를 지었다.

"남자를 한참 알아가고 육체 또한 풍성하며, 나이 또한 적당하니 너를 먼저 취하는 영광을 주겠다."

"이 미친 시캬! 그 디러운 거시기 치우지 못해? 그녀한테서 떨어지란 말이야! 확 물어뜯어 버리기 전에!"

"하아……!"

하지만 만위령은 음약에 취했는지 오히려 달뜬 신음 소리를 흘리고 있었다. 발가벗은 채 침상 위에서 흐느적거리는 모습은 너무나 색정적이라 만독색신의 흉물은 더욱 용솟음치고 있는 상태였다.

"흐흐!"

두 여인이 지켜보는 가운데 다른 여인을 탐하는 것을 해보지 않은 것은 아니지만, 이렇게 아름다운 여인으로만 이루어진 합방은 만독색신으로서도 정말 오랜만이었다. 비록 광마를 놓치긴 했지만 치사량에 달하는 무형신랑분을 흡입했기 때문에 결코 몸이 성할 리가 없었다. 그런고로 지금은 마음 편히 이들을 취하면 될 것이고, 다음날 공개 처형하면 되었다.

만독색신의 손이 그녀의 몸에 살짝 닿기만 했음에도 그녀의 입에서는 교성이 튀어나온다. 그만큼 음약의 힘이 대단하기도 했지만 그녀의 몸이 남자의 손길을 필요로 할 정도로 성숙해 있다는 것이기도 했다.

"좋아, 좋구나……."

만독색신은 두 여인이 분노의 눈빛으로 노려보고 있음에도 전혀 상관하지 않고 만위령의 몸을 조금씩 점령해 가고 있었다.

"이익… 개자식! 신선폐 따위가 어떻게……!"

전유림은 만독색신에 대한 살기를 줄기줄기 뿜어낸다. 잠력은 내공과는 사뭇 다른 힘이기 때문에 내공을 흩어버리는 신선폐에 영향을 받지 않아야 정상이었다. 그런데 만독색신의 신선폐는 잠력마저 흩어버렸으니, 그 독이 비정상적으로 강력하다는 것을 인정하지 않을 수 없었다.

　조선영은 아예 자신의 감정을 초월해 버렸는지 초연한 표정으로 두 눈을 감고 있었지만, 눈꼬리가 파르르 떨리는 것을 보니 분노를 어찌할 줄 몰라 하고 있음이 분명했다. 그녀는 마도에 몸담은 여인이었지만 결코 몸을 함부로 다루지 않았기에, 이 사태에 큰 고민을 하고 있는 중이었다.

　'무인답게 목숨을 끊어야 하는가… 아니면 어떻게든 살길을 모색해 복수를 해야 하는가?'

　"아아……! 아흑!"

　만독색신의 손이 만위령의 가슴을 부드럽게 또는 거칠게 거닐며 그녀를 농락하자 열락에 빠진 교성이 점점 커지고 있었다. 두 여인은 자신의 동료가 수치스런 일을 당하는 것에 대한 분노와 함께 수치심에 빨개진 얼굴로 어쩔 줄 몰라 하고 있었다. 특히 전유림은 무력한 상태로 아무것도 하지 못하고 지켜만 봐야 하는 현실에 이를 바득바득 갈면서 자신의 분을 풀고 있었다.

　"이야아아아! 이 개자식아!! 죽……!"

　전유림은 찢어질 듯한 만위령의 교성을 견디다 못해 괴성을 질렀고, 만독색신은 색정으로 가득한 미소를 지으며 지력을 날려 그녀의 아혈을 점해 버렸다.

　"그 비명을 흥분으로 바꿔주고 싶구나. 다음은 너로 순서를 바꾸어야겠군."

　만독색신은 만위령의 몸을 탐하고 있었지만 이상하게도 호흡은 거칠지가 않았다.

　"후후!"

그의 입이 그녀의 전신을 헤매기 시작했다. 굴러 들어온 먹이는 결코 급하게 먹지 않는다. 천천히 음미하다가 상대가 도저히 견디지 못할 정도가 될 때쯤에야 그는 자신의 모든 것을 폭발시켰다. 오늘은 세 사람이니 오랜 시간이 걸리겠지만 그것 또한 그에게는 즐거운 유희였다.

"아아! 아아앙! 제발……!"

"갈! 겨우 그 정도에 무너지는 것입니까?!"

조선영이 결국 참지 못하고 소리쳤지만 만위령은 이미 깊은 쾌락에 빠져 버린 듯 그의 애무에 정신을 차리지 못했다.

"초, 총채주님!"

그때 한껏 오른 분위기를 차갑게 가라앉히는 다급한 외침이 울려왔다.

"……."

만독색신은 자신이 여인을 탐할 때 누가 오는 것을 매우 싫어할 뿐만 아니라, 그자를 고통스럽게 죽인다는 것을 수하들이 모를 리 없다는 걸 알고 있었다. 그럼에도 이렇게 자신을 부른 것은 보통 일이 아니라는 말이었다.

"광마가 왔더냐?"

냉랭한 목소리에 밖에 서 있던 세 무사는 전신을 부르르 떨며 말했다.

"그, 그렇습니다! 독에 중독되지 않은 것처럼 무공을 시전하고 있습니다!"

"……."

만독색신은 광마가 한 시진도 채 안 되어 해독했다는 사실을 믿지 않았다. 독에 중독된 후 도망쳤다는 것에서 그는 결코 만독불침 같은 허황된 경지는 아님이 분명했으니, 어느 정도 독을 가라앉힌 뒤 다시 온 것이 분명했다.

"이번에는 무형신랑분 같은 시시한 독으로 끝내지 않겠다."

잔인한 미소를 지으며 만위령의 나체에서 몸을 일으킨 그는 아쉬운 표정을 애써 지우며 옷을 입었다. 그녀의 혈을 집어 정신을 잃게 한 만독색신은 두 눈에 잔인한 기색을 띠며 밖을 향해 말했다.

"들어오너라."

아무리 긴박한 상황이었다고는 하나 세 사람을 이대로 살려둘 생각은 없었다. 이유야 어떻든 자신의 즐거움을 방해한 셈이니 죽일 생각이었던 것이다.

"……."

밖에서 아무런 기척도 없자 만독색신은 순간 무시무시한 살기를 내뿜다가 이상함을 느끼고는 급히 밖으로 나갔다.

"……!"

놀랍게도 밖에는 세 명의 무사가 목이 잘린 채 죽어 있었다. 이에 만독색신은 지체하지 않고 안으로 들어가 문을 닫아버린 뒤 두 팔을 좌우로 펼쳤다. 소매가 그의 기에 의해 파르르 떨린다. 바로 독을 뿌림으로써 자신만의 절대 영역을 만드는 만독색신만의 독특한 수법이었다. 반경 일 장 내에 들어오는 자는 그 순간 즉시 한 줌의 핏물로 화해 버릴 수밖에 없는 강력한 독이 그의 소매에서 흘러나왔다. 기로 미세한 분말들을 흩어지지 않고 일정 범위 내로 고정시키는 적원무형산(積圓無形散)이라는 수법이었다.

"……?"

자신이 기척도 느끼지 못한 자라면 필시 보통 인물이 아닐 것이란 생각에 절초 중의 하나인 적원무형산을 시전한 그는 침상 위에 있어야 할 만위령이 보이지 않는다는 것을 발견했다. 그는 즉시 시선을 돌려 조선영과 전유림이 있는 곳을 보았다.

"아니?!"

놀랍게도 조선영과 전유림이 어떻게 했는지 막 밧줄을 풀고 간신히 자리에서 일어나는 중이었다. 그들의 뒤에는 만위령의 아름다운 나신이 놓여 있었다. 어찌 된 영문인지를 생각하기도 전에 만독색신은 대노하며 신형을 날렸다.

"감히!"

두 여인을 향해 번개처럼 다가간 만독색신은 두 사람을 아예 죽여버릴 요량으로 장력을 날리려 했다.

"……?!"

하지만 그는 손을 내지르려는 순간, 뭐라 말하기 힘든 기묘한 기분을 느끼며 본능적으로 팔을 빼고 몸을 옆으로 회전시켜 본래의 자리에서 벗어났다.

"……?"

뭔가 섬뜩한 느낌이었다. 만약 움직이지 않았다면 죽었을지도 모른다는 그런 기분. 만독색신은 그 기분을 맛보는 순간 두 눈을 크게 뜨며 주변을 돌아보았다.

"설마 그럴 리가……?"

한편 현어운은 이매망량인 상태에서 하는 공격을 만독색신이 피해버린 것에 놀라고 있었다. 자신의 공격을 피한 광마도 공격이 지적에 다다르기 직전에서야 가능한 일이었다. 그런데 저자는 공격이 채 이루어지기 전에 미리 피해 버리는 것이 아닌가? 도무지 이해할 수 없는 일이었다.

‘이매망량의 본능이 통하지 않은 것은 저자의 기이한 독 때문에 혼란을 일으켰다고 생각하면 되겠지만… 이매망량의 공격을 이렇듯 피할 수 있는 것은 무공이 천인지경에 이르지 않는 이상 불가능한 일이다. 그 외에는 같은 이매망량의 수련을 한 자라면 가능할지도 모르지만… 그런 자는 없지 않은가? 그럼 저자의 무공이……?

실로 놀라운 일이 아닐 수 없었다. 용독과 독공을 사용하는 자가 천인지경의 무공을 가진 자라는 것을 누가 쉽게 믿을 수 있겠는가?

“흐흐흐흐……!”

만독색신은 이내 어떤 판단을 마쳤는지 이전과는 다른 섬뜩한 웃음을 지으며 눈을 이리저리 굴리더니 갑자기 한 손을 뻗어 세 여인이 있는 곳을 향해 독공을 시전했다.

우웅—!

묵빛 기운이 감도는 장력이 모든 것을 녹여 버리겠다는 듯 날아갔다. 하지만 세 사람을 채 맞히기도 전에 독장은 반으로 갈라지는가 싶더니 사방으로 흩어져 버리는 것이었다.

현어운은 예상외의 반력에 하마터면 이매망량이 풀릴 뻔함을 느꼈다.

‘그래도 이매망량을 이길 수 있을 것 같더냐! 누구도 나를 느낄 수 없을 것이다.’

그때 상대의 손에서 섬뜩한 어떤 냄새가 풍겨왔다. 그것이 독임을 즉시 느낀 현어운은 급히 뒤로 움직여 두 여인을 뒤쪽으로 밀어버렸고, 바닥에 누워 있는 만위령을 안고 급히 몸을 옆으로 날렸다. 만위령 혼자 저절로 공중으로 날아 바닥을 나뒹구는 모습이 괴기스러워 보였다.

"크흐흐!"

용독술이 실패하자 만독색신은 곧바로 만위령을 향해 세 손가락을 펼쳐 앞으로 내밀었다. 그러자 세 손가락 사이에서 작은 구슬만한 크기의 묵빛 구체가 화살처럼 튀어나갔다.

"독강(毒罡)?!"

조선영은 상대의 무공에 크게 놀라고 말았다. 하지만 전유림의 재촉으로 정신을 차려야만 했다.

"어서 노처녀를 데리고 나가자!"

독강이 그녀의 몸에 적중되려는 찰나, 어떤 강력한 힘에 의해 옆으로 튕겨나 버렸다. 그 힘에 독강을 조종하던 만독색신의 몸이 크게 흔들렸지만, 독강은 다시 선회하여 만위령의 몸을 향해 날아갔다.

그때 두 여인이 힘겨운 몸을 이끌고 만위령을 질질 끌고 나가기 시작했다. 보이지 않는 현어운이 자신들을 지켜줄 것이라 생각하고 과감한 행동을 한 것이다.

그 모습에 현어운은 어떻게든 독강을 막아내야 한다 생각했고, 곧 결심을 내렸다.

'할 수 없다……!'

만위령을 향해 날아오는 독강을 이번에는 정면 승부로 부강을 뿜어내며 초섬유성수를 사용했다.

콰콰쾅!

"으으윽!"

"크흑!"

만독색신은 피가 입 밖으로 뿜어져 나오려는 것을 간신히 참고 뒤로 세 발자국이나 물러나고 말았다. 독강은 이미 소멸되었지만 적원무형산은 여전히 유지하고 있었다. 그것이 풀리면 자신이 위험해진다는 것을 그는 알고 있었다.

현어운의 상태 역시 그다지 좋지 않았다. 예상보다 훨씬 강력한 독강의 위력에 큰 내상을 입고 이매망량의 상태가 풀려 버린 것이다. 이곳으로 무리하게 달려오면서 내상을 제대로 치료하지 못했다는 것도 이런 결과에 한몫했다.

"크흐흐흐! 여의대원 중의 한 명이군! 하나 그 진실은 이매망량이구나!"

"……?!"

현어운은 상대가 자신의 정체를 알고 있자 심장이 터질 것만 같은 놀라움을 느꼈다. 전혀 예상치도 못한 상황에 이매망량의 상태로 돌아가는 것도 잊은 채 만독색신을 바라보았다.

"넌… 누구지?"

그의 물음에 갑자기 만독색신의 얼굴이 굳어졌다. 돌덩이처럼 굳어 버린 표정은 색만 밝히던 가벼운 만독색신의 모습이 아니었다.

"죽으면 된다."

싸늘한 말과 함께 만독색신이 쌍장을 내밀었다.

콰콰쾅!

현어운은 이미 몸을 피했지만 돌연 입과 코에서 주체할 수 없는 피가 흘러나오기 시작했다.

"우읍……!"

시커먼 피가 중독되었음을 알려주었다.

"귀영무흔일살… 이매망량의 역사상 최고의 경지에 이르렀다고 말하더군.”

“……!”

“이매망량의 약점 중 하나는 독이다. 그 다음에는… 상대적으로 나처럼 강한 자에게는 정면 승부가 힘들다는 것. 그리고 마지막으로…….”

만독색신의 입가에 잔혹한 미소가 맺힌다. 그의 손에는 시커먼 구슬 크기의 독강이 다섯 개나 만들어져 있었다. 독강 하나로 조종할 수 있다는 것 자체로도 놀라운 일이거늘, 만독색신은 다섯 개나 만든 것이다.

“같은 이매망량끼리는 어이없을 정도로 약하다는 것이지. 내 비록 이매망량의 상태에 이르는 법을 오랜 세월로 인해 잃어버렸지만 상대를 느끼는 감각이 죽은 것은 아니지.”

“이매망량이라니?!”

우우웅―!

다섯 개의 독강이 무시무시한 독을 뿜으며 날아가자 현어운은 놀라움을 뒤로하고 급히 몸을 밖으로 날렸다.

퍼퍽! 퍽!

하지만 독강은 벽과 문, 창을 모두 뚫어버리고 현어운을 향해 날아왔다.

“크흑!”

현어운은 내상으로 인한 고통을 억지로 참아내며 이매망량의 상태로 돌아갔고, 엄청난 속도로 다시 방 안으로 들어갔다. 하나 그것은 현어운의 치명적인 실수였다.

“우욱!”

놀랍게도 방 안에는 이미 독으로 가득 차 있었던 것이다. 자리에 주저앉아 피를 쏟으며 다시 원래대로 돌아온 현어운은 고통보다 만독색신이 어떻게 이매망량일 수 있는지에 대한 의문이 더 강했다.

'전대의 이매망량들……! 생각지도 못했다! 초선득 단 한 명뿐인 줄 알았거늘!'

그때 독강이 다시 되돌아와 현어운의 등을 노렸다. 번개처럼 자리에서 일어난 현어운은 다시 이매망량으로 돌아가 억지로 지붕을 향해 몸을 날렸다.

쾅!

지붕의 나무들이 부서지며 현어운은 지붕 위로 올라섰다. 다리가 후들거리고 피는 계속 쏟아져 이매망량의 상태를 유지해도 이매망량만의 장점을 드러내기란 힘들었다.

"기억을 잃은 채 살았다면 자비로 인해 영원히 편히 살았을지도 모르는 일이었건만… 결국 모두 기억해 낸 모양이구나. 이만 죽어라!"

역시 지붕 위에 있던 만독색신은 독강을 조종하여 사방에서 현어운에게로 쏟아지도록 하였다. 독에 심하게 중독된 현어운으로서는 절체절명의 순간이었다.

"크하앗!"

그때 만독색신이 서 있는 뒤쪽으로 거구의 사내가 갑자기 솟아오르더니 그대로 그의 허리를 갈라 버린다.

카카캉!!

다섯 개의 독강은 순식간에 없어져 버렸고, 만독색신은 자신의 한 손에 독강을 생성시켜 상대의 거검을 막은 상태였다. 찰나의 순간에 독강을 회수하고 새로이 독강을 만드는 한 수만 보아도 만독색신이 얼마나 강한 자인지 알 수 있었다.

하나 거검을 든 사내, 광마의 공격은 거기서 끝이 아니었다. 일정한 초식이 없는 마구잡이의 휘두름으로 만독색신의 몸을 짓이기려 했다.

카캉! 쿵!

독강을 품은 손으로 거검을 막아낼 때마다 강력한 진동이 울렸다. 상대의 검이 얼마나 빠르고 강한지 피할 엄두도 나지 않았고, 그저 맞상대할 수밖에 없었던 것이다.

"그 잘난 독을 뿌려보아라! 큭큭큭!"

카아앙! 우둑!

"크윽!"

"우욱!"

귀가 찢어질 것만 같은 소리와 함께 만독색신은 손가락이 부러진 고통으로 뒤로 물러날 수밖에 없었다.

무리한 무공의 시전과 독강에 의한 충격으로 광마 또한 결국 참지 못하고 입에서 피를 토하고 말았다. 하지만 그와 반대로 두 눈에서는 소름 끼칠 정도로 강렬한 광기가 뿜어져 나오고 있었다.

"크아아앗!"

광마의 검이 태산압정의 초식으로 만독색신의 머리를 쪼개기 위해 내려갔다.

"핫!"

만독색신은 부상을 입었음에도 여전히 힘이 남았는지 두 개의 독강을 만들어 하나는 검을 향해, 하나는 광마의 복부를 향해 날렸다.

그러나 광마는 절대 피할 생각이 없는지 나머지 손으로 배를 향해 날아오는 독강을 거칠게 쳐내 버렸다. 그리고 나머지 독강과 검이 부딪치자 두 사람은 강력한 반력에 몇 걸음씩 물러나고 말았다.

"정녕 무식한 놈이구나! 거강류의 위세가 이 정도일 줄은 몰랐다!"

"흐흐흐! 어디 미친 듯이 피를 흘려봐라! 내 검이 네놈의 더러운 피를 원하고 있으니까!"

광마는 입에서 흐르는 피를 머금더니 자신의 검을 향해 뿌렸다. 그리고는 재차 그를 향해 몸을 날려 검을 휘둘렀다.

"……!"

한마디로 엄청나다 할 수밖에 없었다. 거대한 검이 단 일 검으로 수십, 수백의 변화를 일으키며 순식간에 만독색신이 피할 곳 모두를 가려 버렸기 때문이다.

하지만 놀란 것도 잠시, 만독색신은 딱딱하게 굳은 표정으로 양손의 검지를 앞으로 내밀었다. 손가락 끝에 맺힌 묵빛 기운이 심상치 않아 보였다.

콰콰쾅!

"크으윽!"

크디큰 폭음이 터지며 광마가 뒤로 날아가더니 지붕을 뚫고 아래로 떨어져 버렸다. 만독색신은 다시 한 번 피를 게워낸 후 승리에 대한 만족스러운 미소를 짓다가 이상하게도 점점 일그러진 미소를 지어 보였다.

"크으… 네, 네놈……!"

"너 역시 허무한 죽음을 맞이하는구나. 네가 누구인지는 궁금하지만… 그보다는 내 동료들의 안전이 더 중요하다."

"크헉!"

만독색신의 등 쪽에서 피가 물처럼 흘러내리더니 기어코 하체와 상체가 반으로 갈라져 버렸다.

이매망량에서 원래대로 돌아온 현어운은 입가에 흐르는 피를 닦아도 닦아도 멈출 줄을 모르자 어서 물러나 치료를 해야 할 필요성을 느꼈다. 광마야 혼자 놔둬도 알아서 잘할 것이라 믿고, 일단 세 여자와 대주를 찾을 요량으로 몸을 돌렸다. 그러다 문득 현어운은 만독색신의 잘려진 하체 옆에 떨어진 무언가를 볼 수 있었다.

"……?"

아무것도 아니라 생각하면 되겠지만 이상하게도 그것이 자신의 마음을 끌었다. 그래서 가까이 가보니 그것은 '귀(鬼)' 자가 쓰여진 동패였다.

"이, 이건… 본 적이 있는 것 같아……?"

분명 보았던 기억이 있다. 너무 오래되어 기억이 잘 나지 않지만, 아니, 어쩌면 기억이 봉인당한 것일지도 모르겠지만 분명 본 것이었다.

"대체 뭐지? 아……!"

그는 자신이 초선득과 헤어질 때가 떠올랐다. 자신과 초선득을 죽이기 위해 그들은 자신이 있던 곳을 포위했고, 몇 명의 강력한 무인들이 그들을 지휘하고 있었다. 그때 초선득 앞으로 그들이 보낸 물건이 있었는데, 자신에게 보여주지는 않았지만 얼핏 본 기억이 지금 떠오른 것이다.

그때는 아무렇지도 않게 생각했는데 우연하게도 여기서 이걸 발견하게 되었다.

'그럼 우리를 공격하여 초선득을 죽인 자들은 신록희란 말인가?

만독색신이 신록희에 몸을 담고 있으니 그럴 가능성이 높았다.

콰쾅!

"크크크크……!"

그때 건물의 벽이 부서지더니 광마가 음산한 웃음을 지으며 걸어 나왔다.

"애송이, 이제 진짜로 싸울 마음이 생겼겠지? 덤벼라."

그의 말에 현어운은 눈썹을 찌푸렸지만 이내 퉁명스럽게 대꾸했다.

"서로 독에 중독되었고, 동료들도 치료해야 합니다. 도전은 나중에 받아들이죠."

"크크크! 만독색신 하나 죽였다고 이제 슬슬 기고만장해지는구나."

"진짜 무식하군요. 어서 대주를 구해야 합니다."

그의 말에 광마는 아무 말 없이 어딘가로 몸을 날렸다. 그 의외의 모습에 현어운은 어리둥절해했다.

"대주랑 사이가 안 좋은 거 아니었나?"

"어운, 어서 내려와 봐! 어서!"

언제 나타났는지 건물 아래에서 전유림이 현어운을 바라보며 소리치고 있었다. 힘없는 목소리였지만 그 속에 다급함이 서려 있음을 안 현어운은 지체없이 아래로 뛰어내렸다.

"괜찮냐? 그나저나 지금 노처녀가 죽기 직전이다. 최음제의 효과가 아직 그대로 남아 있는 것 같아."

"헉! 그럼 어떡해야 해?"

"네, 네가 해결해!"

"뭣?!"

현어운은 최음제의 해결 방법은 단 한 가지뿐임을 잘 알고 있었기에 그녀의 말에 경악하고 말았다. 얼마나 놀랐는지 가라앉던 내상이 다시 도지는 기분이었다. 거기다 억지로 참고 있던 독기가 재발작했는지 다시 피를 게워냈다.

"우욱……!"

"어, 어이, 괜찮아?"

"최음제를 제거할 다른 방법은 없는 거야? 나도 지금 독에 중독되어 있어서 독을 제거해야 해. 정 사람이 없으면 광마한테 부탁해."

"네가 죽고 싶은가 보구나? 광마에게 부탁할 바에야 차라리 내가 남자가 되겠다! 결정해! 그녀를 죽일 것인지, 네가 살릴 것인지!"

"난 사랑하지도 않는 여자랑 관계를 가지기 싫어!"

현어운은 마음에 담은 여인이 있는데 다른 여인과 몸을 섞는 것을 당연히 좋게 생각할 수가 없었다.

"이게 정말… 누구는 좋은 줄 알아? 너는 그럼 지금 당장 네가 구해 줄 수 있는 사람을 외면하고 다음에 오는 사람에게 부탁하라고 시킨다는 말이냐? 어운, 네가 겨우 그런 놈이었냐?!"

"그, 그것과 이건 다른 문제……."

"헛소리 집어쳐! 나도 네게 부탁하기 싫었지만, 이 미친년이 정신을 놓으면서 할 바에야 너랑 하겠다고 말하는 바람에 이렇게 된 거야. 어서 가! 사람 목숨 구한다 생각하고 하란 말이야! 네가 적어도 섬수신의랑 같이 의술을 펼쳐 왔으면 사람을 구한다는 게 얼마나 소중한 일인지 알 거 아냐?"

그녀의 말에 현어운은 할 말을 잃고 말았다. 섬수신의와 함께 있으면서 사람을 구한다는 것만큼 이 세상에 가치있는 일은 없다는 것을 알았기에 그녀의 말에 크게 공감한 것이다.

더구나 자신이 무리하면서까지 이곳에 와 몸을 다쳐 가며 만독색신을 죽인 이유가 무엇인가? 모두 동료를 구하기 위해서였다. 단지 남녀지사(男女之事)가 꺼려진다 하여 거부한다면, 자신은 동료를 버리는 것뿐만 아니라 단리채빈을 위해 무림으로 나온 자신을 부정하는 것밖에 안 된다.

'나는… 무림에서, 전쟁에서 일어나는 모든 치열한 상황을 직접 체험하고… 그리하여 마침내는 그녀의 한 맺힌 영혼을 진심으로 보듬어 주려 했다. 지금의 상황에 할 수 있는 모든 걸 다해야지, 단지 내가 처한 상황이 싫다고 피해 버린다면 어찌 그녀에게 진심으로 대할 수 있겠느냐! 그녀는 오 년이란 세월 동안 자신의 이상을 위해 싫어도 많은 사람을 죽였다. 하물며 나는 사람을 살리는 일임에야……!'

무림에 나와 있는 동안 자신이 과연 순간마다 최선을 다했는지 되돌아보았다. 그렇지 못하다는 생각이 들자 부끄러움에 마음이 울컥하여 눈물이 쏟아질 뻔했지만 가까스로 참은 그는 전유림을 보았다. 그의 눈빛을 읽은 전유림은 씨익 웃으며 몸을 돌렸다.

"어서 가자. 조용한 장소를 마련했으니 말이야."

"……."

만위령의 몸은 최음제의 영향으로 빨갛게 달아올라 있었다. 혈을 집혀 의식을 잃은 와중에도 몸을 꿈틀대는 걸 보면 만독색신의 최음제가 보통의 효력을 지닌 게 아님이 분명했다.

벌건 얼굴로 만위령의 나신을 제대로 쳐다보지도 못하고 있던 현어운은 괜한 부끄러움에 주변을 둘러보았다.

그때 밖에서 전유림의 목소리가 들려왔다.

"빨리 하고 끝내! 우린 아직 적진이란 말이야. 더구나 우리 둘은 독 때문에 무공을 쓰지 못하니까 걸리면 위험해!"

"……."

현어운은 그녀의 말이 맞다 생각하며 급히 옷을 벗었다. 옷을 벗으며 드는 말 못할 기분이 너무나 찝찝하다.

'빈 매랑 관계를 맺을 때도 이렇게 부끄럽지는 않았건만… 미치겠다!'

옷을 다 벗은 그는 두 눈을 딱 감고 그녀를 향해 다가가 무릎을 꿇었다. 어찌나 긴장되는지 흥분은 둘째치고 제대로 그녀를 치료(?)할 수 있을지 걱정이었다.

'그냥 이대로 치료하겠습니다, 만 소저. 일어나면 모두 잊은 상태이길…….'

그는 최대한 음심을 버린다는 마음으로 그녀의 몸을 몇 번 만졌다. 뜨거운 느낌이 전파되어 자신의 몸으로 확 닿는 느낌이었다. 순간 크게 흥분해 버린 현어운은 아랫도리가 순식간에 뻣뻣해짐을 느끼며 얼굴이 붉게 달아올라 버렸다.

'무념(無念)의 수련 때를 생각하자. 이매망량의 기본은 자연과 하나가 되겠다는 의지. 그 의지의 근본은 무념. 무념의 궁극은 나의 의지대로 마음을 조절할 수 있는 것!'

이매망량에만 의지하다 보면 간혹 자신이 받았던 혹독한 살수 훈련의 것들을 잊을 때가 있었다. 이매망량을 기억한 후 살수 훈련을 받을 때의 모든 것을 그는 기억할 수 있었지만, 평상시에는 잊고 지내다 그때의 기억이 필요한 상황이 오자 자연스럽게 떠오른 것이다.

현어운은 흥분된 감정을 가라앉히고 급히 그녀의 몸 위로 올라갔다.

뜨거운 여인의 살갖이 어색하기만 했지만 그의 마음은 지금 한없이 고요했다. 몸 따로 마음 따로의 상태가 바로 그것이리라.

"으음……."

그녀의 표정이 한껏 일그러지며 아주 미약한 소리를 흘린다. 그녀는 지금 꿈을 꾸고 있으리라.

第三章
새로운 시작

　　이매망량을 이루고 나면 누구나 수없이 그것에 대한 유혹을 느낀다. 저쪽 세상에 대한 두려움 섞인 호기심, 그리하여 들어가 보고 싶은 유혹을. 하루는 그에 대한 이야기가 많이 오고 갔는데, 이에 대해 가만히 듣고 있던 초선득은 이전에 이매망량을 수련하던 선조들의 선례를 이야기해 주었다. 그것은 참으로 놀라우면서도 두려운 이야기였다.

산속의 어느 곳인지 모를 깊은 곳, 한겨울임에도 이곳에는 숲 속의 나무들이 저마다 사시사철 색이 변하지 않는 자신의 절개를 뽐내고 있었다.

깊은 절벽 아래에 위치한 천연의 험지인 이곳을 섬수신의는 섬수애(閃手崖)라 이름 지었으며, 거주할 집을 지어 그곳을 섬수거(閃手居)라 칭했다.

천연의 험지라고는 믿기지 않을 정도로 풍경이 수려했으며 겨울임에도 날씨는 선선하였고, 섬수거 앞에는 작은 냇물이 흐르고 있어 먹는 문제만 해결한다면 사람이 살기에는 최적의 장소라 할 만했다.

작은 냇물가에는 드문드문 평평하고 거대한 바위가 있었는데, 굽어 흐르는 냇물가의 거대 바위 위에 한 여인이 앉아 있었다. 봉두난발에 옷이 찢겨져 있어 거지나 다름없었지만 그 미모만큼은 화용월태인지라

씻기고 값비싼 옷을 입힌다면 절세가인으로 찬탄받을 만했다.

"현 가가……."

때 속에 숨겨진 얼굴은 바로 단리채빈이었다. 녹면쌍마의 치명적인 공격을 받고 절벽에 떨어진 그녀는 놀랍게도 아직 살아 있었던 것이다. 그 높은 곳에서 떨어졌다면 치유하기 힘든 부상을 입었을 법도 한데, 그녀의 외양을 보자면 멀쩡하기 이를 데 없었다.

하염없이 절벽 위를 바라보던 그녀는 이내 한숨을 쉬며 시선을 돌려 버렸다.

'부질없는 생각이다, 이곳을 빠져나가는 것은…….'

"나의 제자가 되고, 단리가(段里家)의 무공을 버린다면 이곳을 빠져나갈 수 있는 무공을 가르쳐 주겠다. 하지만 나의 무공을 대성해야만 이곳을 빠져 나갈 수 있을 것이다. 밧줄이 이미 낡아버린 이상 새로 밧줄을 엮어야겠지만, 밧줄의 힘을 빌린다손 치더라도 적어도 나만큼의 경지는 이루어야 절벽을 오를 수 있을까 말까 할 것이다."

그녀의 시신을 수습하러 온 섬수신의는 밧줄을 이용하였다고는 하지만 실로 목숨을 걸고서 이곳에 내려올 수 있었으며, 천행으로 목숨을 건진 채 의식을 잃은 그녀를 발견했다. 수많은 나무에 걸려 낙하한 데다 수심이 제법 깊은 시냇물에 떨어졌기에 죽음만은 간신히 면했던 것이다.

하지만 심각한 내상을 입었으며, 떨어지면서 받은 갖가지 충격들 때문에 거의 죽은 것과 다를 바 없는 상태였기에 섬수신의는 곧바로 치료에 들어갔다.

하룻밤을 꼬박 새워서야 시급한 상황을 넘길 수 있었고, 그녀의 치료가 생각보다 매우 오래 걸릴 것 같자 아예 이곳에서 지낼 요량으로 섬수거를 지었다. 그리고 이곳의 경치가 매우 아름답고 맹수가 없을뿐더러, 맑은 냇물에 사람이 먹을 만한 풀과 과일들이 적당히 있어 사람이 지낼 만하자 아예 이곳에 은거하기로 마음먹었다. 어차피 내려오느라 밧줄을 모두 소모해 버렸으며, 올라가려면 또다시 목숨을 걸어야 할 정도로 험준한 곳이었기에 다시 올라가고 싶은 마음도 없었다.

홀로 남은 현어운이 걱정되기도 했지만 그와의 인연은 이제 끝인 듯했다. 어차피 그 혼자서라도 살아남지 못할 바에야 이 험난한 세상에서 차라리 죽는 것이 낫다는 생각으로, 가슴 아프지만 그에 대한 신경을 꺼버렸다.

거의 한 달이 지나서야 그녀는 정신을 차릴 수 있었고, 그 다음부터는 지루한 회복의 기간이었다. 다시 오 개월이 지나자 그녀는 비로소 예전의 몸 상태를 되찾을 수 있었지만, 기다리고 있던 것은 절벽을 나갈 수 없다는 절망적인 소식이었다.

한 달 가까이 멍하니 절벽만을 바라보며 현어운을 그리워한 그녀였다. 그런 그녀를 향해 섬수신의는 약간의 희망적인 말을 해주었으나, 집안의 무공을 버려야 한다는 사실이 왠지 모르게 꺼려졌다. 자신을 버린 무림제왕성이건만 무슨 미련이 남아서인지 아쉬웠던 것이다.

그런 그녀에게 섬수신의는 또 하나 놀라운 말을 꺼내었다. 바로 섬수신의와 무황과의 관계였다.

섬수신의는 무황에게 사백(師伯)이 되었는데, 다시 말해 무황의 스승인 태극자의 사형인 셈이었다. 그녀도 아버지의 무공이 독패삼류 중자연류를 잇고 있다는 것은 알고 있었지만 할아버지의 사백이 있다는 말은 처음 듣는 소리였다. 놀라는 그녀에게 섬수신의는 더욱 놀라운 말을 꺼내었다.

자신과 태극자는 스승으로부터 무공을 이어받으면서 서로 우열을 가리기 힘들 정도로 뛰어난 재능으로 무공의 성취를 이루었다고 한다. 그런데 어느 순간 두 사람은 무공에서 가장 중요한 부분이라 할 수 있는 '자연과의 합일'에서 큰 견해 차를 보이기 시작했다. 가장 자연스러운 방법으로 합일을 이루는 방식을 섬수신의가 주장했고, 인위적인 방법으로 속성할 수 있으며, 또한 더욱 위력적인 무공을 이룰 수 있다는 새로운 방식을 태극자가 주장했던 것이다.

결국 스승은 섬수신의에게 손을 들어 자연류의 정통을 잇는 후계자가 되었으며, 태극자는 분노와 패배감으로 뒤범벅이 되어 자연류의 무공을 바탕으로 새로이 만든 자신의 무공을 입증하고자 무림으로 뛰어들게 되었다.

순식간에 무림은 태극자에 의해 뒤집어졌지만 그는 자신과 너무나 수준의 차이가 나는 무림에 실망하였고, 또한 사문에 자신의 능력을 입증할 만한 무언가를 이루지 못한 터라 다시 사문으로 돌아갈 마음은 없었다.

그리하여 그는 후에 무황이라 불리게 될 전무후무한 강자인 단리추를 제자로 받아 길렀고, 그에게 무림을 지배하라는 명을 남기고 숨을 거두게 된다.

단리추 역시 천성이 냉정하면서도 신중하며, 큰 야망을 지닌 자였기에 사부의 유언을 결코 거부하지 않았다. 이미 사부의 능력을 뛰어넘은 그는 무림일통이라는 무림사에 길이 남을 엄청난 위업을 달성하였으나, 몇십 년 뒤 지금도 무림인들에게 두려움을 안겨주는 전설의 자객, ‘귀영무흔오살’과 동귀어진하게 된다.

무황이 죽고 단시간 내로 유혈입성을 한 무제의 시대가 된 지는 겨우 오 년이 좀 넘었지만, 마치 까마득한 옛날 일을 듣는 것마냥 단리채빈은 현실감을 잃었었다.

섬수신의는 사부가 함부로 무림에 나간 제자를 이미 용서했음을 알렸지만 무황은 이를 받아들이지 않았다. 지금에 와서 무황이 자연류의 밑으로 들어가고 싶은 마음이 있을 리가 없었다.

또 하나의 자연류가 생기는 것을 두고 볼 수만은 없었기에 두 사람은 자연스럽게 비무를 통해 섬수신의가 이기면 무황이 자연류로 다시 들어오고, 무황이 이기면 그가 원하는 대로 하기로 했다.

하지만 섬수신의는 세월이 흐름에 따라 의미없는 집착에서 벗어나지 못하는 자신을 깨닫게 되었고, 결국 무황에게 그의 죽음을 예언하고 은거하게 된다. 실제로 무황은 그의 말대로 암살당해 죽고 만다.

그리고 인연이 이어져, 지금 이렇게 무황의 손녀인 단리채빈이 섬수신의와 함께하고 있는 것이었다.

‘할아버지의 무공을 버리고… 어르신의 무공을 새로 익힌다……’

어찌 보면 완전히 버리는 것만은 아니었다. 자신이 익힌 무공의 원류를 배우는 셈이 되니까. 그리고 자신은 무엇보다 이곳을 나가 현어운을 보고 싶었다.

자신을 얼마나 그리워하고 있을까? 그만큼 자신 역시 그를 그리워하고 있었다.

‘아니, 어쩌면 나 같은 여자는 잊고 새로운 사랑을 하고 있을지도 몰라. 하지만… 내 새로운 인생에 있어서 당신은 나의 전부가 되었기에 너무나 보고 싶습니다, 현 가가……’

그리움으로 그녀의 눈에 물방울이 맺힐 때 그녀의 뒤로 섬수신의가 나타났다. 몇 개월 전과 전혀 다를 바 없는 모습을 하고 있는 그는 안쓰러운 눈빛으로 단리채빈의 뒷모습을 바라보며 말했다.

"결정은 했느냐? 오늘이 바로 그날이다."

그녀가 섬수신의의 제자가 되느냐, 아니냐를 결정하는 날이 오늘임을 의미하는 말이었다. 그도 배신한 것이나 다름없는 자의 후손을 제자로 두는 것에 대해 고민하지 않았을 리가 없었다. 하지만 하늘의 힘이던가? 그녀와의 인연이 이렇듯 강하게 다가왔고, 이제 그녀의 선택만이 남은 것이다.

만약 그녀가 허락한다면 자연류는 그녀에게로 계승되는 것이고, 거절한다면 일부나마 익힌 현어운이 자연스럽게 계승자가 될 것이다.

"현 가가가 보고 싶다는 이유만으로… 어르신의 무공을 잇는다는 게 너무 죄를 짓는 것 같습니다."

그녀의 조심스러운 말에 섬수신의는 허허로이 웃는다.

"허허허… 그런 순수한 마음이야말로 무공을 익히는 자의 마음가짐이란다. 사람들은 순수하지 못한 이유를 가진 채 무공을 익혀왔기에 서로 피를 부르며 원한을 쌓는다. 결국 그 끝은 파멸이지. 하지만 어운은 자신의 소박한 행복을 위해 나의 무공을 익히려 했으며, 너는 그런 어운이 보고 싶은 마음으로 나의 무공을 익히려 한다. 그런 자들의 끝에는 진정한 깨달음이 있을 것이다. 이 노인네는 정녕 하늘의 복을 받은 것이야. 이토록 훌륭한 제자를 받아들였으니 말이다."

"어르신……."

"사제지간의 예를 취하거라, 자연류의 정식 계승자여."

그의 엄숙한 말에 단리채빈은 진지한 마음가짐으로 그에게 구배지

례를 취하였다. 어떤 형식도 두지 않았지만, 지금 이 순간 그들의 마음에는 서로를 향한 진실된 마음이 존재하고 있었다.

초라한 단리채빈의 외양이 지금 이 순간 엄숙함으로 빛이 나는 듯했다. 섬수신의의 모습도 예전의 동네 할아버지 같은 모습이 아니라 한 문파의 주인인 양 드높은 위엄을 발하고 있었다.

"그 어떤 형식에도 구애받지 않는 것이 자연류이다. 지금 이 순간 너는 나의 제자가 되었으며, 정식으로 초섬유성수의 모든 것을 익히게 될 것이다. 무림의 정점을 달리는 독패삼류 중 자연류는 다른 유파의 상위에 서 있었고, 지금도 그럴 것이고 후에도 그럴 것이다. 또 그럴 수 있는 자격을 얻을 때까지 정진하고 또 정진하라. 너의 순수한 마음은 너를 정점에 이르도록 도와주리라."

마치 신인의 가르침인 양 섬수신의의 목소리가 사방을 울린다. 가슴 깊이 그의 말이 와 닿자 단리채빈의 두 눈에서 자신도 모르게 눈물이 쏟아지기 시작했다. 새로운 시작이 여기에서 또다시 시작되고 있는 것이었다.

"진짜 독한 독이네. 활생당의 능력으로도 겨우 이 주 만에 간신히 독을 제거하다니 말이야. 그냥 평범한 무인이었으면 녹아들었겠어. 그놈 살아 있었으면, 만독색신이 아니라 독신(毒神)이라 불렀어야 했겠네."

전유림은 자리에서 일어나 가볍게 몸을 푸는 현어운을 보고 말했다.

"맞아, 그 독장이 독하긴 정말 독했어. 그 대단한 광마가 대주님을 구해 산채를 벗어나다 얼마 가지도 못하고 쓰러졌으니 말이야."

말홍의 일이 있은 지 벌써 한 달이 다 되어가는 중이었다. 그 당시 현어운이 한참 만위령을 살리기 위해 열(?)을 올리고 있을 때, 광마는 짐승에 가까운 본능으로 남궁명욱이 있는 곳을 찾아내 그를 데리고 밖으로 나가고 있었다. 물론 그냥 나가지 않고 닥치는 대로 신록희 무사들을 죽이며 나아갔고, 그가 정문을 나설 때쯤 만독색신이 죽었다는 말이 여기저기서 흘러나오자 무사들은 더 이상 그를 쫓을 생각을 하지 못했다.

급한 불을 끄고 만위령을 비롯한 두 여인을 데리고 밖으로 빠져나온 현어운은 쓰러진 광마와 남궁명욱을 발견했다. 결국 다섯 사람 모두의 안전을 책임져야 했던 현어운은 덕분에 독을 제대로 다스리지 못했고, 광마와 남궁명욱이 일어날 때까지 그들을 지키다 광마가 일어나고 나서야 마음 놓고 정신을 잃을 수가 있었다.

현어운에게서 말홍의 사건에 대한 이야기를 들은 남궁명욱은 즉시 달려가 말홍 지부주에게 사건의 전말을 알리고 처리하는 데 도움을 주었다. 그와 동시에 독장에 의해 중독된 현어운과 광마를 치료하려 했지만 도무지 해독할 방법이 없자 남궁명욱은 어쩔 수 없이 무림제왕성으로 돌아올 수밖에 없었다. 그들의 내공이 절륜하지 않았다면 불가능한 일이었으리라.

그리고 다시 이 주가 지난 오늘에서야 현어운과 광마는 독을 완전히 제거할 수가 있었다.

"만독색신보다 난 검현자가 배신자였다는 게 더욱 화가 나. 게다가 또 다른 첩자가 던진 벽력탄으로 인해 죄없는 여자들이 죽었다는 것도. 요즘은 신록희가 유독 미워진다. 호보와 빈 매가 그들로 인해 죽었을 때부터 지금까지 그들은 나에게 너무 많은 실망을 안겨주고 있어."

"진지해지지 마라. 말이 지겨워진다."

"……"

그녀의 말에 현어운은 할 말을 잃고 말았지만 한편으로는 수긍이 갔다. 이렇게 심각하게 이야기해 봤자 그저 불평으로 끝날 일이었다. 설령 행동으로 옮긴다 해도 자신이 그들을 어떻게 할 수 있는 것에는 한계가 있었다.

"유림은 무엇 때문에 무림에 있는 거지?"

"장풍."

"……."

"그럼 넌?"

"빈 매에게 진실된 위로를 하기 위해서."

"홍, 그녀는 좋겠군."

"어머? 일어났네, 동생? 호호호!"

그때 방 안으로 만위령이 들이닥쳤다. 그녀의 뒤로 남궁명욱과 조선영이 들어오고 있었다. 현어운은 만위령이 나타나자 애써 태연한 척했지만 전유림은 그가 매우 어색해하고 있음을 느낄 수 있었다.

"이 누나가 동생의 쾌유를 위해 매일 천지신명께 빌었더니 이렇게 다 나았구나. 이제 어엿한 사내 구실도 할 수 있겠지?"

"고맙습니다, 만 소저."

상상력을 자극하는 그녀의 말에도 현어운은 무덤덤하게 대답할 뿐이었다.

"어머… 왜 이렇게 무뚝뚝해? 전에는 안 그러더니… 나랑 살까지 부대낀 사이인데 이제 와서……."

"아, 그런 게 아니라고 몇 번이나 말했습니까? 그날 그 일의 주인공은 제가 아니라 저기 대주님이었다니까요!"

"허험! 어운, 거기서 내가 왜 나오는 것인가?! 난 그때 미혼산과 마비산에 중독되어 정신을 잃고 있었어!"

남궁명욱이 어이없다는 표정으로 반박했지만 현어운은 필사적이었다.

"만 소저도 수혈이 집혀 정신을 잃고 있었던 상태인지라 지레짐작하지 마시고 현실을 직시하십시오. 저는 그때 광마와 만독색신을 상대하고 있었고, 대주님이 스스로 독을 해독하고 나타나 만 소저의 목숨을 구해준 것입니다. 유림이나 조 소저께 물어보세요."

"물어보나마나야. 난 대답 안 해."

웬일인지 전유림은 그날 일에 대한 증언을 지금껏 회피해 왔고, 조선영 또한 이런 일에 연류되기 싫다는 듯 대답하지 않았다. 당연히 현어운의 거짓말은 두 사람의 묵인으로 아직까지 그 진실이 드러나지 않고 있었다.

"흐응… 그래에? 이렇게 동생이 강하게 부정하니 믿지 않을 수도 없고… 그렇지만 내가 느끼기에는 분명 동생이었던 것 같기도 하고……. 아무래도 그날의 일을 재현해 내가 직접 느껴보면 확실하게 알 수 있을 것 같은데?"

"미친년!"

전유림의 입에서 바로 쌍소리가 튀어나왔지만 만위령은 아무렇지도 않은 듯 매혹적으로 웃으며 현어운에게 한 발자국 다가섰다.

"동생이 그러지 않았다는 걸 내가 증명해 주겠다는데 힘들어?"

"아, 아니, 내가 왜 그걸 재현해야 합니까? 알지도 못하는걸! 대주님을 상대로 재현하는 게 맞는 듯합니다!"

"그러고 싶은데 대주님은 그래도 명색이 아내가 있잖아? 다른 여자와 놀아났다는 소문이 퍼지면 당장 이 자리에서 물러나야 할 거야."

"음……."

그다지 듣기 좋은 말은 아니었지만 남궁명욱은 그래도 자신을 변호해 주는 그녀의 말에 수긍할 수밖에 없었다.

"어운, 내 자네를 그렇게 보지 않았는데 사람을 함부로 모함하다니, 정말 실망했네!"

남궁명욱이 진지한 얼굴로 현어운을 나무랐지만 그래도 그는 필사적이었다.

"아, 그래서 나보고 어쩌란 말입니까?"

이 주 내내 시달리니 현어운도 드디어 짜증이 폭발한 표정이었다. 오랜만에 몸이 다 나아 편히 쉬나 했더니 그녀가 만만한 자신을 이렇듯 괴롭힌다.

"어머, 왜 그렇게 화를 내? 동생은 나를 살려준 사실이 그렇게도 수치스러워?"

"그런 건 아니지만 그렇다고 드러내 놓고 말할 사실도 아니지 않습니까?"

그의 말에 만위령의 표정이 조금 굳어졌다.

"그래도 난 동생이 부담스러워하지 않고 좀 더 편하게 대하라는 의미로 그런 것이었는데… 동생이 자꾸 그러면 이 누나는 섭섭하단다."

"성격상 편하게는 대하지 못하지만 그렇게 하실 필요는 없습니다."

다른 여인을 안았다는 사실이 단리채빈에게 너무나 미안했다. 그런 마음이 들다 보니 만위령을 대하는 태도가 다소 딱딱해질 수밖에 없었다.

"호호! 그건 내 마음이니까 동생이 관여할 일이 아니야."

그녀의 말에는 억지로 반항하는 듯한 느낌이 있었지만 현어운이 이를 알 리가 없었다. 오히려 발끈하여 맞받아쳤다.

"그런 식으로 사람을 가지고 놀면 좋습니까? 그날 일은 단순한 치료였으니 저 스스로 떠벌리고 다니지 않겠습니다. 불편하게 생각하는 것도 이제 없고요. 어차피 제가 아니었어도 다른 사람이 구해주었을 것이니 굳이 배려해 주지 않아도 됩니다!"

그의 말에 남궁명욱은 자신도 모르게 만위령의 반응을 살폈다. 이런 남녀 간의 미묘한 문제에 대해서는 그로서도 간섭할 수 없었기 때문에 그저 삼자의 입장에서 지켜볼 뿐이었다. 아니나 다를까, 만위령의 표정이 딱딱하게 굳어져 있었다.

"어차피 다른 사람이 구해줬다⋯⋯? 홍!"

그녀는 두 눈을 감고 무언가를 생각하는 듯하더니 이내 싸늘하게 몸을 돌렸다.

"사내들은 어차피 다 똑같아. 가지면 버리지."

그녀가 밖으로 나가자 방 안에 잠시 침묵이 맴돈다.

"흠흠! 어운, 자네의 마음을 이해 못하는 건 아니지만 마지막 말은 예의가 아니었어. 그리고 날 물고 늘어진 일은 용서하겠네."

남궁명욱이 앞으로 같은 대원들끼리 혹여나 분쟁이 생기지는 않을까 저어하며 밖으로 나가자, 조선영은 싸늘한 웃음을 짓더니 조용히 말했다.

"말홍의 일을 해결한 것은 훌륭했지만, 이런 일에 그렇게 쉽게 흔들리다니 우습군요."

그녀마저 나가 버리자 현어운은 어떻게 해야 할지 모르겠다는 표정으로 전유림을 보았다.

"내가 책임지라는 말 같잖아⋯ 난 단지 사실을 말했을 뿐인데⋯⋯."

"뭐, 마지막 말은 좀 그랬지만 네가 잘못한 것은 아니야. 저 미친년이 무슨 마음이 있길래 그러는지 이상하네. 흠……."

"내가 그렇게 말을 잘못한 거야? 만 소저가 이 주 내내 날 괴롭힌 것은 어떻고!"

"네가 대주를 끌어들인 건 어떻고? 대주 성격에 오죽 괴로웠겠냐? 현실을 직시해."

"……."

"그나저나 이제 몸도 다 나았고 한동안 일도 없을 것 같고 하니까 장풍 다시 시작하자."

"뭐?!"

현어운은 매일 맞으면서 배우는 것이 싫었기 때문에 깜짝 놀랄 수밖에 없었다. 더구나 이제는 장풍이 크게 필요없지 않은가? 전웅의 유언만 아니었다면 절대 배우지 않았을 것이다.

"싫어? 아버지의 유언을 잊었나 보지?"

그녀의 눈빛이 스산해지자 현어운은 꼬리를 내릴 수밖에 없었다.

"배울게. 그런데 구결을 외우기만 하면 되는 거야?"

"이해도 중요하지. 잠력에 대한 이해, 장풍에 대한 이해, 수련에 대한 이해, 잠력과 내공에 대한 이해… 이해할 건 많지. 하지만 그리 어렵지 않아. 내가 보장한다."

"그, 그래……."

현어운은 그녀의 눈빛을 보고 한동안의 휴식이 결코 편하지 않을 것임을 예감했다.

태극산현각은 무림과는 상관없다는 듯 숨이 막힐 것만 같은 정적을 안은 채 대지 위에 군림하고 있었다.

태극산현각이 무림을 움직이는 근원이며, 그 안에는 누가 뭐라 해도 무림의 주인이라 할 수 있는 무제가 존재하고 있었다. 마치 은거한 것마냥 좀처럼 움직임을 보이지 않는 무제였지만, 만약 그의 긴 잠이 끝나고 천하를 향해 기상하는 날, 세상은 숨을 멈추고 두려워해야 할 것이다. 어느 누구도 그 사실을 부정하지 못했다.

무제가 비록 성주가 되는 과정에서만 그 능력을 보여주었을 뿐 무림을 향해서는 어떤 모습도 보이지 않았지만, 그의 존재감이란 이렇듯 대단했다.

"조사하는 데 시간이 걸렸지만, 결국 어느 정도 알아냈습니다. 검현자가 데려간 적단자와 적현자는 현어운에 의해 죽었음이 판명되었습니다. 그리고 지하가 붕괴된 건물에서 멀리 떨어진 곳에서 발견된 창천십협 중 일인의 시체 또한 현어운이 죽였을 것이라 추측되고 있습니다. 검현자와 나머지 창천십협은 지하에서 압사했거나 혹은 현어운에 의해 죽었을 것입니다."

"벽력탄이 터졌다고 했으니 감시자 역할을 맡은 천검의 제자가 있었을 것이다."

"밖에서 죽은 창천십협이 그일 것이라 추측하고 있습니다."

"나머지 십육 인에 대한 정보는?"

"첩자 역할의 팔 인 중 칠 인의 파악이 모두 끝난 상태이고, 항상 그렇듯 감시자 팔 인은 정체를 파악하기 불가능합니다. 만약 감시자 팔 인의 정체를 밝히기 위해서라면 좀 더 오랜 시간을 필요로 할 듯합니다."

"나머지 한 명의 정체를 사 개월 내로 파악하되 그때도 파악하지 못한다면 나머지 칠 인을 먼저 제거한다. 그리고 항상 하던 대로 칠 인의 주변에 존재하는 삼십 명의 신원을 파악한 뒤 의심 가는 자 스무 명을 뽑아라. 그들도 칠 인을 제거할 때 같이 제거한다."

"알겠습니다."

무황의 후계자다운 무제의 냉혹한 일면이었다. 암중에서 무림제왕성을 오랜 시간 좀먹었던 자들을 처리하기 위해서 얼마간의 희생을 피할 수가 없었는데, 무제는 그에 대해 전혀 머뭇거림이 없는 것이다.

"아버님, 소자 회천입니다."

무제와 막심은 그가 문밖에 와 있음을 이미 알고 있었지만 아무런 반응도 보이지 않고 막심이 내놓은 사항에 대한 이야기를 일각가량 더 이야기했다. 일각 후 막심이 물러가자 방 안으로 사내가 들어왔다.

육 척은 족히 넘는 큰 키에 호리호리한 체격이었지만 두 눈에 담고 있는 기이한 열기가 매우 열정적으로 보였다. 남자답지 않은 가는 얼굴 선을 가진 그는 여인이 보아도 아름답다 생각할 정도로 미안(美顔)을 지니고 있었다. 묘하게 일그러져 있는 입매는 두 눈의 열기와는 다르게 냉소적이다.

바로 무제의 두 아들 중 차남인 열혼후(熱魂侯) 단리회천(段里恢天)이었다. 무제의 두 아들은 상반되는 평가를 받고 있었는데, 장남이야말로 다음 세대를 이끌어갈 무신(武神)으로 추앙받고 있는 반면 차남은 개망나니라는 혹평을 받고 있었다.

장남인 무신 단리백오(段里伯悟)의 성격이 차분하고 신중한 것에 반해 차남인 단리회천은 불같은 성미에 내키는 대로 행동하는 면이 있었기에 그런 평이 내려진 것이다.

"부르셨습니까?"

자신을 일각 동안이나 세워둔 것에 대한 반발인지 아니면 원래 그런 것인지는 모르지만, 그의 입매는 더욱 일그러져 있었고 눈빛 또한 아버지를 바라보는 류의 것이 아니었다.

"전에도 말했듯이 네가 백오를 대신하여 금탁과의 전쟁에 총책임자로 나갈 것이다."

"전에 이야기했던 것을 또 이야기하기 위해 오라 하셨습니까?"

그의 얼굴에 짜증스런 기색이 만연하지만 무제는 늘 그렇듯 시종일관 무표정이었다.

"네가 총책임자이지만 실질적인 책임자는 흑맥부주 암마왕이다. 하지만 너의 참여로 이번 전투가 그만큼 큰 의미를 담고 있다는 것을 알릴 수 있으니 잘 처신해야 할 것이다."

자존심이 상할 법한 말이었다. 아니나 다를까, 단리회천은 비릿하게 웃으며 툭 내뱉었다.

"흐흐! 그런 식으로 채빈일 죽였습니까? 저도 곧 죽겠군요. 후계자 문제 시 혼란을 없게 만들려면 나도 죽어야 하니 어쩔 수 없겠지요. 흐흐흐!"

"……."

"흥! 두고 보십시오! 내가 과연 그 전투에서 죽을지 살지 말입니다! 난 총책임자로서의 권한은 없지만 최소한 내 목숨을 지킬 무공이 있고, 나 자신을 지켜줄 자들을 스스로 뽑을 권한 정도는 충분히 있습니다! 나 자신을 철저히 보호한 다음엔 자신이 세상에서 제일 잘난 듯 떠벌리던 벽력마군 그놈의 목을 들고 이 자리에 서 보이죠!"

"그렇게 된다면 더할 나위 없을 것이다. 그때에는 너에 대한 세인들의 평가도 크게 달라져 있겠지."

"훙! 언제쯤이면 그 딱딱한 얼굴을 벗게 될지 지켜보겠습니다!"

단리회천은 분을 이기지 못한 탓인지 벌게진 얼굴로 찬바람을 일으키며 허락도 없이 밖으로 나가 버렸다. 하지만 무제는 아들의 비정상적인 반응에도 눈 하나 깜짝하지 않았다.

태극산현각 안에 또다시 정적이 찾아들었다.

검현자가 무림제왕성과 무당을 배신한 신록희의 첩자라는 사실은 말훙의 일이 있은 후 한 달이 지나 모르는 사람이 없을 정도로 널리 퍼진 상태였다. 백명부의 부부주이자 무당의 다음을 이끌어갈 고수임을 감안한다면 진정 놀라운 일이 아닐 수 없었다.

새로운 부부주를 뽑아야 하는 어수선함 속에서도 겉으로 보이는 무림제왕성은 고요하기 그지없었다. 신록희에 대한 어떤 조치도 취하지 않음에 많은 무사들의 반발은 당연한 일인지도 몰랐다.

그러나 어느 순간부터 조금씩 일고 있는 무림제왕성의 기묘한 분위기를 알게 되자 그들의 반발은 서서히 가라앉을 수밖에 없었다. 무림제왕성 전체에 일고 있는 어수선함은 좀처럼 모습을 드러내지 않던 폭혈마마대, 마검대, 창기대, 정검대의 무사들이 자주 보인다는 것에서부터 시작했다.

엄청난 물량의 물품들이 오가고, 나날이 훈련의 강도가 더해져 갔다. 그럼에 따라 낭인무사대를 비롯한 무림제왕성의 많은 사람들은 곧 엄청난 전쟁이 일어날 것임을 어느 정도 예감할 수 있었다.

그리고 한 달이 더 지나자 무림은 무림제왕성이 대대적인 전쟁을 일으킨다는 소문에 휩쓸렸고, 무림인들은 엄청난 불안감에 떨게 되었다. 또 얼마 지나지 않아 무림제왕성이 금탁을 친다는 이야기는 거의 사실처럼 떠돌았고, 실제로 무림제왕성에서는 낭인무사대원들 중 이번 전쟁에 참여할 사천 명에 달하는 엄청난 수를 뽑아 훈련에 돌입한 상태였다.

오랜만에 휴식을 맛볼 수 있을 것이라 생각했던 현어운은 말홍에서 돌아온 지 두 달이 겨우 지났는데 또다시 피를 흘려야 한다는 사실이 불안하기만 했다. 그것도 이전과는 비교도 할 수 없는 엄청난 인원이 투입될뿐더러 전쟁의 목표 또한 무시무시했다.

"금탁을 몰살시키거나 무림에서 완전히 축출하는 것이 이번 전쟁의 목표이네. 보름 뒤에 있을 출정에서 우리의 임무는 단 하나, 적장의 암살이니 모두 숙지하기 바라오."

"적장이라면 금탁의 서열 일위 벽력마군을 말하는 것 아닌가요?"

조선영이 눈살을 찌푸리며 묻자 남궁명욱은 무겁게 고개를 끄덕였다.

"그렇소. 벽력마군을 말하는 것이오. 벽력굉천수로 아주 유명하지."

"그걸 묻는 게 아닌 걸 알 텐데요?"

"……."

그녀의 표정이 더욱 굳어졌다. 마음에 들지 않는 것이 있을 때 자주 나오곤 하는 얼굴이었는데, 그 모습에 현어운과 전유림은 서로 수군대며 자리를 옆으로 옮겼다. 괜히 가까이 있다간 칼부림에 당할지도 모르기 때문이었다.

"대체 벽력마군이 누구죠?"

현어운의 조심스런 질문에는 전유림이 대답했다.

"너도 무림에 대해 공부하는 게 어때? 죽은 무황과 유일한 호적수라 할 수 있었던 자잖아. 금탁을 이끄는 자이기도 하고. 아무튼 대단한 자이지. 다시 말해 우리의 능력으로는 결코 성공할 수 없는 임무다."

"무황……?"

현어운은 벽력마군이 무황과 비견되는 자라는 사실보다 무황의 이름을 듣자 왠지 모르게 가슴이 두근거리는 것에 놀랐다.

'왜 이리 가슴이 뛰지……?'

알 수가 없다. 이전에는 몰랐던 무언가를 안 것마냥 가슴이 진정되질 않는다.

"이번에도 성주님의 명령이라고 다시 한 번 말해 보시죠?"

조선영의 비아냥에도 남궁명욱은 일말의 흐트러짐도 보이지 않고 대답했다.

"여의대의 능력은 그 어디에서도 볼 수 없을 만큼 대단하오. 여기 여섯 모두, 하나하나가 누구에게도 뒤지지 않는 뛰어난 능력을 지니고 있음을 난 알고 있소. 난 우리가 그 임무를 반드시 성공시킬 수 있을 것이라 믿소."

"대주님의 말씀은 옳지만 우리는 객관적인 판단을 할 필요가 있어요. 우리 여섯의 능력과 벽력마군의 무공, 그리고 그를 지키고 있을 수많은 금탁의 고수들에 대해서 말이죠."

핵심을 찌르는 만위령의 말에 남궁명욱은 순간 할 말을 잃고 말았지만 이내 고개를 끄덕이며 말했다.

"만 소저의 말이 맞소. 객관적으로 판단하자면, 우리는 이번 임무를 완수할 수 있는 능력이 되지 않소. 하지만 우리의 임무는 단순한 무공의 고저로 판단할 수 있는 성질이 아니오. 실제로 우리는 지금껏 세 번의 임무를 모두 완수했으며, 많이 다친 적은 있지만 단 한 명도 죽지 않았소. 모두가 의외의 상황에 처했지만 천행으로 위기를 모면하였소.

천행도 실은 그것을 받을 만한 자격이 있을 때만이 이루어지는 법. 그런 점에서 나는 우리 여의대원이 이번 임무도 힘들겠지만 훌륭히 수행할 수 있을 것이라 믿소.”

그의 열정과 믿음이 담긴 말에 만위령은 고개를 저으며 졌다는 표정을 지었다.

“그냥 아예 우리보고 죽으라고 그러지?”

전유림의 말에 악의가 없음을 안 남궁명욱은 가볍게 웃으며 말했다.

“어느 무림인이 불굴의 정신과 드높은 자긍심을 가졌는지, 아닌지는 불가능한 것에 도전할 때 알 수 있지. 그런 점에서 우리 여의대원은 아주 뛰어난 무인이다. 이번의 임무는 반드시 성공할 수 있을 거야.”

“흥, 과연 성공할 수 있을까?!”

“육합전성?!”

대기실 안을 울리는 사내의 음성에 만위령은 깜짝 놀랐다. 강한 무공을 가지고 있어야 할 뿐만 아니라, 그만큼 기의 운용에 대한 이해가 누구보다 깊어야 사용할 수 있는 전음법이었기 때문이다.

“누구냐?!”

남궁명욱의 외침에 대답하려는 것인지 곧바로 여의대 건물의 정문이 거칠게 열리는 소리가 들려왔고, 이내 일행은 대기실 안으로 들어오는 사내를 볼 수 있었다.

“…소성주님을 뵙습니다.”

남궁명욱과 조선영이 사내의 얼굴을 확인하고는 자리에서 일어나 부복했다. 무림제왕성에 속한 무인이라면 무제와 그의 두 아들, 그리고 화천신마녀에게 이 정도의 예의는 갖추는 것이 당연한 일일 것이다.

“일어나라.”

두 사람이 일어나자 그는 자신에게 인사하지 않은 네 사람을 일일이 확인하다 현어운에게로 시선이 고정되었다.

"너희들이 과연 이번 전쟁에서 벽력마군을 죽일 수 있을 것 같나? 큭큭, 어림도 없는 소리다!"

"못할 거야 없지. 네가 우리에 대해 뭘 안다고 쉽게 단정 짓는 거냐?"

소성주의 신분이라고는 해도 결코 평소의 말투를 바꿀 생각은 없어 보이는 전유림이었다. 하지만 이미 이들에 대해 알고 있는지, 아니면 자신에게 함부로 대해도 신경 쓰지 않는 것인지 단리회천은 그저 비릿하게 웃으며 대답했다.

"전유림, 네년의 무공 정도로 여기에 있는 누굴 이길 수 있을 것 같으냐? 기껏 해봐야 촌뜨기 현어운 정도일 것이다. 여의대에서도 바닥을 기는 무공 실력으로 벽력마군을 상대할 수 있을 것 같으냐? 그건 나의 조부님을 모욕하는 것과도 같다."

"이, 이게?! 내가 겨우 어운이만 이길 수 있을 것 같아? 성주 아들이라면서 입이 제멋대로 뚫렸구나?!"

자존심을 건드리는 그의 비아냥에 전유림이 그만 폭발하고 말았다. 그녀의 손이 앞으로 나아가려 할 때 그녀의 손을 번개처럼 낚아채는 손이 있었다.

"이거 놔! 성주의 개망나니 아들이 과연 장풍에도 잘 견디는지 두고 봐야겠어!"

"진정해, 유림! 소성주님도 그런 말은 자제해 주십시오."

현어운은 단리채빈의 친오빠인 그를 처음 보자 묘한 기분이 들면서도 소문대로의 성격을 직접 겪게 되자 마음이 편치 않았다.

“흥, 현어운, 네놈이 내 동생과 결혼했다고? 너 같은 놈이 내 동생과
어울릴 것 같으냐?”

“……!”

“결혼?”

현어운의 사정을 모르는 남궁명욱과 조선영, 그리고 만위령은 놀란
얼굴을 할 수밖에 없었다.

“내 동생이 죽을 때 네놈이 뭘 하고 있었는지는 모르지만, 난 네놈이
내 동생과 결혼했다는 사실을 인정할 수 없다. 만약 네놈이 그런 헛소
리를 떠벌린다면, 네놈의 입을 갈가리 찢어버리겠다.”

“나도 그렇지만 그녀 또한 우리의 결합을 부끄러워하지 않았습니다.
그렇게 말하는 당신이 오히려 그녀를 모독하고 있음을 아십시오!”

“네놈이 감히 그런 말을 할 수 있느냐!”

단리회천의 몸에서 무시무시한 살기가 솟아오르는가 싶더니 그는
지체없이 검지를 앞으로 내밀었다. 방 안을 불태워 버릴 것만 같은 무
시무시한 열풍이 한바탕 일어났고, 타오르는 불꽃의 형상을 한 작은 지
력이 현어운을 향해 쏟아져 나갔다.

콰아앙!

하지만 현어운은 유령처럼 사라져 버렸고, 덕분에 빈 공간을 지나간
지력은 대기실의 벽을 박살 내더니 이내 그 자리를 불태우기 시작했다.

현어운이 다시 원래의 자리에 나타나자 단리회천은 잠시 놀란 눈빛
을 띠었지만 이내 싸늘하게 웃었다.

“그래도 제법 잔재주는 가지고 있구나. 남궁명욱, 들어라! 이번 전쟁
에서 너희들의 임무는 바로 나를 곁에서 지키는 것이다. 너희들의 목
숨을 버리고서라도 나의 목숨을 지켜야 한다. 벽력마군을 죽이는 일은

내가 할 것이다. 너희들은 내가 위험해지는 순간 너희들의 목숨을 바쳐 날 지키기만 하면 돼! 알겠느냐?!"

"…성주님의 명이라면 따르겠습니다."

남궁명욱의 말에 단리회천의 입가에 잔인한 미소가 맺혔다.

"성주님의 명령? 그런 걸 굳이 확인할 필요 없다! 이미 내가 직접 아버지께 가서 말했으니까. 그리고 이번 전쟁의 총책임자는 나이니 나를 지키는 것은 당연한 일이다. 명천성주가 하달한 명령 따윈 잊어라!"

"…알겠습니다."

대답하는 남궁명욱의 표정이 편치 않았지만 단리회천이 이미 무제의 허락을 받았다고 했기에 그는 순순히 수긍할 수밖에 없었다.

"그리고 현어운! 네놈은 무슨 일이 있어도 나를 호위해야 할 것이다. 네놈이 얼마나 대단한 놈이길래 아버지가 직접 이곳으로 영입시켰는지 내 단단히 지켜보겠다. 큭큭큭!"

그가 거칠게 소맷자락을 휘날리며 밖으로 나가자 장내는 잠시 침묵이 맴돌았다.

"진짜 자기 멋대로잖아? 개자식… 내가 어운이밖에 못 이겨? 어운을 이기지 못하는 놈이 어디 있나?!"

"……."

현어운은 너무한다는 표정으로 그녀를 바라보았지만 그녀는 그런 그를 싹 무시했다. 어지간히 분한 모양인지 눈앞에 단리회천이 있다면 기필코 장풍을 쏴버리겠다는 기세였다.

"일단 우리의 계획을 변경해야 하겠소."

남궁명욱 또한 편치 않은 표정으로 대원들에게 말하기 시작했다.

"우선 이번에 있을 임무에서 세 명씩 두 개 조로 나누겠소. 한 조는 소성주님을 곁에서 호위하는 것이며, 또 다른 한 조는 언제나 그렇듯 대기를 할 것이오."

"그럼 벽력마군을 상대하지 않아도 되겠군요, 대주님?"

현어운이 밝은 표정으로 묻자 곧바로 전유림의 면박이 떨어졌다.

"생각을 좀 하지? 아까 그 반질하기만 한 놈이 자기가 벽력마군을 죽이겠다고 했잖아. 다시 말해 직간접적으로 그와 상대할 수밖에 없어."

"아까 소성주님이 전한 대로 호위조는 어운을 비롯해서 유림, 그리고 광마요. 나와 조 소저, 그리고 만 소저는 대기하며 신호탄이 터지는 즉시 구조를 위해 출동할 것이니 보름 뒤 있을 전투에 대비하여 자기 관리를 잘하길 바라오. 자세한 상황은 출동 전날 다시 전달하겠소."

이런 저런 이야기를 하고 회의 시간이 끝날 때쯤, 남궁명욱이 돌연 현어운을 바라보며 진지한 얼굴로 묻는다.

"어운, 아까 소성주님이 말하던 것은 무슨 의미인가? 정말 자네가 그녀와 결혼을 했단 말인가?"

"……."

남궁명욱의 질문에 현어운은 어떻게 말해야 할지 몰라 우물쭈물했고, 그런 그를 보던 전유림이 아무렇지도 않은 듯 말했다.

"굳이 숨길 필요 있겠어, 이제? 이미 죽어버린 그녀인데… 하나의 과거일 뿐이니 이제는 말해도 되잖아? 설마 그녀가 마누라였다는 사실이 부끄러운 것은 아니겠지?"

"그럴 리가 있냐?!"

"단순하게 넘어오네, 멍청하긴."

현어운이 가벼운 격장지계에 넘어오자 전유림은 그럼 그렇지라는 표정을 지었다.

"그녀와 내가 부부가 될 뻔했다는 사실이… 얼마나 자랑스러운데……. 단지 그녀의 이름에 내가 흠이 될까 걱정되었을 뿐이야. 나 자신이 떳떳하지 못했기에 떳떳해질 수 있을 때까지는 밝히고 싶지 않았던 것이고."

"부부가 될 뻔했다는 것은 결혼까지는 아니지만 서로 사랑했다는 것인가요?"

"결혼하기 이틀 전에 그녀가 죽었습니다."

"……."

의외의 사실에 세 사람은 놀람 반 의혹 반으로 그를 다시 바라볼 수밖에 없었다. 그간 간간이 보이던 화천신마녀 단리채빈에 대한 이상할 정도로 강한 옹호는 바로 이런 이유 때문이었던 것을 그들은 그제야 알 수 있었다.

"성주님께서 당신을 좋게 보지는 않을 것 같군요."

조선영의 말에 현어운은 내심 동의했지만 겉으로 표현하지 않았다.

만위령은 그가 연곤현이란 이름 없는 시골에서 올라온 사내임을 전유림에게 들어서 알고 있었다. 그에 대해 알고 있는 그 사실과 단리채빈과 그의 관계 등을 살펴보면 그녀가 죽고 그가 무림으로 나왔음을 쉽게 추측할 수 있었다.

때문에 궁금한 것을 묻고 싶었지만 얼마 전에 있었던 일로 인해 그와 한동안 말조차 제대로 꺼낸 적이 없어 말을 걸기가 어색했다.

'그런데 내가 왜 이런 일로 어색해야 하지? 우습구나!'

만위령은 자신이 그런 일로 과연 남자에게 화를 낸 적이 있었는지, 그리고 말 걸기조차 어색해해 본 적이 있었는지 생각해 보았지만, 스스로가 변한 이후부터는 단 한 번도 없었음을 상기했다.

'미쳤어! 겨우 사내와 하룻밤 잔 것을… 게다가 치료를 위해서였는데 내가 왜…….'

그녀는 입술을 질끈 깨물더니 곧 요염한 미소를 지었다. 현어운에게 한동안 보이지 않던 미소였다.

"현 동생, 그렇다면 왜 무림으로 나온 것이지? 무슨 특별한 이유라도 있어서 그런 거야?"

현어운은 거의 말을 하지 않다시피 하던 그녀가 돌연 남자의 애간장을 녹일 듯한 미소를 지으며 말을 걸자 기분이 좋으면서도 한편으로는 찜찜한 기분이 들었다.

"특별한 이유라기보다는……."

현어운은 자신의 이유가 다른 무림인들에게는 우스운 이유일 것이라 생각되자 말하기가 꺼려졌다.

"으음? 말하기 힘든가 본데, 그럼 나한테만 살짝 말해 주지 않겠어?"

그녀가 몇 걸음 다가오자 현어운은 뒷걸음질치며 물러났다.

"하하… 꼭 말해야 합니까? 그냥 저만의 비밀로 놔두겠습니다."

현어운이 말해 줄 것 같지 않자 만위령을 비롯한 다른 사람들은 곧 흥미를 잃어버린 듯했다.

"힘내게, 어운. 그 이상 해줄 말이 없지만 그만큼 자네는 잘해 나갈 수 있을 것이라 믿고 있네."

그동안 남궁명욱과도 알게 모르게 사이가 소원했는데, 이 한마디로 무언가 확 풀리는 느낌이 드는 현어운이었다.

곧 남궁명욱과 조선영, 광마가 밖으로 나가는 것을 본 만위령은 밖으로 나가려는 현어운을 향해 성큼성큼 다가갔다.

“억?! 무, 무슨 일입니까?”

“흐응… 그동안 우리 너무 멀게 지냈지?”

“그, 그런 셈이지요…….”

현어운은 자신의 허리를 감싼 그녀의 손 때문에 더 이상 뒤로 물러나지도 못하고 어정쩡하게 그녀에게 안긴 상태였다. 머리를 멍하게 울리는 그녀의 내음이 너무나 향기로워 아무 생각도 나지 않는다.

“우리 다시 잘 지내보는 게 어때? 후우…….”

그녀가 그의 얼굴을 향해 향기로운 입김을 내불자 결국 참지 못한 현어운은 얼굴이 뻘게져서는 몸을 비틀며 소리쳤다.

“아, 아, 알겠으니 그만 좀 놔주세요! 여자가 왜 이렇게 거리낌이 없는 겁니까?”

겨우 빠져나온 현어운은 슬금슬금 움직여 전유림의 뒤로 물러났다.

“호호호호! 어찌나 순진한지!”

그녀가 교태로운 웃음을 지을 때 가만히 지켜보기만 하던 전유림이 돌연 그녀를 향해 성큼성큼 다가갔다.

“……?”

빠악!

“악?!”

그녀의 머리를 냅다 후려친 전유림은 어이없는 표정으로 자신을 바라보는 현어운을 향해 소리치고는 밖으로 나가 버렸다.

“어운! 장풍 수련하러 가자!”

“회의 시간 외에는 모두 장풍을 익혀야 한다고 했지? 너의 진전은 심각하니까 놀 틈이 없어.”

“대체 내 진전이 어떻다고…….”

여의대 근처 풀숲에 온 현어운은 전유림을 향해 강한 불만을 토해냈지만 전유림은 잠시 아무 말도 하지 않고 빤히 그를 쳐다보았다. 이미 다섯 차례나 걸쳐 그 이유를 설명했기 때문이다.

보통 장풍의 구결을 외우고 수련법을 익힌 후 잠력을 기르면 무공 실력이 몰라볼 정도로 상승하기 마련이었다. 그런 특징이 있었기에 장풍의 수련은 철저히 개인 방에서 한 것이었고, 전유림이 짧은 시간 내로 강해질 수 있었던 것이다.

그런데 현어운은 어찌어찌해서 수련법은 몸으로 익혔지만 수백 글자나 되는 구결을 쉬이 외지 못하고 있었다.

“네 진전은 한마디로 최악이야. 아버지의 눈이 잘못되었다고 볼 수밖에 없을 정도로. 대체 네가 가진 무공들은 어떻게 익힌 거지? 매일 쥐어 패야 하나?”

“큰일날 소리를! 그리고 관주님은 내 잠력을 보고 익히길 원하셨던 거잖아. 단지 나와 적성이 안 맞은 것뿐이야!”

그렇게 말은 하면서도 사실 스스로도 불안하긴 했다. 자신의 기억력이 정말 나쁜 것인지, 아니면 익히고 싶은 절실한 마음이 없어 그런 것인지 알 수 없었다. 오 년간 살아온 흔적을 살펴보면 딱히 기억력이 나쁘다고 여길 만한 일도 없었는데도 이러니 답답하기도 했다.

‘정말 난 맞으면서 해야 하나……?’

초선득에게 가르침을 받을 때에는 하루가 멀다 하고 맞았으니, 아마 그의 생각이 딱히 틀린 것은 아니리라. 못하는 자에게는 매가 약임은 만고불변의 법칙일지도 몰랐다.

“적성 좋아하네… 보름 남았다. 그 안에 구결을 다 외지 못하면 어떻게 될지 두고 보자."

전유림은 짜증스런 표정으로 그에게 구결을 일일이 확인하며 읊어주었다. 일정 수준까지 확실히 외울 때까지 몇 번이고 확인을 하다 보니 시간은 어느새 훌쩍 한 시진이 흘렀다.

"아씨… 정말 못 외우네! 너 바보지?"

현어운은 예전에 섬수신의가 자신에게 그런 말을 했음을 떠올렸다. 왠지 그때가 그리워지자 불현듯 죽은 단리채빈이 떠올랐다.

"……."

"야, 바보 소리 한두 번 듣는 것도 아니고 왜 눈빛이 그래? 사내자식이 바보 소리에 울려 그래?"

"아니야… 그냥 옛날이 그리워서. 연곤현이 참 행복한 때였는데……."

"그리우면 돌아가!"

그녀가 갑자기 무섭게 소리치자 현어운은 흠칫 놀라며 그녀의 화난 얼굴을 바라보았다. 좀처럼 화내지 않는 그녀가 자신의 한마디에 이렇게 화낼 줄은 전혀 몰랐다.

"야, 너 왜 그래……?"

"아니야. 힘들면 돌아가. 무림제왕성이 너에게 강제성을 띠는 것도 아닌데 목숨 걸면서까지 이곳에 목멜 필요는 없잖아."

"힘들어도 남을 거야. 난 아직 그녀를 위로해 줄 자격이 부족해."

"…평생 그녀를 그리워할 모양이구나… 끝까지 그녀만 생각할 거야?"

"……."

"그러는 와중에도 널 생각하는 사람이 있다는 거 잊지 마라."

"그게 무슨 말이야?"

“그건 네가 생각해 봐. 이번에 있을 보름 후의 전쟁… 아주 위험할 거야. 그러니 장풍 구결을 반드시 다 외워. 장풍을 사용할 수 있으면 네가 살 수 있는 확률이 높아질 테니 말이야.”

전유림은 그렇게 말한 후 그를 뒤로한 채 먼저 자리를 떠났다. 얼마 전에 새로 익힌 경공술을 수련하기 위함이었다. 내공 대신 잠력을 사용하는 경공인만큼 지속적인 잠력의 소모에 대한 문제를 해결하기 위해서는 끊임없는 수련이 필요했다.

‘나도 너랑 연곤현에서 아무 걱정 없이 같이 장풍 수련하면서 보내고 싶다. 하지만 우리에게 평화롭던 시절은 이미 지났어. 그녀가 연곤현으로 오고, 내가 연곤현을 떠나고, 서로에게 소중했던 사람이 죽은 이후부터는 말야.’

“성주가… 많은 것을 알아낸 모양이더군.”

“그래 봤자지. 사 개월 이내로 날 찾아낼 수 있을까 과연? 평생 찾지 못할 걸세. 후후!”

“금탁과의 전쟁은 이제 일주일이 남았다.”

“자네의 정체를 알고 있음에도 조치를 취하지 않고 자식의 곁에 붙여둔 것을 보니… 화천신마녀 때와 비슷하군.”

“……”

“성주가 원하는 대로 해주어야 하지 않겠나? 어차피 후계자는 한 명이면 족하니까.”

“흐흐흐… 의미없는 짓이다. 무림제왕성은 곧 우리에 의해서 무너질 테니까.”

“자네는 무제와 그분 중 누가 더욱 강할 것이라 생각하나?”

"의미없는 질문이군."

"그렇겠지. 하지만 내가 항상 봐온 무제는 도무지 그 끝을 알 수 없는 자이다. 게다가 그 누구도 그의 진정한 면모를 알지 못하지. 무황이 너무나 잘 알려져 그 위용을 과시했다면, 무제는 알려진 것이 없어 오히려 그 위용을 과시하는 자이다. 무서운 자이지."

"그렇다손 치더라도 그분을 이길 수는 없을 것이다. 우리 세력은 너무나 오랫동안 무림제왕성을 알아왔고, 무림제왕성은 우리에 대해 아는 것이 전무하다 할 수 있을 정도다. 그리고 그분은 불세출의 무인, 이제 무황이 살아 돌아온다 해도 그분을 이길 수는 없을 것이다."

막 말을 끝낸 사내가 자리에서 일어나자 앉아 있던 사내의 두 눈동자가 일어난 사내를 따라 움직였다.

"무림제왕성이 이길 것 같나?"

일어선 사내의 물음에 앉아 있던 사내의 눈이 좌우로 움직인다.

"세력만으로 보면 무림제왕성을 이길 단체가 어디 있겠나? 하지만… 혈명강시는 정말 무서운 존재이지. 자네도 조심해야 할 거야."

"흐흐흐! 성주의 바람대로 그를 죽여야겠지. 하지만 무제가 우리 신록회를 너무 쉽게 보고 있다는 것을 알아야 할 것이다. 무황이 우리 신록회에서 기른 자들에 의해 죽임을 당했다는 걸 모르고 있으니……."

그 말에 앉아 있던 사내의 눈이 살짝 굳어졌다.

"만독색신의 죽음이 어쩌면……."

"……?"

"그들 중에서 만독색신을 죽일 만한 자는 광마뿐이네. 하지만 만독색신의 허리는 너무나 깨끗하게 잘려져 있었어. 광마가 사람을 죽이는 방법이 아니지. 그리고 남궁명욱과 조선영은 그를 죽일 수 있는 능력이 되지 않을뿐더러 조사에 의하면 두 사람과 만위령, 전유림은 만독색신에게 잡혀 있었다고 하네. 그 말인즉슨, 검현자를 죽이고 만독색신을 죽인 자는 현어운이라는 결론이 나게 되지."

"현어운? 그놈에게 그런 무공이 있을 리가 있나?"

사내의 불편한 말투에 앉아 있던 사내가 나지막하게 웃는다.

"후후후… 자네의 심정을 모르는 바는 아니지만 거의 확실해. 광마는 그 당시 독에 중독되어 잠시 피신해 있던 상태였으니 말이야. 남은 자는 현어운뿐이지."

"…무공을 숨기고 있었단 말인가? 그것도 철저하게?"

"그렇지."

"흐흐흐… 그렇다면 이번 전투에서 둘 모두 죽여주겠다."

"좋은 생각이군. 신록회에 방해가 될 법한 존재는 미리 없애는 것이 좋지."

"무림제왕성의 독주는 이제 끝이라는 것을 무제는 이번 싸움에서 뼈저리게 알아야 할 것이다."

일어서 있던 사내는 음산한 웃음을 지으며 걸음을 옮기더니 벽에 걸린 등잔에 불을 붙였다. 어두컴컴했던 방 안이 순간 불빛으로 밝혀졌지만 탁자에 앉아 있던 사내는 원래 그곳에 없었다는 듯 사라지고 없었다.

불빛에 의해 드러난 사내는 시커먼 얼굴에 사각형의 턱을 하고 있었고, 두터운 입술과 싸늘한 냉기가 흘러나오는 듯한 눈빛을 더하니 보는 이에게 매우 강렬한 인상을 남겨주기에 충분했다. 그런 얼굴은 이 세상에 단 한 명, 흑맥부주이자 마도의 대표라 할 수 있는 암마왕의 것이었다.

어느 순간 그의 전신에서 상대방의 심신을 절로 떨게 만들 무시무시한 마기가 맴돌았고, 나이를 짐작하기 어려운 특이한 얼굴에 잔인한 미소가 맺힌다. 어리숙한 촌놈 같았던 현어운이 자신의 뺨을 때리던 그때의 기억이 떠오른 것이다.

"현어운… 재미있겠군."

일주일 후 무림제왕성은 많은 것이 사라져 있을 것이다. 같이 있던 사내가 사라진 자리를 일견한 그는 걸음을 옮겨 밖으로 나갔다.

정신없이 시간은 흘러가 금탁을 공격하기 위해 출정하는 전날이 다가오자 현어운은 마음을 뒤덮는 불안감을 어찌할 수 없었다.

"썩을… 왜 이렇게 불안한 거야?"

그가 안절부절못하며 대기실 안을 왔다 갔다 하자 전유림이 한마디 했다.

"뒷구멍에 불붙은 뭐마냥 자꾸 돌아다니지 말고 앉아 있어. 정신 사나우니까."

"말을 그렇게밖에 못하겠냐? 에휴… 며칠간 벽력마군에 대해 알아봤는데, 정말 무시무시한 자라더군. 성주보다 더 강하다는 말까지 있던데, 그런 자를 어떻게 죽이냐? 단리회천이란 사람이 그렇게 강한 거야?"

그때 대기실 안으로 갑자기 만위령이 들어오며 말했다.

"호호! 동생, 너무 걱정하지는 마. 동생의 임무는 단리회천을 살려서 오는 것이니까. 만약 무슨 일이 생긴다면 그 신묘한 은신술로 그를 데려오기만 하면 될 뿐이야. 굳이 벽력마군을 상대할 필요는 없어."

"흠……."

그녀의 말에 고개를 끄덕이지만 그래도 그의 표정은 좀처럼 펴지질 않는다. 금탁의 주인인 벽력마군을 상대하는 것뿐만이 아니라, 그 싸움에서 죽을 수많은 사람들의 처참한 모습이 자꾸만 상상되기 때문이기도 했다.

곧이어 남궁명욱을 비롯해 조선영과 광마가 안으로 들어왔고, 곧 회의가 시작되었다.

"내일 출정에 앞서 여의대의 임무에 대한 전반적인 사항을 설명하겠소. 들어가기에 앞서 금탁과의 전투는 엄청난 피를 불러올 것이오. 그런 만큼 개개인의 생명을 보중하는 것도 중요할 뿐만 아니라, 여의대의 본 임무인 주요 인물의 보호도 충실히 행해야 할 것이오. 그 어느 때보다 개개인의 능력이 발휘되어야 할 때요."

"……."

남궁명욱이 이번 전쟁의 삼엄함에 대해 재차 강조하자 분위기는 어쩔 수 없이 침잠될 수밖에 없었다.

"무림제왕성이 승리할 것을 의심하는 자는 없지만, 소성주는 무황과 막상막하의 승부를 벌였던 벽력마군과 상대한다고 공공연히 외치고 다니니 어떤 일이 일어날지 아무도 모르오. 이번 호위조는 전에 말했던 대로 부대주와 현어운, 그리고 전유림이니 세 사람은 부디 그의 신변 보호를 위주로 임무를 완수하길 바라오."

"이번에는 차라리 다 같이 나가는 것이 좋지 않아? 굉장히 위험할 것은 뻔하고… 그런 와중에 대기조의 의미가 그리 클 것 같지는 않잖아."

전유림의 지적에 남궁명욱은 고개를 저었다.

"그렇게 생각하지 않은 것도 아니지만 무슨 일이 일어날지 한 치 앞도 예상할 수 없는 것이 전쟁이다. 특히 이번 전쟁은 더욱 그렇지. 다 같이 나갔다가는 모두가 돌아오지 못하는 최악의 경우가 생길지도 모른다는 걸 염두에 두어야 해. 그렇기 때문에 이번 출전에서는 여섯 모두가 만약의 일을 대비해 신호탄을 지참하고 나갈 것이다.”

그의 말에 더 이상 반박하는 사람은 없었다.

“유림은 호위 임무 시 나머지 두 사람을 잘 이끌어야 할 것이다. 광마의 능력이야 믿지만 워낙 많은 수의 무사들이 있을 뿐만 아니라 벽력마군의 능력도 대단한 데다 소성주의 행동 또한 어떻게 나올지 알 수 없기 때문에 불상사가 일어나는 일은 네가 미연에 방지해야 한다.”

“내가 알아서 할 테니 걱정 마.”

“대기조는 전장에서 그리 멀지 않은 곳에 위치하여 좀 더 빠른 구조를 할 수 있도록 할 것이오. 그리고 반드시 개인 행동은 삼가야 할 것이며, 대주인 나의 지시에 철저히 따라야 하오. 제재를 가하겠다는 소리 같은 건 하지 않겠소. 이번 전쟁의 중요성에 대한 인식과 여의대로서의 임무를 얼마나 생각하고 있느냐에 대한 그대들의 판단에 맡기겠소.”

이어서 이각가량 내일 있을 출정 때 해야 할 일 등에 대해 이야기한 뒤 서로 이런 저런 의견을 나누었다.

회의가 끝나자 여섯은 아무 말 없이 대기실에 가만히 앉아 있었다. 이번의 전쟁이 보통 큰 것이 아님을 새삼 피부로 느낀 것인가? 전유림이 살짝 굳은 표정으로 말했다.

“정말 내일이군. 별로 실감나진 않지만… 늘 그렇듯 잘해내겠지.”

“우리는 여태껏 그다지 잘한 적이 없습니다. 간신히 해냈을 뿐이죠. 세 번의 임무 모두가 한 사람에 의해 간신히 이루어졌던 것입니다.”

조선영의 지적에 현어운이 고개를 저었다.

"아니오. 우리 모두가 없었다면 그 한 사람의 활약도 빛을 발하지 못했을 것이오. 그러니 우리 모두가 잘해낸 것이라 볼 수 있소."

"제법이군."

전유림의 말에 현어운은 쓰게 웃으며 어깨를 으쓱거렸다.

"정말 아무 일 없이 끝났으면 좋겠어."

"걱정 마라."

현어운의 말에 자리에서 일어난 전유림이 그의 어깨를 툭 치고는 먼저 밖으로 나가 버렸다.

"흐응… 동생, 내일 꼭 살아서 보자, 응? 동생이 죽어버리면… 이 누나는 정말 슬플 거야."

"그런 재수없는 소리는 하지 마세요. 저도 죽기는 싫습니다."

현어운은 비음을 내며 다가오는 만위령에게서 일찌감치 멀어지더니 대기실을 빠져나가 버렸다. 그 모습을 지켜보던 남궁명욱은 언제부터인지 굳은 얼굴을 한 채 펼 줄을 몰랐다.

"대주의 얼굴이 편하지 않군요. 어떤 불안한 사실을 애써 숨기고 있는 것처럼 말이죠."

마치 모든 것을 알고 있다는 듯한 미소를 지으며 말하는 조선영을 잠시 바라보던 남궁명욱은 곧 시선을 돌려 버렸다.

'정말 내가 생각하는 일이 일어나지 않았으면 좋겠구나. 어운, 그건 모두 네게 달렸다. 만독색신을 상대했을 때의 네 능력이라면… 어쩌면 성주가 생각하고 있는 그런 끔찍한 일을 막을 수 있을지도 모르니까. 단순히 나만의 기우였으면 좋겠구나.'

"우리는… 거대한 흐름을 막을 수 없습니다. 우리의 임무에 충실할 뿐이죠."

그의 생각을 읽은 것인가? 조선영이 나지막이 말했지만 그에 대답하는 자는 아무도 없었다. 어둠이 흔들리며 그들의 마음을 대변해 주고 있었다.

第四章
혈명강시

저쪽 세상은 쉽게 말하면 이곳의 말로 귀신의 세계였다. 그러므로 이쪽 세상과 저쪽 세상의 경계에 있으면 인간의 능력과 귀신의 능력을 동시에 낼 수 있는 것이다. 이쪽 세상과 저쪽 세상의 경계에 가장 완벽히 있을 수 있는 자가 완벽한 이매망량이라 불리울 수 있었다. 부족하여 이쪽 세상에 가깝다면 자신의 몸을 이 세상에서 지워도 기척이 난다. 반면에 저쪽 세상에 가깝다면 완벽히 기척을 지울 수 있지만 인간의 몸은 저쪽 세상에 존재하는 음(陰)의 기운에 잠식당해 끝내는 죽게 된다.

사천에 달하는 어마어마한 수의 무사들의 행렬은 숨이 막힐 지경
이었다.

무림제왕성주의 짧은 연설과 총책임자인 열혼후 단리회천의 승리를
향한 의지 서린 외침, 그리고 마지막으로 흑맥부주 암마왕의 간단한 연
설 후 이들은 한껏 충천된 사기를 품고 태원을 떠났다.

창기대, 정검대, 폭혈마마대, 마검대의 정예 인원이 삼백 명씩 출전
하였고, 나머지 이천팔백여 명은 낭인무사대원으로 구성되어 있었다.
거기에다 하남성 대양 지부에서 삼백, 하북성의 형완, 찬박 지부에서,
그리고 산동성의 추간, 병옥 지부에서 각각 백오십 명의 인원이 며칠
내로 추가된다고 하니 실제 총병력은 거의 오천에 이르는 엄청난 수였
다.

무림은 지난 몇 주 내내 무림제왕성을 주시해 왔으며, 출전 당일 엄

청난 수의 행렬이 끊이지 않고 산서성을 이어가자 전쟁의 규모가 얼마나 클 것인지에 대한 소문이 삽시간에 무림 전역으로 퍼져 나갔다.

격동 무림! 이 정도의 전력이라면, 특히 무림제왕성의 주 전력인 백명부와 흑맥부에서 천이백에 달하는 수가 출전한다는 것은 무림제왕성에서 반 이상의 힘을 이번 싸움에 쏟아 부은 것임을 누구도 부정할 수 없었다.

무림은 무림제왕성의 승리를 누구도 반박하지 못했지만, 벽력마군을 위시한 수많은 마두들이 있는 복마전인 금탁의 전력 또한 만만치 않아 엄청난 피해를 면치 못할 것이라 입을 모아 외쳐 대었다. 그렇게 된다면 전쟁이 끝난 후에는 신록회에 의해 큰 피해를 입게 될 것이라는 의견이 대다수였다.

하지만 무림제왕성에서 출전한 사천여 명의 고수들은 우려의 목소리를 뒤로한 채 하남성 황정 지부를 향해 꿋꿋이 나아가고 있었고, 그에 맞추어 금탁의 세력 또한 그곳으로 하나둘 집결하기 시작했다.

비운의 천하제이인이었던 벽력마군이 이끄는 금탁 무사들의 능력 또한 무림제왕성에 뒤지지 않았으며, 벽력마군이 직접 나선다고까지 했으니 그 위용과 사기는 말로 표현하기 힘들 정도였다.

그렇게 방어 전선을 세우고 있는 금탁과 철저한 파괴를 위해 나아가는 무림제왕성의 결전이 코앞으로 다가온 것이다.

"세상이 시끄럽군."

호북성 선록현의 한 객잔에서 나온 두 사람 중 호리호리한 몸매의 여인이 나지막하게 중얼거렸다. 면사와 죽립으로 얼굴을 가리고 있었지만 몸에서 뿜어져 나오는 선천적인 염기(艶氣)만 보아도 그 미모를 충분히 짐작할 수 있었다. 그 염기 속에는 칙칙한 무언가가 숨겨져 있었지만 웬만한 사람은 염기만으로도 눈이 멀어 숨겨진 칙칙함을 찾을 수 없으리라.

"금탁을 치기 위해 출전한 지 겨우 이틀이 되었는데 전 무림이 시끌벅적해. 이 정도면 무림제왕성의 위용이 얼마나 대단한지, 자연류의 계승자가 얼마나 대단한 자인지 알 수 있겠지?"

"……."

그녀의 옆에 서 있던 죽립의 사내가 천천히 고개를 끄덕였다. 그녀의 나른한 목소리에 힘이 빠진 것일까? 왠지 모르게 힘이 없어 보이는 사내였다.

"세상을 잿빛으로 만들기 전에… 시귀류는 독패삼류 중 빼앗긴 상위를 자연류에게서 빼앗아야 한다. 너와 내가 과연 그 일을 이룰 수 있을까?"

그녀의 말은 평소처럼 아무렇지도 않은 듯한 말투였지만 그 속에는 숨길 수 없는 회의감이 있음을 그는 알고 있었다. 그녀가 평생에 걸쳐 이루려 했던 것이지만 시도조차 해보지 못하고 번번이 좌절했던 그 일. 무황, 무제가 주는 힘은 그녀가 긴장할 정도로 대단한 존재였던 것이다.

"혼자라면 힘들지만… 우리 둘이라면 이기지 못할 자가 없소."

"내가 잘못 본 게 아니었다. 넌 칠 개월 만에 시귀류의 모든 것을 익혔어. 바로 시귀류의 부활을 알리는 것이지. 호호호호!"

그녀의 유혹적인 미소가 객잔 주변을 울리자 사람들이 하나같이 시선을 돌려 바라보았다. 그 정도로 그녀의 자태는 매혹적이었지만 당사자는 그것을 전혀 신경 쓰지 않고 있었다.

"이제 더 이상… 세상의 시선을 두려워하지 않아도 된다."

두 사람이 걸음을 옮겨 자리를 빠져나가려 하자 잠시 모여 있던 사람들이 자신도 모르게 길을 터주었다. 여인에게서 느껴지는 폭발적인 염기, 사내에게서 느껴지는 왠지 모를 음울함이 그들에게는 위압감으로 다가왔기 때문이다.

하지만 그녀의 교태로운 외양에 눈이 먼 세 명의 사내가 급히 두 사람의 앞길을 막았다.

"흐흐흐! 이거 오랜만에 보는 영양가있는 여인이잖아? 흐흐!"

감산도를 들고 있는 세 사내의 덩치가 제법 우락부락한 것이 외공 수련을 좀 한 모양이었다. 선록현 근처에서 자신들의 힘을 믿고 설치는 삼류무림인들이었기에 주변에서 구경하던 사람들이 하나둘 흩어지고 있었다.

"어이, 소저의 이름이 뭐지?"

나름대로 예의를 갖춘다고는 했지만 애초에 예의라고는 눈을 씻고 찾아도 보기 힘든 자들이었기에 어색하기 짝이 없었다.

"호호호호! 오랜만에 세상에 나오니 이런 날파리들도 꼬이고… 정말 좋구나!"

여인은 정말 기분이 좋은 듯 둔부를 교태롭게 흔들며 사내들을 향해 다가갔다. 그녀의 유혹적인 걸음걸이에 세 사내의 눈에서 색욕이 번들거리기 시작했다.

"호호호, 뭔가를 알고 있으니 아주 마음에 드는구나! 애들아! 좋은 장소로 가자!"

대형인 듯한 자가 지척까지 다가온 그녀의 손을 거칠게 잡으며 두 사람에게 말하자 여인이 곧바로 끼어들었다.

“아니, 됐다. 내가 너희들을 좋은 곳으로 데려가 주지. 잘 알고 있거든, 그런 곳을…….”

그녀의 끝말에는 칙칙함이 짙게 풍겨왔지만 세 사내는 비정상적으로 일어난 음욕에 눈이 멀어 아무것도 느끼지 못했다.

그녀가 일일이 나머지 두 사내의 손을 한 손으로 같이 잡고는 자신의 곁으로 가까이 오게 했다. 그녀의 몸에서 풍기는 묘한 향기에 세 사람의 눈이 멍하게 변하자 죽립사내, 군동의 몸이 아주 잠깐 부르르 떨린다.

'나조차도 참기 힘든 염기이구나!'

“좋은 곳으로 가는데 마지막으로 내 이름은 알아야 하지 않겠어? 마지막으로 한 질문인데 말이야…….”

그녀의 나른한 목소리가 세 사내의 힘을 더욱 빼버렸는지 아예 주저앉기 직전이었다.

“뭐, 뭐, 뭐요, 이름이?”

“글쎄… 사실은 나도 내 이름을 몰라. 너무 오랫동안 사용하지 않았거든. 그냥 날… 시귀녀(屍鬼女)로 알고 있으면 돼. 호호호호!”

마지막 큰 웃음소리와 함께 세 사람의 신형이 순식간에 재가 되더니 바닥에 흐트러졌고, 그녀가 발로 몇 번 비벼 버리자 재조차 흔적도 없이 거리에 흩날려 사라졌다.

“…….”

“호호호호! 세상을 이렇게 만드는 것이 나의 꿈이야. 알겠니, 군동? 호호호호!”

두려움에 벌벌 떠는 주위 사람들의 시선을 무시한 채 미친 듯이 웃던 그녀의 모습은 이내 웃음의 여운만을 남긴 채 사라져 버렸다. 그때

제자리에 가만히 서 있던 군동의 귓가로 그녀의 희열에 찬 목소리가
들려왔다.

"네 바람대로 신록희로 간다. 시귀류의 등장은 그곳에서 시작하는
것이다."

"……."

"성내가 조용한 것을 보니 정말 떠났군. 정말 오랜만에 있는 거대한
싸움이야."

"무황이 무림일통을 한 후 처음 있는 대전투지, 아마?"

"… 무황의 존재가 새삼 그립기도 하군."

"헛소리군, 개기름!"

"허허허! 거지가 성격이 더러워서 어디 구걸이라도 할 수 있겠나?
그만큼 무황의 존재는 혼돈임을 자네도 인정하지 않는가? 하지만 애초
에 무황은 나타나지 말았어야 할 존재일세."

백의생사의 여한추의 말에 검요헌은 무겁게 고개를 끄덕이며 인정
한다.

"정말… 이번의 싸움에서 얼마나 많은 피를 흘려야 하는지……."

"활생당이 또다시 바빠지겠군."

"낄낄… 뒷구멍에 불이 나겠구만?"

"허허! 거지의 입버릇이 영 아니구만?"

두 사람은 활생당의 뒤뜰에서 한담을 나누듯 무림의 이야기를 나누
고 있었다. 무림에 일어날 폭풍에 대해 무관심한 듯했지만 이들의 마
음은 지금 누구보다 무겁기 그지없었다. 승룡회의 두 회주인 여한추와
검요헌, 이들 두 사람만큼 무림의 정의와 평화를 진정으로 생각하는 자

가 또 있을까?

"성주의 의도는 무엇일까? 벽력마군을 상대하는 데 겨우 암마왕을 보내다니 말이야."

검요헌의 물음에 여한추는 고개를 저었다.

"암마왕을 너무 무시하는 것 아닌가? 명색이 마도의 대표자인 절세 고수인데 말이야. 난들 성주의 깊은 속을 알겠나? 거지 자네가 그런 추측을 잘하니 한번 말해 보게."

"흠, 설마 하는 심정인데 말이야… 단리회천을 죽이려는 것 같군."

"설마……?"

"그러니 설마라 하지 않았나? 나도 모르겠어. 정말 암마왕이 벽력마군을 상대할 수 있는지… 아니면 이번에도 광마의 힘을 빌리려는 것인지……."

"광마가 아무리 대단한 자라고는 하지만 벽력마군은 힘들걸세. 벽력마군이 누군가?"

"당연히 무황이 나타나기 전의 천하제일인이었지. 무황이 없었다면 그는 지금껏 일세대협으로 추앙받고 있었을 거야."

"세월과 세태가 사람을 바꾼다고 하더니… 금탁은 이제 복마전으로 완전히 변질해 버렸어. 그토록이나 인품있고 무림을 생각하던 자가……."

그의 탄식에 검요헌은 눈살을 찌푸렸다.

"과거를 생각해 봤자지. 오늘까지 변하지 않고 우리를 있게 해준 하늘에 감사하기나 하라구."

"허허허! 거지 말이 맞구만. 이런, 우리라도 있으니 무림의 정의는 아직 살아 숨 쉬는 것일세. 내가 승룡회의 회주임을 너무나 감사하고 또 너무나 자랑스러워하고 있어."

"낄낄낄! 암, 그래야지. 진정한 백도답게 정공법으로 가지 못하는 지금이지만, 세 곳의 세력이 약해질 때를 기다리는 것도 일종의 전략이겠지? 클클, 기다리는 자에게 기회는 올 게야."

"흠… 현어운이란 사내가 참 아깝구만."

"그놈은 안 된다니까. 무공은 몰라도 성격이 너무 물러 터져서 안 돼!"

"그럼 우리의 후계자로 대체 누굴 점찍고 있나?"

"여의대주 남궁명욱."

"그야말로 안 되네. 그는 너무나 고지식하고, 성주의 명령에 철저하기 때문에 오히려 승룡회를 말아먹을 수도 있어. 꼭 자기 같은 놈만 고르는군."

"걱정 마라. 겉으로는 그렇게 보여도 그는 성주를 따르는 것이 아니라 철저히 올바른 길을 따르는 것뿐이니까. 승룡회의 다음 대는 그가 이어갈 거야. 다만 아직 때가 되지 않았을 뿐."

"누가 허락한데?!"

"허락은 필요없지! 당연한 것이니까 말이야. 낄낄, 그놈 외에 또 자격이 있는 놈이 있어? 응? 말해 봐!"

"끙……."

두 사람은 잠시 말을 멈추고 정원의 시들어 버린 꽃들을 바라보고 있었다.

"세상은 이렇듯 돌아가는데… 무림제왕성은 영원할 것만 같다는 생각이 드는 건 무엇 때문인고……."

"현실의 무서운 점이지. 사람은 현실에 안주하려는 경향이 강하거

든. 무림제왕성이 세워진 지 육십 년이 훌쩍 지났으니, 이제 무림일통
이 된 시대가 모두의 현실이 될 법도 해.”

“용이 솟아오를 때는 언제 오겠는가…….”

탄식 섞인 여한추의 말에 검요헌도 고개를 저으며 한숨을 쉴 뿐이었
다.

“아직은 더 지켜볼 때이네. 무림제왕성의 피바람은 아직 더 남았거
든. 금탁을 치고, 신록희를 쳐야겠지. 언젠가는 싸워야 할 상대들이니
까.”

현실은 아직 무림제왕성을 원하고 있었다. 그런 만큼 승룡회가 비집
고 들어갈 자리는 전무하다 할 수 있었고, 그만큼 오랜 기다림을 요구
할 것이다. 지칠 때가 오겠지만 진정한 무림의 모습을 원하는 자들이
진실된 마음으로 원하는 한, 승룡회는 결코 꺼지지 않는 불이 되어 언
젠가는 무림을 밝힐 것이다.

‘언젠가는…….’

무림제왕성을 떠나 일주일 만에 하남성 대양 지부 근처에 도착했으
니 사천에 다다르는 많은 수임에도 이동 속도는 매우 빠르다 할 수 있
었다.

“오늘 오후 내로 육백 명의 병력이 본대로 합류한다는 전서구가 도
착했습니다.”

파리한 안색을 하고 있는 문사 차림의 사내가 소식을 전하자 단리회
천은 고개를 끄덕였다. 문사 차림의 사내는 명천성에 적을 두고 있는
한만천(寒滿泉)이란 이름을 가진 자로, 단리회천이 특별히 중용하고 있
는 자이기도 했다.

"수고했다, 한만천. 이제는 금탁의 움직임에 대한 정보를 계속 불러 오도록 하라."

"존명."

한만천이 나가자 방 안에는 다시금 정적이 맴돌았다. 급조된 태사 의였지만 제법 편했는지 단리회천은 몸을 깊숙이 파묻고는 두 눈을 감는다. 그의 뒤에 서 있는 여의대원의 호위조 중 광마를 제외한 두 사람은 피곤함과 지루함이 뒤섞인 표정으로 각자의 생각에 빠져 있었 다.

일주일 내내 단리회천의 곁에서 낮에는 쉬지도 못하고 밤에는 순번 제로 돌아가며 호위를 서야 했으니 당연히 힘들기도 했지만, 아무 일도 일어나지 않는 날의 연속이라 지루하기도 했다. 그나마 다행인 것은 광마가 웬일인지 야간 호위 임무에 참가해 준다는 점이었다.

"현어운, 지루한가 보지?"

단리회천의 싸늘한 질문에 현어운은 어깨를 으쓱이며 대답했다.

"참을 만합니다."

일주일간 자신만을 집중적으로 괴롭히고 모욕을 주는 것을 일삼자 현어운도 결국 참지 못하고 그를 더 이상 상관으로 생각하고 있지 않 는 상태였다. 대답을 해도 건성으로 했고, 심지어는 호위 중에 전유림 과 수다를 떨 때도 있었다.

그래도 단리회천은 상관없다는 듯 꾸준히 현어운을 정신적으로 괴 롭히고 있었다. 따지고 보면 단리회천과 현어운은 매제, 처남의 사이 라 할 수 있었지만 그는 현어운을 받아들일 생각이 전혀 없어 보였고, 현어운 또한 그에게 별달리 바라는 것이 없는 듯했다. 그래서인지 두 사람이 알지 못할 신경전은 생각보다 치열했다.

“굳이 거짓말을 하지 않아도 된다. 큭큭, 하지만 걱정 마라. 이틀만
더 지나면 날 지키기 위해 목숨도 버려야 할 때가 오게 될 것이니 말이
다. 네놈이 상상하고 있는 것보다 더욱 치열한 그때가 될 것이니 기대
해도 좋을 게다.”

“죽지는 않게 해드릴 테니 걱정 마십시오.”

“꽤 강한 모습인데? 이제 너도 무공 좀 익혔다고 막 나가는구나?”

전유림의 말에 현어운은 잠시 할 말을 잃고 말았다. 자신이 생각해
도 예전에는 하지 않았을 말을 그에게 마구 내뱉고 있지 않은가? 물론
단리회천이 그를 너무 괴롭혀서 될 대로 되란 식으로 막말을 하고 있
긴 했지만, 그것도 분명 그의 마음속에 누구에게도 꿀리지 않을 자신감
이 있어야만 그럴 수 있는 것이기도 했다.

“뭐, 어때? 내가 호위 일에 목메는 것도 아니고 말이야. 그리고 소성
주님의 무공 실력은 굳이 우리가 없어도 충분히 한 몸 보중할 수 있을
거야.”

“큭큭큭, 네놈의 말이 맞다. 그런 이유로 내가 계획을 변경한 것이
있어 여의대주를 불렀다.”

단리회천의 말에 현어운과 전유림은 무슨 말인가 하고 그의 옆모습
을 바라보았지만 대답은 나오지 않았다. 다시 침묵이 이어졌고, 대략
이각이 지나자 남궁명욱이 왔음을 알리는 소리가 들려왔다.

“정말이네?”

“여의대주 남궁명욱, 부름을 받고 왔습니다.”

“수고가 많군. 나는 아버지에게서 목숨을 구함받을 수 있는 어떤 수
단을 써도 좋다는 허락을 받았기 때문에 여의대의 활용은 여의대주 말
고 나에게도 그 권한이 있다고 할 수 있다.”

“……”

“그런 이유로, 이들 셋 모두가 나를 호위할 필요는 없다고 판단하여 현어운을 제외한 광마와 전유림, 그리고 대기조의 조선영을 급습조에 편입시켜 벽력마군이 있는 본진을 습격하려고 하니 내일까지 해동마녀 조선영을 이곳으로 보내라.”

“급습조라면……?”

“말 그대로다. 설마 내가 벽력마군의 상대가 될 것이라 착각한 것은 아니겠지? 그렇다고 암마왕이 벽력마군의 상대가 될 수 있을 것이란 착각은 더 더욱 하지 않는 것이 좋을 것이다. 난 그의 무공이 얼마나 대단한지를 너무나 잘 알고 있지. 이번 전쟁에 출전한 우리들 중 누구도 일 대 일로 싸워서는 그를 이길 수 없기 때문에 그의 목을 베려면 급습조를 만들어 협공을 해야 한다.”

“……”

남궁명욱은 여의대원을 자신의 마음대로 사용하는 단리회천의 행동이 마음에 들지 않았지만 그가 여의대를 사용할 수 있는 권한이 있을 뿐더러, 어차피 단리회천이 아니었더라도 여의대의 임무 자체가 조를 나누어 벽력마군을 공격하는 것이었기 때문에 딱히 반박할 이유도 없었다.

“말이 없는 것을 보니 부하를 급습조에 편성시켜 사지로 보낸다는 것이 마음에 들지 않나 보지?”

“아닙니다. 다만 애초부터 이렇게 조를 나누었더라면 여의대원들이 혼란스러워하지 않았을 것인데, 그렇지 못해 아쉬울 뿐입니다.”

“전쟁에서 전략을 수차례 변동될 수 있는 것이다. 일단 여의대주가 별다른 이견이 없기 때문에 허락한 것으로 보고 세 사람을 급습조로 편입시키겠다.”

“알겠습니다. 조선영을 내일 아침에 보내겠습니다.”

남궁명욱이 나가자 그들의 대화를 가만히 듣고만 있던 전유림이 대뜸 한마디 했다.

“전쟁에서 계략이 자주 바뀌는 것은 있을 법한 일이지만, 방금 네가 한 말은 즉흥적이었던 것 같은데? 맞지?”

“큭큭, 마음대로 생각해라. 급습조는 만들어질 것이고, 급습조에 의해 벽력마군은 죽을 테니까. 광마, 네놈이 바로 그 일의 주력이 될 것이다.”

“크크크, 내가? 웃기는군. 너 따위가 내게 이래라저래라 할 수 있는 자격이 있는 것이냐?”

광마의 광오한 말에도 단리회천은 태연하게 응수했다.

“겨우 벽력마군을 상대하는 것이 두려워 거강류의 계승자가 자격 따위를 들먹이며 피하는 것인가? 우습구나! 아버지를 상대하려면 먼저 벽력마군을 넘어라! 아버지는 네놈이 생각하는 것보다 훨씬 더 강하니까 말이야.”

“크크큭, 그따위 격장지계로 날 자극하다니 재미있구나!”

등에 매여 있던 거검을 뽑더니 그가 앉아 있는 태사의를 향해 질풍같이 휘둘렀다.

콰쾅!

태사의가 박살이 나며 비산했지만 단리회천의 신형은 어느새 광마의 앞에 위치해 있었다.

그의 손에서 거칠게 불꽃이 솟아오르자 그는 지체없이 열멸장(熱滅掌)을 시전하여 광마의 복부를 강타했다.

"웃?!"

하지만 어느새 광마의 다른 손이 그의 장과 맞부딪쳤으며, 단리회천은 엄청난 반발력을 이기지 못하고 뒤로 세 걸음 물러날 수밖에 없었다.

"크큭! 이것도 한번 피해봐라."

우우웅!

공기가 진동할 정도로 엄청난 위력을 담은 거검이 횡으로 휘둘러졌다.

"억!"

옆에서 멀찌감치 물러난 채 지켜보던 현어운은 광마가 단순히 횡소천군(橫掃千軍)으로 휘둘렀는데 일순간에 세 번 횡소천군을 시전한 것처럼 세 개의 검과 팔이 보이자 자신도 모르게 헛바람을 들이켰다. 엄청난 위력에 거대한 검이 저런 변초를 일으키니 도무지 피할 길이 없어 보였던 것이다.

절체절명의 순간, 단리회천의 전신에서 불의 화신인 양 불꽃이 타오르더니 그 불꽃은 이내 그의 쌍장으로 옮겨져 갔다. 열멸장보다 더욱 강한 위력의 열멸염신장(熱滅炎神掌)을 시전하려 함이었다.

"하앗—!"

사방 사 장을 뒤덮는 화염이 뿜어져 나오더니 광마의 검을 집어삼키듯 덮자 곧이어 가공할 굉음이 울려 퍼졌다.

콰콰콰쾅!

"크으윽!"

"크하하하! 겨우 그 정도이더냐?"

단리회천이 피를 뿜으며 뒤로 물러나자 광마는 광소를 지으며 아예 죽여 버리려는 듯 번개처럼 앞으로 뛰어나갔다. 바람이 찢어지는 소리와 함께 광마의 검이 단리회천의 머리를 박살 내버릴 듯한 기세를 품은 채 종으로 휘둘러졌다. 그의 두 눈에서 번들거리는 광기는 그 공격이 결코 허세가 아님을 대변해 주었다.

워낙 빠르고 엄청난 위세를 가진 공격이었는지라 내상을 입은 단리회천이 일순간 피하지 못했고, 속절없이 그의 거검에 박살이 나기 직전이었다.

"미친놈!"

전유림이 사태의 심각성을 깨닫고 급히 광마를 향해 번개처럼 장을 내질렀다.

퍼펑!

순식간에 날아간 장풍은 광마의 어깨를 때렸지만 철벽으로 이루어진 몸인지 일말의 충격도 받지 않은 듯 공격을 멈추지 않았다.

카아앙!

절체절명의 순간 날카로운 쇳소리가 나면서 광마의 신형이 비틀거리더니 뒤로 몇 걸음 물러나고 말았다.

"으윽!"

그때 아무도 없는 빈 공간에서 돌연 현어운이 나타나더니, 그 역시 뒤로 비틀거리며 단리회천과 함께 바닥에 넘어졌다. 그의 손에 들린 도끼를 본 전유림은 그가 광마의 공격을 막았음을 알 수 있었다.

"야이, 미친 새끼야! 아무리 성격이 지랄 같은 놈이라도 우리가 수행하고 있는 기본 임무는 생각해야 할 거 아냐? 지켜야 할 사람을 네놈이 죽이려 하다니 그게 말이 돼!"

화가 난 전유림이 육두문자를 섞어가며 고래고래 소리쳤지만 광마는 들리지 않는 듯 광기와 살기가 넘실거리는 두 눈을 현어운을 향해 고정시킨 채 천천히 거검을 들어올렸다.

"크흐흐, 그나마 여의대에서 싸울 만한 놈은 네놈뿐이구나! 이번에는 끝장을 내겠다!"

"헛소리 마십시오! 대체 정신이 있는 겁니까, 없는 겁니까? 최소한 단체에 속해 있다면 그에 맞는 행동을 하십시오! 싸우지 못해 미친 자마냥… 언제까지 그렇게 살 것입니까?"

"전에 네놈이 물었지… 왜 살인을 하지 못해 안달난 놈처럼 행동하냐고? 내게 있어 싸움이란 인생이다. 네놈이 시골에서 나무를 베어 밥을 먹고살던 것을 당연하게 여기는 인생이었듯이, 나는 내 편 네 편이란 개념 따윈 상관없이 오직 싸우는 것만이 나의 인생이다. 이건 당연한 것이다!"

그의 외침에 현어운은 얼굴을 찌푸리며 고개를 저었다.

"이해할 수가 없습니다! 대체 왜 스스로를 엉망으로 만드는 것이죠?!"

"그건 너 같은 멍청이가 이해할 수 있는 성질의 것이 아니다! 나에게는 당연한 것이니까! 크하앗!"

광마의 두 눈에서 일던 광기는 조금 전보다 더욱 강해져 있었다. 그의 검이 현어운의 전신을 박살 내려는 듯 바람을 가르며 날아갔고, 현어운은 부강을 일으켜 그의 검을 정면으로 막았다.

카카캉!

"으으윽!"

광마의 엄청난 힘에 현어운은 손아귀가 찢어질 것만 같은 고통을 느끼며 정신없이 뒷걸음질쳤다.

"네놈이 덤비지 않으면 허무하게 죽을 줄 알아라! 카아앗!"

건물을 쩌렁쩌렁 울릴 것만 같은 광마의 기합 소리와 함께 검이 다시 현어운의 허리를 베어갔다. 허리를 벤다고는 하지만 워낙 두껍고 거대한 검이라 부수고 치는 용도인 커다란 곤(棍) 같아 보였다.

퍼어억!

"흡?!"

검이 현어운의 몸에 채 닿기도 전에 광마는 짧은 신음성과 함께 뒤로 몇 걸음 물러나고 말았다. 현어운은 도끼를 쥐지 않은 왼손이 매우 고통스러운 듯 얼굴을 찌푸리며 잠시 주먹을 쥐었다 폈다 한 뒤 그를 향해 한 걸음 다가갔다.

"이해되지 않지만 정말 그런 인생이라면… 남에게 피해를 주지 않도록 내가 끝내겠습니다."

현어운의 표정이 전에 없이 진지하자 어지간한 전유림도 깜짝 놀라고 말았다. 하지만 광마는 오히려 광기를 번들거리며 즐거워한다.

"큭큭큭, 그거 좋은 말이군! 이제야 재수없는 너의 그 진짜 능력을 보게 되겠구나!"

광마는 말을 끝내자마자 그를 향해 쏜살같이 날아가 그의 머리에 검병을 내리꽂았다. 처음 보는 특이한 수법이었지만 현어운은 이매망량의 상태로 돌아가 순식간에 그의 뒤로 신형을 이동시켜 부강이 맺힌 도끼를 서슴없이 휘둘렀다.

'독하게 마음먹는 것이다! 더 이상 광마가 의미없이 다른 사람들의 목숨을 함부로 취하지 못하도록……!'

카카캉!

하지만 보이지 않는 현어운의 공격을 어떻게 느꼈는지 몸에 적중되기 직전에 막아버렸고, 엄청난 힘으로 튕겨낸 다음 횡으로 거검을 거세게 휘둘렀다.

"……!"

보이지 않던 현어운의 신형이 순식간에 몸을 땅바닥에 가깝게 누이더니 미끄러지듯 광마를 향해 다가가 도끼로는 거검을 쥔 광마의 팔을 노렸고, 다른 한 손으로는 초섬유성수로 가슴을 쳤다.

"크핫!"

퍼억! 캉!

"……!"

현어운은 순간 몸 전체를 울리는 엄청난 반탄력에 바닥으로 꼬꾸라지고 말았다. 가슴을 때린 손이 오히려 고통스러운 것도 모자라 자신의 부강이 광마의 팔에 상처 하나 주지 못한 채 튕겨나 버리자 놀라움에 몸을 피하는 것도 잊고 말았다.

"하앗!"

여전히 보이지 않는 현어운이었지만, 광마는 느낄 수 있는지 자신의 발을 현어운이 있는 곳으로 정확하게 걸어찼다.

퍽!

"크윽!"

"겨우 그 정도이더냐!"

충격으로 몸을 드러낸 채 공중으로 솟아오른 현어운을 향해 광마의 검이 일직선으로 나아갔다. 보이지 않을 정도로 강한 회전을 하며 풍압을 일으키자 현어운은 자신의 몸을 가누기 힘들 정도였다.

우우우웅!

그의 손을 떠난 검이 현어운의 등에 적중되려는 찰나, 현어운의 신형이 다시 한 번 이 세상에서 사라져 버렸고 광마의 검은 허공을 스쳐 지나가 건물의 지붕으로 쏘아져 나갔다.

콰콰콰쾅—!!

엄청난 폭음과 함께 건물이 뒤흔들리며 지붕이 무너지기 시작했다.

"크하하하하!"

광마는 광소를 터뜨리며 땅에 떨어지는 거검을 향해 몸을 날렸다.

캉!

그때 광마의 검이 무언가에 큰 충격을 받고 멀리 날아가 버렸고, 뒤이어 광마의 몸이 큰 충격을 받았는지 뒤로 밀려나고 말았다.

"……!"

광마는 땅에 착지하자마자 곧바로 두 손을 자신의 머리 위로 올렸고, 놀랍게도 무언가에 부딪친 듯 손이 갈라지며 피가 튀었다.

"크아앗!"

광마의 팔 근육이 꿈틀거리더니 자신을 짓누르는 어떤 힘을 밀쳐내 버렸고, 뒤이어 자신의 몸통을 빈 허공에 날렸다. 그러자 보이지 않는 철벽에 부딪친 듯 무언가와 충돌을 일으켰고, 보이지 않는 존재인 현어운은 전신을 울리는 엄청난 충격을 받고 뒤로 사 장이나 날아가 땅을 나뒹굴고 말았다.

"크윽!"

모습을 드러낸 현어운은 내상으로 입가에 피를 흘리고 있었지만 그의 눈만큼은 전에 없이 빛나고 있었다.

"죽어라!"

손바닥을 핥아 피 맛을 본 광마는 더욱 광기 서린 눈빛으로 그를 향해 신형을 날렸다. 현어운은 자리에서 벌떡 일어나 다시 이매망량의 상태로 되돌아간다.

"……!"

달려오던 광마는 몸을 멈추더니 곧 두 눈을 감았다. 그렇게 감각을 최대한으로 발휘해야 현어운이 지척까지 다가왔을 때 기척을 느낄 수 있기 때문이었다.

현어운은 광마가 자신의 기척을 찾아내려는 것을 알고 있었지만 그는 자신의 이매망량을 철저히 믿고 있었다. 아무리 그래 봤자 자신이 지척에 다가가서야 그는 알아차릴 수 있으리라.

'약점을 찾아야 해. 하지만 광마의 몸은 부강조차 소용없을 정도로 단단해. 어떻게 해야 하지……?'

예전의 자신이었다면 어떻게 했을까 생각해 보았지만 안타깝게도 답이 나오질 않았다.

'초섬유성수로 도끼를 휘둘렀는데도 손바닥에 상처가 조금 생길 뿐이라니… 얼마나 단단한 몸이길래.'

전신이 철벽으로 이루어진 듯 광마의 신체는 도무지 공격할 틈이 없어 보였다. 하지만 광마 역시 보이지 않고 느껴지지도 않는 상대 때문에 답답할 것이리라.

그렇지만 둘 사이의 침묵은 오래가지 않았다. 건물이 부서지는 소란에 사람들이 모여들고 있었기 때문이다.

이들의 싸움을 지켜보던 단리회천도 사람들이 모이자 얼굴을 찌푸리며 자신의 심정을 대변했다.

'광마가 강하다더니… 이 정도일 줄이야! 그리고 현어운…….'

그는 복잡한 심정으로 보이지 않는 현어운의 모습을 떠올렸다. 지형물을 이용한 것도 아닌데 모습이 보이지도 않고 기척조차 느껴지지 않으니 정말 놀라울 뿐이었다. 무제가 단순히 현어운이 여동생과 결혼한 것이나 다름없는 자였기에 여의대로 편입시킨 것이라 알고 있었는데, 어쩌면 그것이 아닐지도 모른다는 생각이 불현듯 들었다.

'넌 대체 누구냐, 현어운? 귀신도 놀랄 정도로 무서운 은신술… 과연 누가 너의 암수를 피해 갈 수 있겠는가?'

"싸움은 그쯤에서 그만두는 것이 어떤가, 광마? 큭큭큭! 아주 재미있는 싸움거리였다. 하지만 시골 촌놈 하나 제대로 이기지 못하는데 벽력마군을 이길 수 있을까? 이틀 뒤에 있을 전투 때 지켜보겠다."

사람들이 하나둘 모여들자 광마도 더 이상 싸울 생각이 없는 듯 자신의 검을 줍기 위해 걸음을 옮겼다. 그제야 전유림의 옆에서 현어운의 모습이 나타났고, 전유림은 갑자기 자신의 옆에서 그가 나타나자 두 눈을 크게 뜨며 놀란다.

"뭘 훔쳐도 전혀 모르겠는데? 그런 치사한 은신술을 섬수신의가 가르쳤단 말이야?"

그녀의 말에 현어운은 쓰게 웃을 뿐 더 이상 대답하지 않았다.

"…만약 기억나지 않는 그 무언가를 떠올리게 된다면… 정말 내가 아니게 될 것 같아 무서워."

"기억나지 않는 것……?"

"……."

그때 단리회천이 현어운에게로 다가왔다. 시종일관 차가운 느낌이 드는 비웃음을 매달고 있어 미남이라지만 전혀 호감이 가질 않았다.

"현어운, 날 위험에서 구해준 것은 좋았지만… 차라리 그냥 놔두었다면 네게 감사했을 것이다. 크큭!"

그가 자리를 떠나자 전유림은 고개를 저으며 말했다.

"뭐야? 죽고 싶단 이야기잖아? 어운, 이번에 네 임무는 굉장히 편하겠군."

"이래저래 정이 안 가는 사람이야."

그는 고개를 들어 뻥 뚫린 지붕으로 하늘을 보았다. 저 하늘조차 보이지 않을 정도로 머리가 혼미해지는 전쟁의 혈향을 맡을 때가 곧 올 것이다.

'그러면… 나는 어떻게 될까?'

"준비는 다 되었느냐?"

암습이나 매복 따위의 별다른 계략이 필요없는 전쟁이었기에 오히려 편한 점도 있었다. 그만큼 무림제왕성은 자신들의 세력에 자신감이 있는 것이리라. 하지만 벽력마군은 그들이 그런 정공법으로 나온다고 금탁마저 그렇게 할 필요는 없다고 생각했다.

"철저히 숨겨왔습니다. 그들은 우리보다 강하지만 그것 앞에서만큼은 강할 수 없을 것입니다."

"그렇겠지. 단 열다섯 구이지만, 이천이라는 어마어마한 병력의 차이를 메워줄 수 있을 것이다."

"이길 것입니다, 아버님."

"……."

그의 아들, 한용운의 말에 벽력마군은 아무런 대답도 하지 않았다. 그는 누구보다도 무림제왕성이 얼마나 강한지 잘 알고 있었다. 그런 만큼 어리석은 자신감으로 인해 일말의 자만심도 가지고 싶은 마음은 없었다.

지금 이들이 싸워야 할 황정 근처의 멱단구(冪段丘)는 제법 많은 수의 나무들이 우거져 있으며, 크고 작은 언덕이 무덤처럼 곳곳에 있는 곳이라 전쟁을 치르기에는 꽤나 복잡한 지형이었다.

즉, 무림제왕성에게도 금탁에게도 불리한 지형이었지만 계략을 얼마나 잘 쓰느냐, 혹은 무림제왕성이 예상하지 못한 변수를 어떻게 잘 활용하느냐에 따라 금탁은 충분히 수의 차이를 메울 수 있었다.

곧 몇 시진 후면 무림제왕성과 금탁이 전에 없는 대규모의 전쟁을 벌일 것이다. 임시 천막 밖에서 대기하는 수천에 달하는 무사들의 기백이 하늘을 찌를 듯 따갑게 느껴지자 벽력마군은 흡족했다.

"낙불(落佛)께는 기별을 드렸느냐?"

"네, 곧 오실 겁니다."

낙불은 금탁의 서열 이위의 인물로 무황 이전 시대의 고수, 즉 전전대 고수였다. 나이를 짐작할 수 없는 그는 별호에서 알 수 있듯이 오래전 불가로 귀의했다 어떤 이유로 인해 파계당한 자였다. 예전에 불가에 있었던 영향이 컸던지 악한 본성과 혼재되어 종잡을 수 없는 성격을 가진 자였지만, 매사에 있어 신중함만은 그의 무공만큼이나 대단하여 벽력마군이 매우 신용하고 있었다.

"내가 왔소, 탁주."

듣기 싫은 갈라진 목소리가 임시 천막 안을 울리자마자 천막을 걷히며 키 작은 노인이 등장했다. 쭈글쭈글한 피부에 보잘것없는 키, 그리고 자기보다 큰 죽장에 의지해 걸어오는 모습이 미덥지 않았지만 낙불을 아는 사람이라면 누구도 비웃을 수 없을 것이다.

그의 죽장에 피를 쏟으며 머리가 으깨어진 사람이 얼마나 많던가? 그의 진실된 무공을 제대로 본 사람이 거의 없었기에 그에 대한 두려움은 더욱 클 수밖에 없었다. 무황이 나올 때 그는 이미 은거한 상태였기 때문에 무황과 상대해 보지 않았다는 점이 오히려 더욱 큰 장점으로 작용하고 있기도 했다.

외양상 볼품없는 낙불이었지만 그의 눈빛만큼은 나이와는 반대로 가고 있는 듯 쉴 새 없이 날카롭게 번뜩이고 있었다.

"오셨습니까, 선배님."

벽력마군이 일어나 예의를 취하자 한용운도 같이 포권을 한다.

"이런이런… 몇 번이고 이 늙은이에게 그런 예는 필요없다 했거늘… 켈켈켈, 나를 부른 건 혈명강시를 조종할 도구를 주기 위함인 것으로 알고 있소만?"

낙불의 말에 한용운이 품에서 검지만한 크기의 상아로 된 호각을 그에게 건네주었다.

"이것을 불면 지금 내 천막 안에 서 있는 세 구의 강시가 나의 명령을 듣는다, 이 말이오? 켈켈! 도저히 믿기지는 않지만 탁주가 어떤 인물인지 알기에 내 곧이곧대로 믿겠소!"

"실망하지 않을 겁니다, 선배님. 이번 전쟁에서 큰 수고를 해주십시오."

"걱정 마시오, 탁주! 그간 무림제왕성의 독주가 영 마음에 들지 않았는데, 날개까지 얻었으니 마음껏 이 죽장을 휘두를 수 있겠소. 그놈들을 죽일 생각을 하니 도리어 젊어지는 기분마저 드오! 켈켈켈!"

낙불은 이번 싸움의 전방에 서겠다고 직접 자원했을 정도로 적극성을 보이고 있었다. 그 역시 이번 싸움이 어쩌면 최후의 종착지가 될 수 있을 것이라 판단했기 때문인지도 모른다.

낙불이 나가자 천막 안은 다시 조용해진다. 말없이 입구를 바라보던 벽력마군은 자신의 아들을 바라보며 입을 열었다.

"지금껏 잘해주었다, 아들아."

"아닙니다."

"이번 전쟁에서 네가 어떻게 처신해야 할지 잘 알고 있겠지?"

그의 말에 한용운은 잠시 침묵을 지켰다. 명백히 그의 말에 불복하는 표정이었다.

"네 마음은 알지만 그 마음은 어서 버려야 할 것이다. 나를 위해서 네가 어떻게 해야 할지 잘 알고 있느냐?"

"…혹시나 있을 다음을 대비해서 전쟁 도중 미리 은신처로 도주해야 합니다."

"도주가 아니다. 다음을 대비하여 준비하는 것일 뿐이다. 우리는 겨우 열 구의 혈명강시를 완성시켰을 뿐이다. 아직도 미완성된 수많은 혈명강시를 완성시키려면 너와 시령마(屍靈魔)가 있어야 한다. 넌 무림 제왕성과의 두 번째 싸움에 필요한 병력을 만드는 중요한 일을 맡고 있음을 잊지 말아야 한다. 뿐만 아니라 신록희 또한 우리가 상대해야 할 거대한 적임도 잊지 말거라."

그의 말에 한용운은 어느 정도 수긍한 듯 고개를 끄덕였다.

"알겠습니다, 아버님."

"가자, 결전의 때가 왔다."

"네!"

자리에서 일어난 벽력마군은 자신의 손을 내려다보았다. 지난 수십 년간 이 험난한 무림에서 자신을 지켜준 믿음직한 무기였다. 비록 자신의 이상을 이루기도 전에 이 손은 무황에 의해 무너졌지만, 이제는 자신의 야망을 이루어줄 것이다.

‘이번에는 실망시키지 않을 것이다.’

엄청난 행렬이 이어지고 있었다. 사천오백의 무사가 두 개의 진으로 나뉘어 전진하고 있었고, 백 명에 이르는 급습조는 벽력마군이 있을 금탁의 본진을 습격하기 위해서 이른 아침 일찍 우회하여 떠난 상태였다.

창기대 삼십 명, 폭혈마마대 사십 명을 이끈 단리회천은 두 개의 진 중 우진(右陣)의 선두에 섰고, 폭혈마마대 육십 명을 이끈 암마왕은 좌진의 선두에 서서 먹단구로 향하고 있었다.

죽음을 향해 달려가는 것임을 알기 때문인가? 행렬은 말없이 조용히 이어지고 있었다. 하나 조용하지만 결코 침울하지 않았고, 오히려 비장함으로 사기가 충만해 있었다.

모두가 이번 싸움이 무림제왕성에게도, 상대인 금탁에게도 건곤일척의 승부가 될 것임을 잘 알고 있었다.

“여러 번 전투를 치러봤지만 오늘처럼 비장한 분위기는 처음이군. 큭큭, 다들 이번 싸움에서 죽을지도 모른다는 생각을 하는 것인가?”

단리회천의 말에 비아냥이 서려 있음을 현어운은 알았지만 아무런 대답도 하지 않았다.

“실력이 없으면 죽어야지.”

“…….”

현어운을 일견한 그는 현어운과 함께 자신의 지척에 따르는 다섯 명의 무사를 살펴보았다. 자신이 이끌고 온 창기대와 폭혈마마대에서 각각 두 명, 세 명씩 뽑아 자신의 호위를 서게 했는데, 지금까지의 기색을 보면 현어운보다 더욱 신뢰하는 것 같았다.

“느껴지는구나, 금탁의 두려움이. 반 시진 뒤면 벽력마군의 머리통은 내 손에 쥐어질 것이다. 마음껏 흘러내려라, 더러운 피들아. 큭큭!"

현어운은 광기에 살짝 뒤덮인 기색마저 보이는 단리회천의 모습에 굳은 표정을 시종일관 풀지 못했다. 마치 피를 보지 못해 안달난 사람처럼 그는 전쟁의 시작을 학수고대하고 있는 것이다.

'저것이 무림인의 모습인가? 무림에서 높은 자리에 있는 사람도 저러한데 부평초처럼 헤매는 무림인들은 오죽하겠는가!'

"현어운, 표정이 어둡구나. 어차피 너도 곧 죽으면 채빈을 더욱 빨리 만날 수 있으니 차라리 잘된 일일지도 모르지 않느냐? 하지만 나도, 아버지도, 나의 형도 너에 대한 존재는 없는 사람인 양 취급하고 있음을 잊지 마라! 크크크!"

"…난 할 일이 있습니다. 그전까지는 죽을 수 없어요."

"할 일?"

"친오빠인 당신이 동생을 위해 아무것도 하지 못할 때… 난 사랑하는 그녀를 위로하기 위해 무림에 나온 것입니다. 괴로워하던 그녀를 위로하기 위해서 말입니다. 당신은 가족인 그녀를 위해 무엇을 했죠?"

"……."

"무림은 정말 차가운 곳이더군요. 따뜻한 그녀에게는… 결코 어울리지 않습니다. 당신들도 그녀와는 어울리지 않아요. 그녀가 내게 온 건… 차라리 그녀를 위해 잘된 일이었는지도 모릅니다. 무림의 평화니 뭐니는 어차피 당신들이 하지 않습니까? 아니, 그녀가 없으면 평화는 바라지도 못하는 헛소리일지도 모르죠. 능력이 되지 않으니까."

채챙!

그의 곁에 있던 다섯 무사 중 창기대의 두 사람이 번개처럼 발검하여 날아가 현어운의 목을 앞뒤에서 겨누었다. 전시에서 상관자에 대한 명백한 불손의 행위는 처벌감이기 때문이었다.

"언제 내가 검을 뽑으라고 했나?"

단리회천이 싸늘하게 내뱉자 두 사람은 당황스런 표정을 짓더니 이내 착검하고 물러난다.

"그거 멋진 말이군. 능력이 되지 않는다? 하면, 너는 지금 너의 능력을 보여줄 수 있는가? 지금 이 순간 할 수 있는 너의 능력 말이다. 네놈이 죽은 내 동생을 위로하기 위해 무림에 나왔다는 말이 이해가 되지 않지만, 그녀를 위해 살고 싶다면 그 능력을 보여야겠지?"

"…당신을 지켜 드리죠. 그 누구도 당신을 죽일 수 없을 겁니다."

현어운의 자신있는 말에 단리회천은 비릿하게 웃을 뿐이었다.

"네놈이 아니더라도 이들 다섯 명이라면 충분히 날 지킬 수 있다."

그때였다, 현어운이 머리를 심하게 울리는 지독한 냄새를 맡은 것은. 너무나 갑작스러운 것이었지만 현어운은 예전처럼 놀라지도, 당황하지도 않았다. 여태껏 불길한 일이 있기 전에 냄새가 났듯이, 이번처럼 큰 전쟁에서 그런 일이 없다는 것이 이상한 일일 것이다.

'음습하다… 오래된 방에서 나는 퀴퀴한 냄새마냥. 대체 어디서 나는 것이지?'

그는 백 장가량 떨어져 앞으로 나아가고 있는 서진(西陣)을 돌아다보았다. 암마왕이 선두에 선 저곳에서 어떤 불길한 느낌이 퍼지고 있었다.

'나의 느낌이 예전보다 더욱 강해졌어!'

"왜? 자신이 없는가?"

"그들만으로 충분하다지만… 알 수 없는 일이죠. 곁에 있던 자가 갑자기 검의 방향을 바꾸어 당신을 겨눌 수 있으니까 말입니다."

"큭큭큭! 제법 노련한 척하는구나. 좋다. 이들만으로도 충분하지만 네가 나를 지켜주겠다 했으니 어디 두고 보자. 만약 정말 네가 날 지켜주는 일이 생긴다면, 나는 내 동생을 위해 아무것도 하지 못한 놈이며, 능력없는 무지렁이에 불과하다고 스스로 인정하지.”

“…….”

현어운은 그의 말에 더 이상 왈가왈부하지 않고 계속 걸음을 옮겼지만, 무거운 마음은 갈수록 짙어졌다.

‘이번 전쟁은 불길하구나. 우리 진영에서 이런 냄새가 난다는 것은… 응?’

그때 현어운은 누군가의 시선이 느껴졌고, 이내 자신의 오른쪽 뒤편임을 알았다. 그가 시선을 돌리자 자신을 뚫어져라 노려보고 있는 폭혈마마대의 한 여인을 볼 수가 있었다. 허리에 찬 백옥검이 눈에 띄는 그녀는 자신이 마음에 들지 않는다는 표정으로 노려보았지만 그는 태연히 시선을 돌려 버렸다.

“흥, 건방진 것!”

그녀는 기억나지 않을 테지만 현어운은 그녀를 본 적이 있었다. 예전에 모태강과 함께 고급 객잔에서 술을 마실 때 보았던 오만한 폭혈마마대의 무리들 중 하나가 그녀였다. 나찰혈전검(羅刹血電劍) 여용려(呂瑤呂), 오만하고 도도한 성격의 소유자이자 폭혈마마대의 대주와 부대주 다음으로 무공이 강한 여인이었다.

하지만 그녀가 자신을 어떻게 생각하든 그는 상관없었다. 그가 신경 쓰는 것은 단 하나, 이번 전쟁에서 자신과 가까이 지내던 자들이 죽지 않는 것이었다.

‘저쪽 진영에 모 형이 있다. 제발 이번 전쟁에서 무사히 살아남기를…….’

그리고 또 한 명 더 있었다.

'유림, 부디 조심해라.'

금탁과 맞닥뜨릴 시간은 얼마 남지 않았다. 거대한 폭풍이 다가오고 있는 것이었다.

금탁의 본진이 있는 먹단구가 시작되는 지점을 향해 일단의 무리들이 경공술로 빠르고 은밀하게 이동하고 있었다.

이들 급습조는 본진을 떠나 크게 우회하여 목표 지점을 향해 가는 중이었는데, 백여 명이 한꺼번에 이동함에도 전혀 소란스럽지 않을 뿐만 아니라 신속하기 이를 데 없었다.

한참을 달리던 이들은 어느 순간 누군가의 손이 올라가자 일제히 멈췄다. 선두에 선 사내는 창기대 소속의 무사이자 하북팽가의 소가주인 질풍단혼도(疾風斷魂刀) 팽호(彭岵)로 급습조의 조장이었다. 창기대의 부대주이기도 한 그는 이미 일가를 이룬 도법의 소유자였으며, 열렬한 무림제왕성의 추종자이기도 했다.

"먹단구까지 대략 반각 정도 남았다. 이곳에서 대기하며 시기를 기다린다. 그리고 앞서 말했듯이 하원양, 유삼, 두완어 세 사람은 정찰을 하고 온다. 지금 출발하라."

이제 겨우 스물다섯의 나이였지만, 그는 이미 좌중을 압도하고도 남을 만한 뛰어난 통솔력과 그에 못지않은 무공을 지닌 기재였다. 세 사람이 떠나자 다른 급습조원들은 누가 뭐라 하지 않아도 기척을 최대한 숨긴 채 자리에 앉았다. 하지만 저마다 무기를 놓지 않고 혹시나 있을 일에 대비하여 긴장하고 있었다.

"평상시 너라면 이렇게 조용히 가서 기습하는 거 안 하잖아? 오늘은 왜 이렇게 조용히 따라가냐?"

일행 중에는 당연히 전유림을 비롯한 두 사람이 있었다. 자신의 말에도 광마에게서 아무런 반응이 없자 눈살을 찌푸렸지만, 이제는 원래 그런 성격임을 잘 아는 그녀였기에 관심을 꺼버리고 주변을 돌아보았다. 조선영 역시 두 눈을 감은 채 조는 듯 가만히 있었다. 만독색신과의 일이 있은 후부터 그녀는 유난히 예전보다 말수가 줄어들었으며, 무공 수련에만 몰두해 왔었다.

"요즘은 좀 늘었냐? 무공 말이야."

"글쎄요. 하지만 나는 아직 한계에 이르지 않았다는 것만큼은 알고 있습니다. 더 오를 데가 있다는 말이 되니 허무하지는 않군요."

"이번에 살아올 수 있을 것 같아?"

"아무리 벽력마군이라도 창기대와 폭혈마마대, 정검대와 마검대, 그리고 낭인무사대 금의고수들의 합공은 견디지 못할 것입니다."

"흠, 과연 그럴까?"

"……."

"난 여태껏 광마에게 수로 덤벼서 지치게 만든 적들을 본 적이 없어."

"…전 소저의 말이 맞군요. 너무 오래된 나머지 벽력마군이 상상을 초월할 정도로 강한 자라는 것을 우리는 잊고 있었습니다."

"전유림이라 했던가? 너의 말은 지금 이곳에 있는 백여 명의 급습조원 모두를 싸잡아 무시하는 것이나 다름없다는 것을 아는가?"

크지는 않지만 힘이 느껴지는 강한 어조였다. 어느새 다가온 육 척 장신의 팽호가 부리부리한 눈으로 그녀를 쏘아보며 말했지만, 전유림은 아무렇지도 않게 대답했다.

“그가 무황만큼 강하다며? 너희들 모두가 덤벼도 무황을 이기지 못할 정도로 무황은 강하지 않아?”

그녀의 말에 팽호는 인상을 찌푸린 채 뭐라 대답해야 할지 고민했다. 상대할 수 있다고 하면 자신이 존경하는 무황을 무시하는 꼴이 되고, 인정하면 자신들을 깎아내리는 것이 되기 때문이었다.

“흥! 함부로 입을 놀리는 것을 보니 배우지 못한 티를 내는구나! 여의대에 전유림 하면 버릇없고 별로 뛰어나지도 않은 무공을 믿고 설친다는 넌이라지?”

날카로운 목소리의 주인공은 흑의경장 차림의 여인으로, 마검대 소속의 대여화라는 이름을 가지고 있었다. 뛰어난 미모에 마검대원이라는 자부심이 넘쳐 보이는 표정을 보자 전유림은 피식 웃음이 나왔다.

“겨우 얼굴 하나 믿고 살고 있는 거야, 아니면 네 실력을 제대로 모르는 거야? 강해지려면 자신에 대해 잘 알아야 한다는 것 잊지 마라, 어설픈 계집아.”

“이, 이년이……?!”

장내가 소란스러워지려 하자 팽호는 말없이 허리춤에 맨 도를 거칠게 뽑아 들었다.

채엥!

“……!”

“지금은 성주께서 명하신 작전을 수행 중이다. 습격을 하는데 감히 떠들다니, 말이 되는 소리인가? 만약 지금부터 또다시 소란스럽게 하는 자가 있다면, 이 도에 인정이 없음을 원망 말아라.”

서슬 퍼런 그의 말에 좌중은 쥐 죽은 듯 조용해졌고, 팽호는 몸을 돌려 전유림을 다시 노려보았다.

"너의 말이 틀린 것은 아니니 인정하지. 하지만 길고 짧은 것은 대봐야 알 것이다. 자부심만큼 강한 무림제왕성의 무사들이 우리들이다. 과거의 인물이자 타락해 버린 벽력마군은 결코 우리의 상대가 되지 않음을 보여주지. 너희 세 사람은 오히려 방해나 하지 않았으면 좋겠군."

"명심하지."

전유림이 재미있다는 표정으로 고개를 끄덕이자 팽호는 원래의 자리로 돌아갔다. 그때 두 눈을 감고 있던 조선영이 나지막이 입을 열었다.

"대여화, 이제는 내가 상관할 바가 아니지만 한 번만 더 그런 모습을 보인다면 그때는 목숨을 살려두지 않겠습니다. 명심하세요."

"……."

조선영의 말에 대여화는 두 눈을 크게 뜨더니 이내 두려움에 몸을 부르르 떨었다. 마검대 부대주였던 조선영은 마음에 들지 않는 것은 가차없이 손을 쓰는 잔혹한 면이 있음을 너무나 잘 알고 있었기 때문이다.

그 모습에 팽호가 눈살을 찌푸리며 뭐라 말하려 할 때, 그들이 왔던 곳에서 몇 사람의 기척이 들려왔다.

"……!"

모습을 드러낸 두 사람은 임무를 띠고 남아 있던 급습조원들이었다.

"시작했습니다."

"음……!"

좌중은 분위기가 순식간에 무거워졌다. 사내의 말은 다름이 아니라 무림제왕성과 금탁의 전력이 만나 전투를 시작했다는 의미였다.

"모두들 준비하라. 정찰 갔던 세 사람이 돌아오는 즉시 우리의 임무를 시작한다."

급습조원들은 긴장한 마음으로 정찰 간 사람이 오기를 기다렸다. 그들이 오면 곧 무림의 신화인 무황과 대등하게 싸웠다는 벽력마군과 목숨을 건 사투를 벌여야 할 것이다. 어쩌면 채 만나기도 전에 죽을 수도 있겠지만, 무림제왕성을 위해 일하는 자신들이기에 결코 피할 생각은 없었다.

일각이 지나고 다시 일각이 지났다. 돌아와야 할 시간이 지났음에도 오지 않자 장내가 조금씩 소란스러워졌고, 팽호는 다시 이들을 진정시켰다.

"지금 같은 때에 돌발 상황이 나지 말란 법이 없다. 겨우 이 정도의 일에 흔들린다면 무림제왕성의 무사들이 아니다. 반 각 뒤에 급습조는 출발한다. 끝까지 은밀함과 신속함을 잃어서는 안 될 것이다."

"갔던 놈들이 잘 안 됐다라… 들켰군. 기습의 의미가 없어졌어."

전유림의 말에 팽호는 잠시 흠칫했지만 고개를 끄덕였다.

"너의 말이 맞다. 하지만 지금에 와서 물러설 수는 없다. 우리의 임무는 반드시 완수해야 한다."

"그런데 왜 발각되었을까요? 세 사람은 자신들의 임무를 잘 알고 있었습니다. 실수란 있을 수 없습니다. 그들 정도의 실력이라면 정찰 정도는 어렵지 않게 완수할 수 있었어요."

"…그런 생각을 하는 것도 좋지만 지금의 상황에서는 큰 의미가 없다. 설령 그 이유를 안다고 해서 우리의 임무가 바뀌는 것은 아니니까."

반 각이 지나도 그들이 오지 않자 팽호는 선두에서 그들을 돌아보며 나지막이, 그러나 모두가 들리도록 말했다.

"벽력마군이 있을 본진에 경계가 분명 더욱 강화되었을 것이다. 하지만 그들은 우리가 이토록 강하고 많은 무사들을 보냈을 것이란 생각은 하지 못할 것이다. 본진까지 어둠처럼 다가가 폭풍처럼 몰아친다."

그가 몸을 날리자 백여 명의 무사가 일제히 그의 뒤를 따라 경공술을 시전했다. 조선영과 전유림도 그들의 뒤를 따라 몸을 날렸지만, 광마는 그 자리에 가만히 서 있을 뿐이었다. 신형을 멈춘 전유림은 짜증난다는 표정으로 말했다.

"뭐야? 이제 와서 가기 싫다는 거야?"

"곧 재미있는 일이 벌어질 것이다. 크크크, 나는 한 번 더 우회하여 벽력마군을 친다."

"뭐?"

전유림과 조선영의 놀라움을 뒤로한 채 광마는 급습조가 간 곳의 사선 방향으로 몸을 날렸다.

"…우리도 광마를 따라가 보죠?"

"좋아. 쟤들은 있어봤자 우리한테 짐일 뿐이니까 말이야."

수십 개에 달하는 막사는 거의 비어 있었지만 열 명 정도 되는 무사가 밖에서 경계를 서는 것이 보였다. 막사 안에 여럿 기척이 느껴지는 것을 보니, 넉넉잡아 서른 명쯤으로 생각하면 될 것 같았다.

"……."

팽호는 이런 상황이라면 분명 정찰에 큰 어려움이 없었을 것인데도 돌아오지 않았다는 것이 다시 마음에 걸렸지만 애써 지워 버렸다. 어차피 자신들은 무슨 일이 있어도 이곳을 습격하여 벽력마군을 죽여야 했다. 이 정도 거리라면 벽력마군도 자신들의 기척을 느끼지 못하겠지만 약간의 소란만 일어나도 그가 나올 것이다. 그전에 경계무사들을 신속히 처리한 다음 벽력마군을 포위해야 했다.

'많은 사람이 죽을 것이다. 하지만 그만큼 이름에 남을 빛나는 일을 하고 있다. 우리의 이름은 무림사에 영원히 기억될 것이다!'

팽호는 숨소리조차 멈춘 것 같은 자신의 주변을 돌아보았다. 모두의 시선이 자신과 정면을 번갈아 보고 있었다.

"……."

팽호가 그들에게 수화로 돌격의 신호를 보내려는 그때, 그의 눈으로 들어오는 두 사람이 있었다.

갑자기 막사 안에서 번개처럼 튀어나온 두 사람은 고개를 이리저리 돌리는가 싶더니 곧 자신들이 숨어 있는 숲 쪽을 바라보았다.

"……!"

키에에엑!

두 사람은 갑자기 의미를 알 수 없는 비명을 지르더니 모둠발로 껑충 뛰어올랐다. 반 장가량 떠오른 두 사람은 한 번에 사 장이나 되는 거리를 뛰더니 역시 모둠발로 착지했다. 그리고는 다시 뜀박질하더니 이번에는 오 장이나 되는 거리를 뛰어왔다.

"가, 강시다!"

누군가가 자신도 모르게 소리치자 팽호는 더 이상 망설이지 않았다. 금탁이 설마 강시까지 제조했을 줄은 꿈에도 몰랐던 터라 그도 당황했지만, 임무에 대한 생각이 깊은 그였기에 당황스러움보다는 의무감이 먼저 불타올랐다.

"공격하라!"

기습의 의미는 이미 사라진 지 오래였다. 강시가 어떻게 자신들이 있는 곳을 알아냈는지 의문을 가지기도 전에 급습조원들은 일제히 앞으로 뛰어나갔다. 일부는 강시를 향해, 일부는 막사 쪽을 향해, 일부는 검을 빼 들고 방어 자세를 취하는 경계병을 향해 질풍처럼 내달렸다.

두 강시의 외양은 전혀 강시 같지 않았다. 사람처럼 혈색마저 돌고 있었고, 팔도 사람이 움직이는 마냥 자연스러웠다. 오직 두 발만이 기존에 알려져 있던 강시처럼 자연스럽지 않고 모둠발로 뜀뛰기를 할 뿐이었다.

뛰어나간 무사들 중 세 사람이 동시에 강시 한 구의 지척에 도달하여 각자의 무기를 휘둘렀다. 무기에서 뻗어져 나오는 푸른 빛 기운이 예사롭지 않게 날카로웠다.

키이익!

입을 쩌억 벌리며 괴성을 지른 강시는 자신을 향해 날아오는 무기들을 향해 양손을 뻗더니 곧 팽이처럼 몸을 강렬하게 회전시켰다.

카캉! 까앙!

"크아악!"

"아악!"

회전하던 강시는 기가 실린 무기를 모조리 튕겨내는 것만으로도 모자라 회전하던 여력 그대로 세 사람의 몸과 부딪쳐 그들의 몸을 산산조각 내버렸다. 회전하며 삼 장가량 솟아오른 강시는 이내 다른 곳으로 몸을 착지시켰고, 자신의 바로 옆에서 황급히 검을 내지르는 사내를 향해 아무렇게나 손을 내밀었다.

까강!

"크헉!"

강시의 손이 마치 부드러운 두부에 꽂히는 것마냥 검을 부수고 사내의 머리에 박혔다. 피가 튀고 뇌수가 흘러내리지만 강시는 괴성을 지를 때 외에는 무표정할 뿐이었다.

퍼퍽! 퍽!

다른 강시 또한 사람의 신체를 꿰뚫으며 잔인한 살육전을 벌이고 있었다. 그 와중에 밖에서 경계를 서던 무사들은 급습조에 의해 모두 죽었고, 막사에서 준비를 하고 나온 자들과 결전을 치르는 중이었다.

"강시가 강하다고는 하지만 저렇게나……!"

급습조는 무림제왕성 네 개의 주력대에서도 강한 무공의 소유자들만으로 엄선하여 이루어진 것이었다. 그런데 벌써 열 명의 무사가 두 구의 강시에 의해 순식간에 죽임을 당했으니 강시의 위력이 실로 대단하다 할 수 있었다.

"……."

팽호는 자신을 향해 공격해 오는 무사의 검을 자신의 도로 강하게 부딪쳐 밀어버린 뒤 그대로 상대의 정수리에서 회음부 방향으로 정확하게 갈라 버렸다. 잔인하고 강력한 수법에 뒤에 있던 자들이 주춤하며 뒤로 물러날 정도로 압도적인 도법이었다.

'결정해야 한다!'

"부조장은 사십 명의 조원과 함께 강시를 상대하라! 나머지는 나를 따라간다!"

그의 명령에 부조장인 흑면괴장(黑面怪掌) 난호차(蘭豪嵯) 근처에 있던 인원은 신속하게 그의 곁으로 모여들었고, 나머지 인원들은 팽호에게로 모였다. 상대를 잠시 놓친 두 강시는 괴성을 지르며 가까이 있는 부조장의 무리들에게로 달려갔고, 팽호는 앞장서서 자신의 앞을 막는 무사들의 몸을 가르며 전진했다.

“막사를 뒤져라! 벽력마군은 분명 도망가지 않고 어디에선가 우리를 기다리고 있을 것이다!”

열 명의 조원이 그의 말을 듣고 몇 곳의 막사 안으로 들어갔고, 팽호 역시 경계무사를 비롯해 숨어 있던 자들을 모두 처리한 것 같자 두 사람과 함께 한 막사 안으로 들어갔다.

“……?!”

안으로 들어가자 막사 한구석에 웬 여인 하나가 자리에 가만히 서 있는 것을 세 사람은 볼 수 있었다. 순간 경계를 취했지만 아무런 행동도 하지 않자 팽호는 눈살을 찌푸리며 말했다.

“너는 누구인가? 정체를 밝혀라.”

“…….”

하지만 아무 말도 하지 않고 가만히 서 있자 팽호는 이상한 생각에 그녀의 얼굴을 자세히 보았다. 창백한 안색에 죽은 것만 같은 두 눈 외에는 별다른 특징이 없었지만 팽호는 그 순간 그녀가 인간이 아님을 느낄 수 있었다.

“강시다!”

“……!”

그때 강시가 전신을 부르르 떨더니 역겨운 입을 괴기롭게 벌리며 소리쳤다.

꺄아아아—!

강시는 순식간에 자리를 박차며 낮게, 그리고 빠르게 세 사람을 향해 날아오더니 세 사람을 향해 두 손을 휘둘렀다. 아무렇게나 휘두른 것 같았지만 세 사람은 마치 거대한 그물에 갇힌 듯 엄청난 압박감을 느끼고 있었다.

'강시가 무공을……?!'

생각만 하고 있을 수는 없었다. 손에 쥔 도에 내공을 잔뜩 주입시켜 도강을 뿜어낸 팽호는 질풍단혼도라는 별호답게 휘몰아치는 바람처럼 강시를 향해 공격해 갔다. 사방을 뒤덮는 눈부신 도강이 엄청난 위압감을 주었지만 강시는 아무렇지도 않은 듯 공격을 멈추지 않았다.

까가가강! 깡!

끼아아악!

팽호의 도가 강시의 손에서 일어나는 거력을 무위로 돌리며 전신에 적중되었고, 도강의 위력 앞에 강시는 괴성을 지르며 뒤로 날아가 바닥에 쓰러졌다.

“……!”

하지만 강시는 언제 그랬냐는 듯 번개처럼 다시 자리에서 벌떡 일어서더니, 재차 괴성을 지르며 세 사람을 향해 번개처럼 날아들었다.

“하앗! 단혼미리망(斷魂迷缺網)!”

팽호의 도강이 어지러이 엉키는가 싶더니 놀랍게도 유형화된 망(網)이 형성되었다. 도막의 경지까지는 아니지만 이십대 중반의 나이에 이 정도의 무공을 선보였으니 누구든 놀라지 않을 수 없을 것이다.

텅!

강한 충격파와 함께 강시는 뒤로 사 장이나 날아갔고, 팽호도 뒤로 물러나다 두 사람에 의해 간신히 멈출 수 있었다.

“나가자! 우리들만으로는 어쩔 수 없을 정도로 강한 강시다!”

세 사람이 밖으로 나가자 때마침 다른 천막에서 피에 물든 강시 두 구가 밖으로 뛰쳐나오고 있었다. 팽호가 상대한 여강시도 곧 밖으로 뛰쳐나오자 처음에 본 두 구의 강시를 포함해서 모두 다섯 구의 강시가 이곳에 있는 셈이었다.

"어서 나의 근처로 오라!"

팽호의 외침에 잠시 흩어져 있던 무사들이 순식간에 한곳으로 모였다. 세 구의 강시는 이제는 오십 명이 채 안 되는 무사들 앞에 섰는데, 분명 일반적으로 알고 있는 강시와는 달라 보였다. 다리를 제외한 다른 부분이 인간처럼 자연스러운가 하면, 무엇보다 그 두 팔로 무공을 사용한다는 점이 놀라웠다.

한편 그들의 뒤편에서는 아직도 쇠와 쇠가 부딪치는 소리와 무사들의 비명이 들려오고 있었다. 두 구의 강시와 사십 명에 이르는 무사의 싸움이었음에도 우위를 점하지 못하고 있다는 의미였다.

"기존에 알고 있던 강시와는 많이 다르다……."

팽호는 침중한 표정으로 자신의 손을 내려다보았다. 단혼미리망을 시전하면서 받은 충격으로 손아귀에서 피가 흐르고 있었던 것이다.

끼아아악!

세 구의 강시가 동시에 괴성을 지르며 팽호가 있는 쪽으로 날아오자 급습조원들은 일제히 몸을 날려 호를 이루며 협공을 하기 위한 자리를 점했다.

까가강! 카앙!

팽호를 비롯한 몇몇 뛰어난 실력자들의 무기에서 뿜어져 나온 강기가 그들과 부딪쳤지만 별다른 효과를 보지 못하고 오히려 뒤로 밀려나고 말았다. 그들의 몸은 강기쯤은 아무렇지도 않게 견뎌내었고, 팔은 무공으로 단련된 무사들의 몸은 가볍게 부수었다. 그뿐만 아니라 몸놀림 또한 비조처럼 날쌔었으니, 인간이 만든 강시라고는 믿기지 않을 정도로 단점이 보이지 않았다.

"으아악!"

부조장이 있는 곳과 팽호가 있는 곳에서 또다시 사상자가 나오기 시작하면서 강시와 급습조원들의 싸움은 더욱 과열되기 시작했다. 곳곳에서 기운이 폭발하였으며, 먼지가 사방으로 몰아치며 싸움의 치열함을 보여주었다.

간간이 강시의 강력한 몸을 바탕으로 한 무식한 공격을 견디지 못하고 죽어가는 자가 생겼지만, 오히려 그럴 때마다 급습조원들은 기죽지 않고 더욱 거세게 몰아붙였다. 과연 무림제왕성의 주력 부대원답게 놀라운 기백이요, 투지였다.

하지만 이들 강시는 도대체 무엇으로 만들어졌는지, 아무리 기를 실은 무기로 후려치고 베고 찌르고 하여도 단지 뒤로 물러나기만 할 뿐 흠집 하나 나지 않았다. 되레 자신들의 무기가 상하기 시작했으며, 무리한 무공 시전으로 지쳐 가고 있었다. 겨우 다섯 구의 강시 앞에서 백여 명의 뛰어난 무사들이 고전을 면치 못하는 어이없는 사태가 벌어지고 있는 것이었다.

'벽력마군을 상대하러 왔건만 이깟 강시 때문에 이렇게 발목이 잡힐 줄이야!'

팽호는 자신을 비웃고 있는 것만 같은 전유림이 떠오르자 손에 힘이 더욱 들어갔다. 이곳에서 의미없는 소모전을 해봤자 벽력마군에게 모조리 당할 수도 있었다. 이에 지체할 수 없다는 생각이 든 그는 더 이상 몸의 안전을 위주로 싸우지 않기로 했다.

때마침 강시 한 구가 자신을 향해 두 손을 내질렀고, 팽호는 두 눈을 부릅뜨며 외쳤다.

"모두 나에게서 떨어져라!"

그는 망설임없이 전신의 내공을 폭발시키듯 운공하여 도에 주입시
켰다. 구결을 따라 내공이 흐르고, 도는 그가 의도하지 않았음에도 그
의 손을 떠나 낙뢰(落雷)처럼 강시를 향해 위에서 아래쪽으로 비스듬히
내려쳐 갔다.

쩌저적!

카아아악!

눈을 뜨지 못할 정도로 밝은 빛이 귀를 울리는 뇌음과 함께 명멸하
자 강시는 몸을 덜렁거리며 뒤로 날아가 바닥에 떨어지더니 일어날 줄
을 몰랐다.

"우욱!"

무리한 운공과 제대로 익히지 못한 무공을 무리하여 시전한 탓에 피
를 게워낸 팽호는 재차 두 눈을 부릅뜨며 자리에서 일어났다.

강시는 자리에서 누워 일어나려고 발버둥 치는 듯 전신을 부들부들
거렸지만 팽호의 일격에 큰 충격을 받았음이 확실한지 일어나지 못하
고 있었다.

끼에에엑!

강시 한 구를 무용지물로 만들었다는 기쁨을 채 만끽하기도 전에 다
른 두 구의 강시가 재차 공격해 올 때였다. 돌연 두 구의 강시가 몸을
부르르 떨면서 뒤로 도약하여 급습조원들과 거리를 두었고, 부조장 무
리와 치열한 전투를 벌이던 나머지 두 구의 강시도 자신들을 향해 공
격하던 몇몇 무사들의 목숨을 빼앗은 뒤 두 구의 강시가 서 있는 곳으
로 도약했다.

"강시를 조종하는 자가 근처에 있는 것 같군……."

어느새 다가온 부조장 난호차의 말에 팽호는 무겁게 고개를 끄덕였

다. 가슴이 뻐근하고 몸이 편치 않은 것이 가벼운 내상은 아닌 듯싶었
지만 그는 결코 겉으로 드러내지 않았다.

"강시 하나가 일류고수 백 명은 우습게 상대할 수 있다고 했는데 생
각보다 시원찮군."

어디선가 들려오는 사내의 굵은 목소리에 모두가 긴장하며 사위를
살폈다. 그 속에 담긴 진기가 결코 쉽게 넘길 만한 성질의 것이 아니었
기 때문이다.

"강시의 조종자라면… 모습을 드러내지 마라. 만약 모습을 드러낸
다면 무슨 수를 써서라도 너를 죽일 테니까."

팽호의 격장지계에 곧바로 상대의 반응이 나왔다.

"그래? 그거 재미있겠군. 나를 그렇게 쉽게 죽여준다면 그것 또한
나쁘지는 않겠지. 삶이 지겨운 참이었거든."

네 구의 강시가 서 있는 바로 옆의 막사에서 한 사내가 천을 젖히며
밖으로 나왔다. 육 척이 조금 안 되는 장신에 머리를 허리까지 아무렇
게나 늘어뜨린 사내는 손에 빛바래고 녹슨 도를 쥐고 있었다. 도의 칙
칙함을 닮은 그는 전신에서 흘러나오는 분위기뿐만 아니라 눈빛마저도
녹슨 도를 닮아 있어 위험해 보였다.

"으음!"

팽호를 비롯한 많은 사람들은 그의 독특한 분위기를 보고 한눈에 누
구인지를 알았고 동시에 무거운 신음을 낼 수밖에 없었다.

금탁의 서열 삼위 패련도(覇連刀). 이름은 없고 오직 별호만 알려져
있는 그는 무림에 출도했을 때부터 노골적으로 무림제왕성과 반목했
고, 금탁에 몸담기 전까지 일생을 무림제왕성과 싸우며 살아온 자였다.

녹슨 도 한 자루로 무림제왕성의 추격에도 굴하지 않고 사십 평생을

싸움과 함께 살아온 투귀이자 도귀인 패련도. 무림에서 그를 모르는 자가 없을 정도로 그의 가공할 무공과 무림제왕성과 반목해 온 치열한 인생은 유명했다.

“나를 보니 두려운가, 무림제왕성들의 강아지들아?”

“이……!”

얼마나 많은 무림제왕성의 무사들이 그의 도 아래 죽어나갔는지 모른다. 직접 대해보지 않은 자들조차 그에 대해서는 두려움을 느낄 정도로 그에 대한 인식은 강렬했다.

“마음 같아서는 내가 직접 너희들을 상대해 주겠다만… 탁주님의 간곡한 부탁이 있었기에 이번만큼은 나도 고집을 버리고 강시를 사용하기로 했다. 이제 너희들 모두가 죽을 시간이다.”

패련도는 품에서 상아로 된 작은 호각을 꺼내더니 입에 대고 불었다. 아무런 소리도 나지 않았지만, 그의 옆에 있던 네 구의 강시가 몸을 부르르 떨더니 흉측한 입을 벌리며 괴성을 지르기 시작했다.

끼야아아악!

“……!”

“뭐야? 뭔가 기분 나쁜 소리가 들린 것 같은데?”

여의대원 세 사람은 급습조원들이 한참 싸움을 벌이고 있을 곳과 그리 멀지 않은 곳에 있었다. 때문에 혈명강시들의 괴성을 들을 수는 있었지만 그것의 정체는 알지 못했다.

“큭큭큭…….”

“넌 뭐가 좋다고 그렇게 웃는 거지?”

“우리가 보고 있는 저곳이다.”

전유림은 광마가 손으로 지적한 곳을 향해 시선을 돌렸다. 여느 막사와 다를 바 없는 곳이었지만 그녀는 본능적으로 그가 의미한 바를 알 수 있었다.

"저기에 벽력마군이 있단 말이야? 어떻게 알 수 있지?"

"느낄 수 있다. 큭큭큭!"

광마는 웃음이 채 끝나기도 전에 번개처럼 몸을 날려 숲을 빠져나갔다.

"그래, 저 정도는 해야 기습이지?"

"누군가가 나왔습니다. 우리도 가야 할 듯하군요."

그가 순식간에 이십 장을 달려나갔을 때쯤 벽력마군이 있다는 천막에서 네 줄기의 인영이 솟아오르더니 이내 광마를 향해 내리 꽂힌다. 강하게 회전하며 내려가는 모습이 심상치 않아 보였지만 광마는 어느새 손에 든 거검을 그들을 향해 휘두르며 광소를 내질렀다.

"크하하하! 썩어빠진 그따위 가짜 전사로 날 상대하겠다는 말이냐!"

카카카캉!

끼에에에엑!

쇠가 부딪치는 지독한 소리와 함께 네 구의 인영이 내리 꽂힐 때만큼이나 뒤로 날아갔지만 광마 또한 무사하지는 못했다. 뒤로 열 걸음이나 물러나고서야 겨우 몸을 가눌 수 있었던 것이다.

"지랄! 잘난 척하더니! 그런데 대체 저것은 뭐지?"

"강시… 강시군요!"

그들의 모습을 확인한 조선영이 어지간히 놀란 듯한 표정으로 외쳤다. 강시란 존재는 이미 오래전에 사라진 전설적인 존재였기 때문에 그녀가 놀란 것도 무리가 아니었다.

"강시? 사람 물고 그러는 괴물 그거? 그런 게 있었단 말이야, 정말?!"

네 구의 강시는 또다시 듣기 거북한 괴성을 지르며 광마에게 두 구, 다른 두 사람에게 각각 한 구씩 흩어져 도약해 왔다. 낮은 도약이었지만 멀리 날아오는 것이 어찌 보면 초상비의 경공술 같아 보여 전혀 뻣뻣한 두 다리만 아니라면 강시라는 느낌이 들지 않는다.

퍼퍼퍽!

광마의 엄청난 힘이 실린 검에 적중된 강시는 제대로 된 공격 한 번 해보지 못하고 뒤로 날아갔지만, 몸을 회전시켜 바닥에 두 발로 착지하더니 곧장 그를 향해 튀어 날아올랐다.

하지만 어느새 광마는 막사 쪽을 향해 몸을 날린 상태였고, 세 구의 강시가 채 뒤를 쫓아오기도 전에 막사 안으로 들어가 버렸다.

"으윽!"

긴장하며 강시를 향해 장풍을 날린 전유림은 손 전체를 울리는 놀라운 반력에 자신도 모르게 소리를 내며 뒤로 물러나고 말았다. 몸뚱이가 철보다 단단하니 철마저 부술 수 있는 장풍을 사용할 수 있지 않는 한 그녀로서는 강시를 상대하기란 매우 어려울 수밖에 없었다.

조선영은 예도를 뽑아 강시의 공격을 이리저리 피하며 강시의 몸에 수차례 칼질을 했지만, 쇳소리만 낼 뿐 아무런 충격도 입히지 못하고 오히려 뒤로 밀려나고 있었다. 수십에 달하는 급습조원들이 아무리 기를 담은 무기로 담금질을 해도 끄떡도 하지 않던 강시였으니 그녀의 공격이라고 다를 리가 없었다.

콰콰콰쾅!!

두 사람이 고전을 면치 못하고 뒤로 물러날 때, 막사 안에서 엄청난 폭음이 울리더니 이내 막사가 하늘 높이 솟아올랐다.

콰콰콰쾅! 우우웅—!

막사가 날아가며 안의 모습이 드러나는 순간, 또다시 가공할 힘의 격동으로 먼지가 사방을 뒤덮었다. 천지가 개벽하는 듯한 충격은 한참을 퍼져 나가더니 이십 장 넘게 떨어져 있던 두 여인에게도 그 여파가 미칠 정도로 강력했다.

"으윽!"

"뭐지?!"

하지만 두 여인은 그 상황에 신경을 더 이상 쏟을 수가 없었다. 어느새 두 강시가 다시 그들을 향해 다가오고 있었기 때문이다.

그때 막사가 있던 자리에서는 광마와 한 사내가 치열한 격전을 벌이고 있었다. 광마의 검에서는 어떠한 기도 느껴지지 않았지만 상대의 몸에서 뿜어져 나오는 무시무시한 푸른 빛의 뇌력에 결코 주눅 들지 않는 무형의 힘이 폭발할 듯 터져 나오고 있었다.

마치 뇌신인 양 전신에서 뇌전지기를 뿜어내는 사내는 바로 금탁의 주인인 벽력마군이었다. 그의 손에서 재차 벽력굉천수가 뿜어져 나왔다.

우우웅—!

단지 손이 한 번 움직이는 것뿐인데도 대기가 진동하고 사방이 폭발할 것만 같은 엄청난 위기감이 느껴졌다. 무황이 그 당시 사용하던 성명절기인 태극소염장이 조용한 가운데에서도 세상을 불태워 버릴 것만 같은 흉포함이 있다면, 벽력마군의 벽력천굉수는 움직임 하나하나에 세상의 분노를 뿜어내는 것인 양 소란스러움이 있었다.

"으하하하!"

검을 들고 있는 손이 자신을 짓누르는 무형의 기운에 경련하고 있음에도 광마의 입가에는 흉포한 웃음이 터져 나왔고, 두 눈에서는 식을 줄 모르는 광기 섞인 살기가 흘러나왔다. 마치 자신을 끝없이 학대시켜야만 살 수 있다는 듯한 모습이 무모하기보다는 오히려 당연하다고 느껴지는 것은 광마란 자만이 줄 수 있는 느낌일 것이다.

그의 검이 자신을 덮쳐 오는 뇌전지력과 부딪쳤고, 다시 한 번 폭음이 울리며 사방으로 그 여력이 퍼져 나갔다.

"우리는 그때 단 한 번 본 사이였다. 그때는 이런 날이 올 줄은 생각지도 못했지."

"크크크크! 그 당시 무황만 아니었다면 너는 나와 싸워야 했을 것이다!"

"용운아, 이제 떠나거라."

벽력마군은 자신의 십 장 뒤에서 몸을 숨기고 있는 아들을 향해 말했고, 한용운은 무겁게 고개를 끄덕이며 어딘가로 신형을 날렸다. 그러자 조선영과 전유림을 공격하고 있던 강시들 중 한 구가 몸을 솟구쳐 한용운과 함께 사라졌다.

"무황에게 져 매여 있던 몸이 무황이 죽음으로써 풀렸거늘, 어찌 무림제왕성에 여전히 있는 것인가? 무제와 싸워도 부족할 네가 말이다."

"크크… 좀 더 강해지는 방법을 알거든. 거강류의 계승자인 내가 또다시 질 수는 없지. 너처럼 강한 자의 피가 많이 필요하다. 나의 검이, 그리고 나의 몸이 너의 피를 원하고 있다!"

"대체 어떤 식으로 더욱 강해지려는 것인지는 모르지만… 과연 나를 이길 수 있을지 모르겠군."

"크크크! 헛소리는 집어치워라!"

광마의 신형이 연기처럼 사라졌나 싶더니 어느새 벽력마군의 머리 위에서 거검을 내려치고 있었다. 산이 내려오는 것만 같은 거력에도 벽력마군은 태연하게 한 손을 올려 그의 검을 잡는 시늉을 했다.

치치치익―!

뇌전지기와 광마의 힘이 부딪치자 이번에는 시커먼 연기가 솟아오르며 막상막하의 힘 겨루기를 이루었다. 하지만 벽력마군이 다른 한 손을 광마를 향해 내밀자 푸른 빛의 한줄기 뇌력이 뿜어져 나간다.

"크으윽!"

오 장이나 뒤로 날아가 땅에 처박힌 광마는 일순간 온몸이 마비된 것 같은 느낌에 움직이질 못했다.

"너의 강한 몸은 더욱 강한 힘이 나타나면 무용지물이다. 너무 맹신하는 것은 좋지 않지."

광마를 향해 벽력마군은 벽력굉천수를 시전했다.

쩌쩌쩡! 콰콰쾅!

마치 벽력마군의 근처에 존재하는 힘이 모조리 폭발하는 것 같은 요란함과 함께 광마가 있던 곳이 폭발하며 하늘로 비산했다. 그 놀라운 힘에 광마의 철벽같던 몸도 꼼짝없이 죽을 것 같았지만 흙먼지를 뚫고 벽력마군을 향해 날아가는 한줄기 빛이 있었다.

"이기어검?!"

광마의 거대한 검이 맹렬히 회전하며 폭풍을 일으키고 있었다. 흙먼지가 솟아오르며 검 주위를 감쌀 정도로 엄청난 위력을 확인한 벽력마군은 긴장한 얼굴로 재차 벽력굉천수를 날렸다. 다른 것이 있다면 이번에는 양손으로 시전한 것이었는데, 손이 움직이면서 지독한 굉음을 울렸고 손이 채 내뻗기도 전에 광마의 검이 뇌전지기에 폭풍처럼 휩쓸려 하늘로 솟아올라 버렸다. 그것도 모자랐는지 벽력마군의 손에서 뻗어나간 무시무시한 힘은 광마가 있는 곳으로 생각되는 폭연 속으로 날아갔다.

콰콰콰쾅!!

벽력마군은 자신의 벽력굉천수가 광마의 전신에 적중한 것을 느낄 수 있었다. 그가 최소한 죽지는 않더라도 큰 내상은 입었을 것이라 생각되자 조금의 여유를 가지며 두 여인을 공격하고 있는 강시를 보았다.

이번에 자신을 공격하러 온 자들에게 패련도와 강시 네 구를 보낸 것은 예상 밖의 일이었지만, 강시가 아주 뛰어난 능력을 발휘한다는 것을 확실히 알 수 있는 계기가 되었다. 전쟁의 선봉으로 나간 낙불과 여섯 구의 강시는 엄청난 힘을 발휘하며 무림제왕성을 휩쓸 것이라 확신할 수 있었다.

"크크크크……!"

"흠, 놀랍군!"

폭연이 가라앉자 놀랍게도 제자리에 멀쩡히 서 있는 광마가 드러났다. 입가에 흐르는 피가 내상을 입었다는 걸 보여주긴 했지만 그것 외에는 외양상으로 너무나 멀쩡해 보였다. 하늘로 솟구친 검이 마침 광마의 앞에 떨어지자마자, 광마는 검을 잡고 쏜살같이 날아가 그에게로 다가갔다.

"크아앗!!"

우우우웅—!

대기를 짓누르는 것만 같은 패도지기였다. 시간이 멈춘 것 같은 느낌이 들 정도로 검에서 느껴지는 힘은 단연 압도적이다.

'위험하다!'

　광마의 이번 공격에 엄청난 위협을 느낀 벽력마군은 낯빛을 굳히며 양손을 내질렀다. 쌍장에는 뇌력이 뭉친 푸른 빛 구체가 그 모습을 드러내어 광마의 검을 상대하려 하고 있었다.

　광마의 검에 실린 힘과 벽력마군의 쌍장에 맺힌 구체가 부딪치자 마치 뇌전이 땅에서 하늘을 향해 솟구치는 것마냥 놀라운 장관이 펼쳐졌다. 솟구치는 뇌전에 휘감긴 광마는 전신을 태워 버릴 것만 같은 고통과 속을 뒤집으려는 힘을 이기지 못하고 말았다.

　"크아아악!!"

　콰콰콰쾅!!

　광마를 감싼 뇌전이 이윽고 폭발해 버렸고, 광마는 실 끊어진 연처럼 날아가 바닥에 떨어지고 말았다.

　"광마가⋯⋯?!"

　강시의 공격을 이리저리 피하며 고전을 면치 못하던 조선영과 전유림은 내심 믿었던 광마가 벽력마군의 공격을 견디지 못하고 쓰러지고 말자 어떻게 해야 할지 잠시 갈피를 잡지 못했다. 하지만 침착한 조선영이 먼저 자신들의 향방을 제시했다.

　"광마를 구하고 도망가야 합니다. 이들을 쓰러뜨리지는 못해도 도망갈 수는 있겠죠, 전 소저?"

　"그게 무슨 말이야?! 혼자 가라는 말이야?"

　"한 사람은 결국 남아서 이들의 추격을 막아야 합니다. 내 목숨 정도는 감당할 수 있으니 어서 시작하세요. 벽력마군이 마음먹는다면 우리는 도망가는 것도 불가능해집니다."

　전유림은 폭발 속에서 언뜻 보았던 두 사람의 무공을 상기하고는 입술을 깨물었다. 분하지만 아직 자신은 그 정도의 경지를 이루지 못했다. 언제 그 정도의 무공을 시전할 수 있을지는 모르지만 일단 살고 봐야 할 일이었다.

'광마고 벽력마군이고 간에 언젠가는 모두 날려주지! 장풍이 너희들의 무공 따윈 한 번에 날려 버릴 수 있음을 가르쳐 주마!'

생명이 경각에 달린 상황에서도 전유림은 자신의 무공에 대한 생각을 하고는 급히 뒤로 물러났다. 무거운 둔기처럼 강시의 팔이 자신이 있던 자리를 지나가자 강시의 몸 옆으로 잽싸게 몸을 날렸다.

"……!"

마치 기다렸다는 듯이 다른 강시 한 구가 옆으로 빠져나온 전유림을 향해 두 손을 내밀었다. 하나의 손이 두 개가 되고, 두 개는 곧 네 개가 된다. 점점 수가 늘어나더니, 결국 강시의 손은 예순네 개를 이루며 그녀가 빠져나갈 곳을 완벽히 차단하였다.

'강시가 무공도 써?!'

너무나 위급한 상황이라 전유림은 말로 채 내뱉지도 못하고 잠력을 끌어올려 장풍을 시전했다. 세 번은 쓸 수 있을 만한 잠력을 끌어올려 한 번에 뿜어내자 장풍은 거대한 바람을 일으키며 앞의 강시뿐만 아니라 자신의 뒤에 있는 강시에게도 그 영향을 미쳤다.

위이이잉!

사실 지금의 위력은 그녀가 낼 수 있는 최대한의 위력이었다. 얼마 전에서야 여러 번 시전할 장풍을 한 번에 시전할 수 있게 되었는데, 지금 이렇게 여기서 쓰게 된 것이었다.

끼에에에!

앞의 강시는 무식하게 앞으로 돌진하려 했지만 그녀가 시전한 장풍이 너무나 강력한 바람을 일으켜 결국 이겨내지 못하고 뒤로 날아가

버렸다. 뒤의 강시 또한 그녀를 향해 다가오려다 풍력을 이기지 못하
고 폭풍을 맞은 새마냥 뒤로 날아가 바닥에 처박혔다.

"젠장! 사람이라면 충격을 주었겠지만 강시라서 효과도 없잖아!"

전유림은 급히 몸을 날려 광마에게로 향했다. 하지만 예상했던 대로
벽력마군이 자신의 앞을 가로막자 자리에 설 수밖에 없었다. 그녀의
얼굴에는 이상하게도 기분 좋은 미소가 서려 있었다.

"어이, 아까 보니 엄청 세던데? 십 년만 기다려라. 그때는 내가 너보
다 훨씬 강해져 있을 테니까 말이야."

"나이가 어린 듯한데 패기는 어느 사내 못지않구나. 하지만 난 지금
이곳에 있는 너희 세 사람 모두를 죽일 생각이다. 기다려 줄 수 없어서
안타깝구나."

벽력마군의 손에서 예의 푸른 빛 뇌전지기가 솟아오르자 전유림은
피식 웃으며 대답했다.

"괜찮아. 나도 말로만 그랬을 뿐 진짜로 도망갈 생각은 없었으니
까."

그녀는 벽력마군을 향해 다가가 권각술을 펼쳤다. 전장에서 익힌 그
녀의 박투술에는 잠력이 담겨 있고 상대의 치명적인 부위를 공격했기
에 일수일수가 흉험했지만, 벽력마군은 시종일관 여유있게 그녀의 공
격을 막아내었다. 간간이 뇌전력이 담긴 주먹이 뿜어져 나갈 때는 몸
을 굴려 피해야 할 정도로 그녀는 실제 고전을 면치 못하고 있었다.

"하앗!"

"큭!"

지켜보는 사람이 있었다면 정신이 없을 정도로 빠르고 격렬한 권각
술이 연이어 펼쳐지고 있었다. 그러다 어느 순간 전유림의 강한 외침

과 동시에 벽력마군이 뒤로 몇 걸음 물러났다.

하지만 이에 만족하지 않고 전유림은 곧장 그를 향해 쌍장을 내밀었다. 강시에게 사용했던 강력한 장풍을 다시 한 번 더 사용하려는 것이었다.

우웅!

"핫!"

자신을 향해 날아오는 엄청난 위력의 바람에 전신이 찢어질 것만 같은 압력을 느낀 벽력마군은 침중한 눈빛으로 한 손을 내밀었다.

쩌저적! 꽈르릉!

"아아악!"

세상이 두 조각날 것만 같은 무시무시한 우뢰성이 울리자 전유림은 입에서 피를 쏟으며 뒤로 날아갔다.

"칫……!"

네 구의 강시에 뒤덮여 연이어 둔탁한 충격을 받아 멍이 들고 내상을 입은 조선영은 전유림이 벽력굉천수를 견디지 못하고 크게 다친 것을 보고는 더 이상 이렇게 있을 수만은 없음을 느꼈다.

'그것을 쓴다면 나 역시 얼마 견디지 못하는데……!'

그녀는 강시들의 공격을 날렵하게 피하면서 공격을 동시에 했지만 강철처럼 단단한 그들의 몸에는 아무런 영향도 입힐 수 없었다. 그것을 아는 그녀였기에 애초에 검이 견딜 만큼의 기만 주입할 뿐이었다. 덕분에 오래 견딜 수는 있겠지만, 결국은 지치거나 상처가 쌓여질 것은 뻔했다.

멀리서 벽력마군이 자신을 향해 다가오는 것이 보이자 조선영은 더 이상 고민하지 않았다. 입술을 깨물고 검병에 힘을 주는 순간, 그녀는 멀리서 쓰러진 채 움직일 줄 모르던 광마가 자리에서 벌떡 일어나는 것을 볼 수 있었다.

"……!"

"크하하하하하―!"

칠공에서 흘린 피로 야차의 형상을 띠고 있는 광마의 입에서 평소와는 또 다른 느낌의 광소가 뿜어져 나온다.

"음……!"

벽력마군은 광마가 죽지 않은 것을 보자 표정이 어두워졌다. 다른 상대라면 모르겠지만 상대는 광마였다. 무황과 무제와도 충분히 싸울 수 있다고 알려져 있는 거강류의 전승자인 것이다.

한참을 이어가던 광소가 어느 순간 멈추더니 놀랍게도 광마의 몸이 이전과는 달리 시커멓게 변하기 시작했다.

"……?!"

벽력마군은 광마에 대해 어느 정도 아는 몇 안 되는 자였지만, 그조차도 처음 보는 기현상에 조금 긴장될 수밖에 없었다. 그의 손에서 뇌전지기가 뿜어져 나오는 그때, 광마의 시선이 벽력마군을 향해갔다.

"크크크크… 아까 그 공격 꽤나 맛있었다."

말이 끝나기가 무섭게 광마의 주먹이 앞으로 나아간다. 십 장은 족히 떨어져 있는 그들이었건만 광마는 거리 감각이 없어진 것처럼 공격했다.

우우웅!

결과는 놀라웠다. 권풍이 거세게 일더니 벽력마군의 전신을 날카롭게 한 번 훑고 간 것이다. 옷과 머리카락이 휘날리는 것으로 영향력은 끝이었지만 십 장이나 떨어진 곳에 있는 사람에게 주먹을 휘둘러 그런 영향을 미칠 수 있는 것은 아무나 할 수 있는 일이 아니었다.

“크크크크!”

광마의 몸이 쏜살같이 앞으로 나아가자, 이번에는 벽력마군도 기다리지 않고 같이 몸을 날렸다.

쾅쾅쾅쾅!

단 한 번의 격돌로 또다시 엄청난 폭음이 울려 퍼진다. 두 사람의 신형은 잠시 움찔했지만 다시 한 번 부딪치며 엇갈리는 순간, 광마는 멈추지 않고 그대로 몸을 날려 조선영이 상대하고 있는 강시를 향해 날아갔다.

“…이런!”

광마가 설마 강시를 상대하기 위해 몸을 뺄 줄은 생각도 못했던 터라 벽력마군이 따라잡기엔 이미 늦은 상태였다. 하지만 그는 혈명강시가 광마도 충분히 상대할 수 있을 것이라 믿고 있었다.

순식간에 강시를 향해 다가간 광마는 강시 한 구가 두 팔을 자신에게로 뻗어왔지만 무시하고 한 손을 내밀었다.

카카캉!

강시의 팔에 적중되자 광마의 몸에서도 강시처럼 쇳소리가 났다. 그리고 광마의 손에 강시의 목이 잡혔다.

두두둑!

키에에엑!

광마의 손에서 핏줄이 꿈틀거리더니 곧 강시의 목이 오그라들기 시작했다. 강시의 두 팔이 광마의 가슴을 다시 가격했지만 어찌 된 일인지 광마는 끄떡도 하지 않는다. 실로 가공할 만한 신체라 할 수 있었다.

키악!

"……!"

광마의 엄청난 힘을 이기지 못하고 혈명강시의 목이 그대로 으스러져 바닥을 나뒹굴자 발광하며 광마의 몸을 치던 팔이 점차 흐느적거리고 있었다. 광마는 이에 그치지 않고 땅에 던져 버리더니 자신의 거검으로 미친 듯이 후려쳤다.

퍼억! 퍽! 퍽!

가슴이 으스러지고, 팔과 다리가 비정상적으로 휘었다. 잔경련마저 없어지며 강시 한 구가 완전히 행동 불능이 되자 나머지 두 구가 괴성을 지르며 달려들었지만 벽력마군은 품에서 상아호각을 꺼내 불었다. 그러자 두 구의 강시는 번개처럼 몸을 박차며 도약해 벽력마군을 향해 날아갔다.

"큭큭큭큭! 시귀류의 강시 따위……!"

광마는 바닥을 나뒹구는 강시의 머리를 발로 거칠게 밟아버렸다.

"거강류답군. 더구나 몇 년 전에 비해 몰라볼 정도로 강해졌고."

"네놈의 머리를 이렇게 만들어주마! 큭큭큭!"

조선영은 광마가 벽력마군을 향해 다가가자 지체없이 전유림을 향해 다가갔다. 입가에 흐르는 피는 멈춰 있었지만 안색이 창백하고 호흡이 약하다.

조선영은 품속에서 지급받은 상비 내상약을 꺼내 자신의 입에 넣어 씹었다. 그리고는 그것을 뱉어 전유림의 입 안으로 집어넣은 뒤 고개를 젖히고 넘어가도록 아혈을 짚었다.

그녀를 들고 안전한 장소로 옮긴 조선영은 강시 두 구와 벽력마군을 동시에 상대하고 있는 광마의 광기 서린 몸짓을 일견한 뒤 전유림의 명문혈에 손을 붙여 내상약의 효력이 더욱 빨리 돌도록 내공을 주입시켰다.

"이상하군. 몸속에 내공이 거의 없다니?"

내공이 없는데도 그 정도의 무공을 가지고 있다는 것이 신기했지만 전유림이 잠력을 이용한다는 것을 그녀가 어찌 알겠는가? 이상했지만 개인적인 문제이리라 생각했다.

내공을 일주천시키자 이제 내상약의 효력이 본격적으로 발휘할 것이라 생각한 그녀는 시선을 다시 광마가 있는 곳으로 향했다. 삼 대 일의 싸움임에도 광마는 전혀 밀리는 기색이 없었다. 마치 물을 만난 물고기마냥 생생하게 움직이는 모습을 보면 고개를 끄덕이며 그의 인생을 인정해 주고 싶을 정도로 활력이 넘쳐 나는 듯했다.

"어이, 고마워."

"…벌써 내상을 다 치료했나요?"

"아직은. 그래도 돌아다닐 만하군. 시간이 조금 더 지난다면 괜찮아질 것 같아."

조선영은 모르겠지만 잠력의 효능에는 이렇듯 비정상적으로 빠른 회복 속도도 있었다.

"특이한 사람이군요, 전 소저는."

잠시 전면을 주시하던 전유림은 눈살을 살짝 찌푸렸지만 이내 얼굴을 펴며 말했다.

"광마와 저놈들의 싸움에 결론이 어떻게 될지는 모르겠지만, 지켜보는 것도 좋을 것 같아. 도와줘 봐야 도움이 될 것 같지도 않고 말이야. 그런데 만약에… 광마가 벽력마군을 이긴다면 이 전쟁은 일단 끝이 나는 것인가?"

알 수 없는 일이었다. 하지만 분명한 것은 승리는 바라기 힘든 이야
기라는 것과 만약 이긴다면 무림의 역사가 또 한 번 바뀌는 날이 오리
라는 것이었다.

第五章

무림을 떠나라

우리가 수련을 하는 이유는 경계에 최대한 가까워지기 위해서였다. 그렇지만 반드시 완벽한 경계에 있는 것만이 실전에서 최상의 것은 아니었다. 감각이 극도로 발달된 고수 혹은 천성적으로 감이 발달되어 있다가 무공을 통해 더욱 발달하게 된 무인이라면 완벽히는 아니더라도 우리들의 존재를 느낄 수 있기 때문이다. 그럴 때에는 저쪽 세상에 조금 더 발을 들여놓는다면 고통스럽고 두렵지만 완벽히 자신을 지을 수 있다. 만약 저쪽 세상에 조금 더 깊이 발을 들여놓는다면, 같은 이매망량이라도 서로를 느끼지 못한다.

전쟁이 시작된 지 이미 이각이 지난 상태였다. 이각 동안 현어운이 본 장면은 단 하나, 서로 죽이고 또 죽이는 장면들뿐이었다.

칙칙한 살기와 혼미한 광기들이 사방을 뒤덮고, 죽음이 그 위를 떠돌아다닌다. 하지만 그 누구도 지금 이 순간만큼은 이를 슬퍼해 줄 사람이 없었다. 지금 이 순간에 충실하려는 사람들이 백이면 백이리라. 살기 위한 살인, 그 누구도 비방하지 않을 정당한 살인이 이곳에서 자행되고 있었다.

현어운은 호위 무사들과 함께 몸을 빠르게 놀리고 있는 단리회천의 뒤를 따르는 중이었다. 이동하는 내내 사방에서는 병장기 소리와 비명이 울려 퍼지고 있었다. 그 광기와 절규는 사람의 정신을 파먹고 썩게 하여 더욱 짙은 광기를 불러오고 있음을 모두가 알고 있었지만 거부하지 않는다.

피가 바닥에 떨어지는 환청이 들리는 마냥 그의 정신은 조금 멍한
상태였다.

'슬픈데… 눈물이 나지 않아.'

이매망량을 깨달은 후부터는 예전처럼 감정을 드러내지 않고 시종
일관 무표정으로 일관할 수 있게 된 까닭이었다.

슬프지만 눈물은 나지 않는다. 몇 개월 되지도 않는 무림의 생활로
벌써 감정이 메마른 것일까?

'사람들은 왜 싸우지? 싸워서 결론이 나는 것이 인생이란 말인가?
어리석은 짓인데 왜 싸우지? 왜……?'

피 냄새가 지독하다. 지독한 비린내에 눈살을 찌푸릴 때 마침 단리
회천의 무리 쪽으로 이십여 명의 무리들이 공격해 들어왔다. 광기에
젖어 있지만 그 속에서 냉철한 판단력을 읽을 수 있었다. 전쟁에 익숙
해질 대로 익숙해진 그들이었기에 광기와 냉철함이 혼재할 수 있는 것
이리라.

무리들과 약간 떨어져 있는 현어운 쪽으로 두 사람이 다가와 다짜고
짜 공격해 왔다.

"……?!"

"뭐, 뭐야?!"

귀신인 양 없어져 버린 현어운 때문에 두 사람은 경악한 표정으로
주변을 두리번거렸다. 그러는 와중 어느새 그들의 뒤로 나타난 현어운
은 순식간에 두 사람의 마혈을 짚었다.

"으음……."

채채챙! 카캉!

"크아아악!"

호위 무사들의 가공할 무공에 이십여 명의 무사는 수적인 우세에도 불구하고 일방적으로 학살당하고 말았다.

전쟁에서 이들의 손속은 거침이 없다. 자신과는 너무나 다른 그들에게서 당연히 거리감이 느껴진다.

"이런 전쟁 와중에도 손에 인정이 많군."

"……."

단리회천은 비릿하게 웃으며 다시 발길을 옮겼다.

"이제 슬슬 나도 싸움에 참여해 볼까? 살인을 참았더니 손이 근질근질하군. 쿡쿡쿡… 버러지 같은 것들의 목숨, 이 손으로 직접 끊어주지."

단리회천과 무리들은 집단전에 참여하지 않고 이렇게 떨어져 나와 먹단구 전체를 돌아다니고 있는 중이었다. 어차피 명목상으로 참여했기에 지휘권이 없어 전장에 뛰어들 필요는 없었다. 그래서 단리회천이 선택한 방법이 강한 소수의 무리를 이끌고 움직이며 적들의 수를 줄여 나가는 것이었다.

단리회천은 경공술로 빠르게 이동하며 집단전이 벌어지고 있는 곳으로 조금씩 가까이 다가가고 있었다. 크고 작은 언덕들, 그리고 그곳에 우거져 있는 거목들 사이로 간간이 움직이는 적들의 움직임이 본능적으로 두려움을 안겨줄 만했지만 이들 일행에게는 그 어떤 두려움도 엄습할 수가 없었다.

그들이 작은 언덕 위를 올라왔을 때였다. 언덕 아래의 우거진 나무 숲 속에서 돌연 일단의 무리들이 비조처럼 솟아올라 그들에게로 다가왔다.

"금탁의 청조마인(靑爪魔人)들이군!"

단리회천은 홍미의 눈빛을 띠며 그들을 바라보았다. 금탁은 무림제왕성만큼 많은 차별화된 무사들을 가지고 있지는 않았지만, 청조마인이란 독특한 이름을 가진 자들이 존재해 그 흉명을 날리고 있었다. 결코 물러섬이 없으며, 오직 앞으로 나서며 공격만을 지향한다는 점에서 창기대, 폭혈마마대와 비슷했다.

이름 그대로 푸른 빛이 감도는 조를 착용하고, 얼굴에는 마귀 형상을 한 가면을 쓰고 있어 기괴한 분위기를 한껏 발하는 그들은 명성만큼이나 놀라운 움직임으로 순식간에 그들의 주위를 감쌌다.

"모두 스물두 명이라……. 재미있겠군."

그의 말이 끝나기가 무섭게 청조마인들이 공격해 들어왔다. 그러나 단리회천을 비롯하여 호위 무사들은 시종일관 여유로웠다.

청조마인들의 공격이 시작되자 다섯의 호위 무사뿐만 아니라 단리회천도 직접 몸을 움직여 그들의 공세에 대항해 나가기 시작했다.

다섯의 호위 무사에게는 각각 세 명의 청조마인이 상대했지만 단리회천에게는 다섯 명의 청조마인이 붙은 것을 보니 이미 단리회천의 정체를 알고 있는 것 같았다.

콰콰쾅!

단리회천의 두 손에서 뿜어져 나온 불길은 순식간에 사방을 뒤덮었고, 청조마인들의 청조와 부딪치며 불꽃을 터뜨린다.

그 즈음 어김없이 현어운의 곁으로도 두 사람의 청조마인이 날카로운 조를 들이밀며 다가왔다.

한 사내의 청조가 현어운의 전신을 환영처럼 뒤덮고, 그사이 다른 한 명은 현어운의 뒤를 순식간에 점하고 있었다. 그다지 강해 보이지 않는 현어운에게도 어김없이 강수가 펼쳐진 것이다. 사내의 청조가 현어운의 신형을 뚫고 지나간 순간, 놀랍게도 현어운의 몸은 원래 없었다는 듯 그 자리에서 완전히 사라지고 없었다.

아무리 사람이 빠르다고는 하지만 이렇듯 완벽하게 피하기란 보통의 실력으로 할 수 있는 일이 아니었다. 전설의 신법인 이형환위(移形換位)는 분신을 만들 정도로 빠르게 움직인다지만, 현어운의 움직임은 이형환위만으로는 설명하기 힘든 무언가가 있었다.

한순간에 상대를 잃어버린 두 사내는 침착하게 주변을 살폈지만 도무지 상대가 보이질 않자 새삼 더욱 긴장하며 주변을 경계했다.

그러는 와중 단리회천의 거칠고 패도적인 화공에 다섯의 청조마인 중 두 사람이 벌써 목숨을 잃고 말았다. 다른 호위 무사들은 일 대 삼의 대결이었지만 우세를 점하지는 못해도 결코 밀리는 기색은 보이지 않았다.

"…날 공격하지 마시오."

"……?!"

현어운은 그들의 우측 삼 장 떨어진 곳에 나타나 조용히 말했다. 갑작스런 등장에 잠시 놀란 두 사람이었지만 이내 현어운을 향해 더욱 빠르고 강한 공격을 가했다.

우우웅!

두 사내의 청조에서 뿜어져 나오는 청색 기운이 더해지면서 현어운의 주변을 완벽히 차단하고 있어 현어운도 이번만큼은 피하지 못할 것 같았다.

현어운의 몸을 갈기갈기 짓이기려는 순간, 현어운의 몸이 또다시 사라졌고 두 사내는 놀랄 틈도 없이 손아귀가 찢어질 것만 같은 큰 충격을 받았다.

카캉! 캉!

"큭!"

두 사내가 뒤로 정신없이 물러나자 보이지 않는 현어운은 순식간에 그들의 뒤로 다가가 마혈을 짚었다.

두 사내를 무력화시킨 현어운은 시선을 돌려 단리회천과 호위 무사들의 상황을 지켜보았다. 그가 두 사람을 무력화시키는 와중 단리회천은 이미 강력한 화공을 이용한 장력으로 세 사람 모두를 한꺼번에 불태워 버린 상태였다.

다른 일행들의 대치 상태도 단리회천의 개입으로 급격히 무너지기 시작했다. 나찰혈전검 여용려는 단리회천이 개입하여 자신이 상대하던 셋 중 두 사람을 죽여 버리자 자존심이 상한 듯 얼굴을 살짝 찌푸렸지만 상대가 단리회천인지라 아무 말도 하지 않았다. 다만 자존심을 회복하려는지, 남은 한 사내에게 거칠게 도를 휘둘러 두 팔을 가른 뒤 이어서 사내의 머리를 두 조각 내버렸다.

"훙!"

여용려는 여전히 살기가 식지 않은 눈빛으로 주변을 잠시 살피다 현어운이 쓰러뜨린 두 명의 청조마인을 보고는 경공을 시전하여 다가갔다. 현어운이 이들을 죽이지 않고 혈만 짚어 기절시킨 것을 이미 싸움 도중에 보아서 알고 있었던 것이다.

여용려의 도가 망설임없이 쓰러져 있는 한 사내의 심장을 파고들어갔다 나왔다.

"……!"

현어운은 그녀가 뒤이어 다른 사내의 심장을 찌르려 하자 깜짝 놀라며 그녀의 도를 향해 도끼를 휘둘렀다. 하지만 여용려는 이미 알고 있었다는 듯 거침없이 방향을 바꾸어 현어운의 팔을 찔러갔다. 독사처럼 집요하고 공격 일변도의 초식이었으며, 도에는 붉은 도기마저 실려 있어 실제로 노린 자는 청조마인이 아니라 현어운이 아니었던가 생각될 정도로 살기가 짙었다.

현어운의 손목이 속절없이 잘리는가 싶을 때, 그의 손이 일순간 보이지 않을 정도로 일그러지는가 싶더니 어느새 여용려의 도를 쳐내고 있었다.

"흥! 믿는 바가 있었구나! 혼자 착한 척, 건방진 척하는 모습이 마음에 들지 않았는데 과연 그에 걸맞은 무공이 있는지 한번 확인해 봐야겠다!"

"지금은 적들이 있으니 그들을 상대해야 하는 것이 옳지 않겠소? 이러지 마시오."

현어운은 싸울 의사가 없음을 알리기 위해 뒤로 두 걸음 정도 물러났지만 여용려는 전혀 신경 쓰지 않았다.

"마도의 인물들은 적아의 구분이란 존재하지 않아! 오직 강자와 약자의 구분이 있을 뿐이지! 약자는 강자에게 굴복을, 강자는 약자를 거느릴 수 있는 권한을. 이것이 마도의 생리지. 지금 나는 네놈이 얼마나 강한지 무척이나 확인해 보고 싶다!"

"미쳤군! 그렇게 생각하는 당신은 지금 사람을 죽이지 못해 안달나 있는 사람과 다를 바가 없음을 모르고 있소? 인간이라면 인간답게 생각하고 행동하란 말이오!"

"나는 오히려 건방진 네놈의 생각을 이해할 수가 없구나! 덤벼라! 그렇지 않으면 내가 갈 것이다!"

평상시의 모습을 본다면 차갑고 도도한 여인 같았는데, 실상은 겉모습과 전혀 다른 그녀였다.

"……."

현어운은 그녀의 억지에 결국 실소를 흘릴 수밖에 없었다. 장내의 상황은 거의 정리가 되어가고 있는 것을 본 현어운은 단리회천을 향해 소리쳤다.

"당신의 부하가 이렇듯 어이없는 이유로 날 공격하려는데 가만히 있습니까? 부하 하나 통제하지 못하고 감정대로 날뛰게 놔둡니까?"

그의 말에 눈살을 찌푸린 단리회천은 이내 싸늘한 웃음을 지었다.

"어디 강함을 비교해 보는 것도 좋겠군. 그날 미친놈과 싸우던 광경이 아직 실감나지 않으니까 말이야. 그녀는 폭혈마마대에서도 손꼽히는 무공을 지녔으니 부족함이 없을 것이다."

청조마인들을 남김없이 죽여 버린 일행은 단리회천의 뒤에 조용히 서 있었다.

그의 말에 순간 울컥한 현어운이었지만 뭐라 대답할 틈도 없이 여용려가 도를 휘두르며 공격해 왔다.

현어운은 자신의 허리를 휘감는 그녀의 강력한 도를 일단 막을 수밖에 없었다.

카카캉!

두 사람 모두 한 걸음 물러나자 여용려는 눈썹을 치켜떴다.

"제법 하는구나!"

여용려의 도가 이번에는 이전과는 다르게 붉은 기운이 넘실거리기 시작했다. 은은히 우렛소리가 울리는 것을 보니, 그녀의 성명절기인 혈전십사식(血電十四式)을 시전하려는 듯했다.

혈전십사식은 그 자체로도 강력한 도법이었지만 무엇보다 가장 무

서운 점은 십사식 모두를 시전하기 전까지는 결코 멈출 수 없다는 것
이었다. 일단 상대방이 그 도법에 걸린다면, 미친 듯이 몰아치는 번개
같은 도의 휘날림을 정신없이 막거나 물러설 수밖에 없을 정도로 패도
적이면서 숨 쉴 틈 없이 빠르고 화려했다.

치지칙―!

콩 볶는 것 같은 소리가 울리며 그녀의 도가 현어운의 가슴을 노리
며 날아갔다. 하지만 채 도달하기도 전에 도가 흔들거리는가 싶더니
방향을 바꾸며 속도는 배가되었다.

“핫!”

현어운은 갑자기 빨리 다가온 도에 급히 뒤로 물러났지만 여용려의
도는 간격을 결코 벌리지 않으려는 듯 더욱 빠르게 날아와 허공을 수
놓았다. 열여섯 개의 도가 현어운의 전신을 짓이겨 놓으려는 순간, 도
는 또다시 변화를 일으키며 현어운의 시야를 어지럽힌다.

현어운이 좌측으로 빠르게 몸을 뺐지만 그녀의 도는 집요했다. 한순
간의 힘을 폭발시키는 마도의 무공답게 지금 이 순간 그녀의 도법은
강하고 빠르다. 현어운이 이렇게 피하는 것만으로도 대단하다 할 수
있었다.

그녀의 도가 십식을 펼칠 때까지도 현어운은 용케 몸을 피하며 반격
한 번 하지 않자 여용려는 화가 치밀어 오르면서도 내심 불안했다. 십
사식이 끝나면 재차 십사식을 펼칠 수 있기에 자신에게 허점이란 있을
수 없지만, 이런 식의 소모전으로 나가다 가는 자신의 내공이 고갈되어
먼저 지쳐 버릴 수도 있기 때문이었다.

갈수록 강맹해지고 더욱 빨라지는 도식이었지만 현어운은 시종일관
피할 뿐이었다. 너의 도법 따위는 굳이 반격을 하지 않아도 이렇게 쉽

게 피할 수 있다는 것을 무언중에 보여주는 것이라 생각한 여용려는 더욱 분노에 휩싸일 수밖에 없었다.

"언제까지 그렇게 피할 수 있나 보자!"

결국 십사식이 끝나자 여용려는 재차 십사식을 시전했다. 잔인하고 빠르며 강맹한 자신의 도법이 현어운에게는 아무런 소용이 없다는 사실을 결코 인정하고 싶지 않았다.

현어운은 일식을 피하고 재차 이식을 피할 때, 좌측의 언덕 위쪽에서 무언가가 빠르게 다가오고 있는 것을 느낄 수 있었다. 누구도 느끼지 못한 것을 알 수 있음은 다름 아닌 이매망량만이 할 수 있는 육감이리라.

'빠르다! 그리고 한둘이 아니야!'

이미 그 하나는 비조처럼 솟아올라 현어운과 여용려를 향해 날아오고 있었다. 작고 빠른 그것은 어찌나 빠르던지 이미 두 사람의 지척까지 다가온 상태였다. 현어운이 급히 뒤로 몸을 날려 피하자 여용려는 하던 대로 혈전십사식을 시전했고, 상대를 놓친 괴인영은 아무런 망설임 없이 방향을 바꾸어 여용려의 도를 향해 나아갔다.

그렇게 되자 공교롭게도 여용려와 괴인영이 서로의 절기를 시전하는 형국이 되어버렸다. 현어운은 절대고수쯤은 되어야 할 수 있는 움직임을 확인하고는 지체없이 이매망량으로 들어갔다.

한없는 자유로움이 느껴진다. 무엇이든 할 수 있고, 어디로든 갈 수 있는 이 세상과 저 세상의 경계에 선 자신.

그는 그녀를 향해 간다고 생각한 순간 이미 그녀의 몸을 잡고 몸을 날리는 중이었다. 하지만 상대의 무공이 범상치 않았던 듯 어느새 둔탁한 충격과 날카로운 충격이 오른쪽 어깨를 휘감는다.

“……?!”

상대는 갑자기 여용려가 누군가에게 거세게 밀린 듯 좌측으로 날아감과 동시에 자신의 무기에 누군가를 가격한 느낌을 받자 적잖이 당황한 듯했다.

공중을 회전하며 착지한 작은 체형의 노인은 자신이 공격한 여인이 바닥에 무사히 착지하자마자 옆에서 한 사내의 모습이 나타나자 꽤나 놀란 듯했다.

“켈켈켈! 정말 신기한 놈이군. 경공술 하나는 일품이야!”

왜소한 체구에 보잘것없는 외양의 낙불은 자신의 큰 죽장을 가볍게 돌리더니 단리회천이 있는 쪽으로 내질렀다.

“무림제왕성주에게 저런 개자식이 났으니 성주도 참말로 슬프겠군, 켈켈켈! 가라!”

낙불의 외침과 함께 언덕 위에서 세 구의 인영이 솟아올랐고, 그 뒤를 이어 사십여 명의 무리가 그 뒤를 따랐다.

키에에에엑!

“……!”

현어운은 앞선 세 인영에게서 퍼져 나오는 비명을 듣는 순간 자신도 모르게 가슴이 세차게 방망이질 치는 것을 느꼈다.

‘위험하다!’

“그럼 난 너희 두 사람을 마저 해결해야겠군.”

낙불은 여유로운 표정으로 두 사람을 향해 다가갔다. 그러나 현어운은 낙불을 보고 있지 않고 단리회천의 일행이 있는 곳을 향해 괴이한 도약법으로 접근해 간 세 인영을 주시하고 있을 뿐이었다. 다른 존재들보다 유난히 압도적인 느낌인데다, 인간이라고 느껴지기 힘든 괴성을 지르는 것이 심상치 않았던 것이다.

'강시?!'

"날 왜 이렇게 끌고 갔지?! 날 가지고 장난치는 건가?!"

여용려는 자신이 낙불의 공격을 받지 못할 것이라 여기고 도와준 현어운이 크게 못마땅했다. 자칫하면 재차 공격을 감행할 듯한 기색이었다.

그때 낙불이 어느새 그들의 일 장 앞으로까지 접근해 오자 깜짝 놀라며 뒤로 물러나려 했지만 낙불의 움직임이 더욱 빨랐다.

우우웅!

죽장에서 이는 무지막지한 경력은 불가 무공의 전형적인 웅후함과 정직함을 담고 있었지만, 그 속에 있는 잔혹한 살기를 숨길 수는 없었다. 누가 뭐라 해도 낙불은 타락한 중이었기 때문에 순수한 불가 무공의 특징만을 나타낼 수는 없는 것이다.

카카캉!

"아니?!"

여용려는 상대의 예상치 못한 엄청난 무공에 아무런 대응도 하지 못했지만, 어느새 현어운의 도끼가 상대의 죽장을 막고 서 있자 크게 놀란 표정이었다. 그것은 낙불도 마찬가지였다.

"네놈은 누구냐? 그리 강해 보이지 않는데도 감히 나의 일수를 막다니 놀랍구나!"

하지만 현어운은 아무런 대답도 하지 않고 여전히 단리회천이 있는 쪽을 보고 있었다. 단리회천의 얼굴에는 놀라움이 서려 있었는데, 아무래도 혈명강시에 대한 것을 알고 있는 모습이었다.

어느새 혈명강시 한 구가 방심해 있던 폭혈마마대원 한 명의 머리를

으스러뜨렸고, 그 모습을 막 목격한 여용려의 얼굴에 다시 짙은 살기가
감돌았다.

"방심하지 마라! 강시이니 모든 힘을 다해 상대해라!"

혈명강시 세 구에 이어 수많은 금탁의 무사들이 같이 몰려오고 있었
기 때문에 긴박한 상황임은 분명했지만 단리회천은 결코 당황한 모습
이 아니었다. 시종일관 여유를 가지고 있는 것을 보면 무제의 아들이
라는 허명만 얻은 것은 아닌 모양이었다.

"당신은 가서 소성주를 도와주시오."

"나에게 명령하지 마라!"

"그럼 당신이 알아서 하시오. 동료가 죽게 놔두던가, 아니면 홀로 떨
어져 이자와 싸우던가."

한편 이들의 말을 듣고 있던 낙불은 이들에게서 왠지 자신을 무시하
고 있다는 느낌을 받자 솟구치는 분노를 참을 수가 없었다.

"켈켈켈켈! 아직 젖비린내도 가시지 않은 어린 놈들이 낙불을 무시
하다니 간덩이가 부었구나? 어디 이것도 받아보아라!"

"낙불?!"

여용려는 낙불의 정체를 알고 깜짝 놀랐으나 낙불은 어느새 두 사람
을 공격해 오고 있었다. 죽장의 형태가 보이지 않을 정도로 빠르게 사
방을 뒤덮으며 날아온다. 죽장 하나하나에 담긴 웅후한 기운에 스치기
만 하여도 피를 쏟을 것만 같았다.

그때 현어운의 도끼가 번개처럼 앞으로 나아가 죽장과 부딪쳤다. 초
섬유성수의 수법으로 인해 손이 보이지 않을 정도로 빨리 움직여 낙불
이 만들어낸 수많은 죽장의 수만큼 현어운의 도끼가 허공을 수놓는다.

꽈앙!

짙푸른 부강이 낙불의 경력과 부딪치자 폭음이 울리며 두 사람은 똑같이 두 걸음씩 물러났다.

그때 단리회천의 호위 무사 중 창기대 소속의 무사 한 명이 혈명강시에 의해 속절없이 죽어버렸다. 그러자 여용려는 더 이상 망설이지 않고 단리회천이 있는 곳으로 몸을 날렸다.

현어운은 그녀가 낙불에게서 멀어지자 단리회천의 무리가 있는 곳으로 밀려들고 있는 금탁의 무사들을 향해 달려갔다. 살인이 싫어 청조마인을 상대할 때에는 살려주었지만 그런 짓도 한순간의 어리석은 감정일 뿐이라는 것을 그도 잘 알고 있었다. 그래도 싫은 건 싫은 것이라, 그 어리석음을 따랐지만 지금은 결코 그렇게 해서는 안 되는 상황임을 잘 알고 있었다.

'과연 내 마음이 위선적인 것인지는 모르나… 당신들을 죽이고 싶은 마음은 전혀 없소. 우리는 대체 무엇을 위해서 그렇게 싸우는 것이오? 자신이 속한 곳의 승리를 위해? 그런 것이 그렇게 중요하단 말이오? 생명을 걸 만큼?

"켈켈! 제법 한다만 감히 뒷모습을 보이다니!"

낙불의 죽장이 거대하게 커진다 싶더니 순식간에 현어운의 전신을 뒤덮었다.

"……?!"

하지만 현어운의 신형이 그 자리에서 꺼져 버린 듯 사라져 버리자 낙불은 두 눈을 동그랗게 뜨고 주변을 살폈다. 은은한 긴장감이 감도는 것을 보니 낙불이 이제야 현어운을 보통 인물이 아니라 여기고 있는 것 같았다.

"켈켈! 실로 놀라운 움직임이도다! 어디 한번 공격해 봐라!"

"아악!"

"크아악!"

하지만 현어운의 공격은 아주 엉뚱한 곳에서 시작되고 있었다. 사십여 명의 금탁 무사가 단리회천이 있는 곳에 채 도달하기도 전에 이유도 없이 죽어나가고 있었던 것이다. 형체도 없고, 기척도 없는 상대에게 어느새 다섯 명이 죽임을 당하자 무사들은 순식간에 동요하기 시작했다.

"으음! 감히 나를 희롱하다니!"

하지만 낙불은 분노만 하고 있을 수는 없었다. 상대의 기척이 전혀 느껴지지 않는다는 사실에서 상황이 심각하다는 것을 느꼈다.

낙불의 신형이 풍차처럼 회전하며 하늘로 솟아오르더니 어딘가로 향했다. 그곳은 바로 수하들이 있는 곳이 아니라 혈명강시와 혈전을 벌이고 있는 단리회천의 무리들이 있는 곳이었다.

우우우웅―!

땅이 울렁거리는 건 아닌가 싶을 정도로 가공할 힘이 죽장에서 피어오르고 있었다.

"피해라!"

시종일관 여유롭던 단리회천이 크게 놀라며 세 사람에게 소리쳤고, 아직 싸움의 중심에서 약간 떨어져 있던 여용려는 그 말에 급히 피할 수 있었지만 혈명강시로 인해 몸을 빼기 힘든 두 사람은 속절없이 낙불의 공격에 노출될 수밖에 없었다.

우우우웅!

"끄아아악―!"

두 사람의 전신은 죽장에 실린 무지막지한 내공에 한순간 몸을 부르르 떨었고, 이내 고통스러운 비명을 지르더니 온몸이 터져 버렸다.

"켈켈켈! 개망나니 놈의 수하와 저 개망나니를 죽이면 저 보이지 않는 놈도 모습을 나타내겠지?"

낙불의 죽장이 단리회천을 향하자 세 구의 혈명강시는 저마다 괴성을 지르며 공격해 들어갔고, 낙불은 곧이어 여용려를 향해 죽장을 휘둘렀다.

"핫!"

이 장이나 떨어져 있었음에도 온몸을 저리게 할 정도의 기운이 느껴지자 여용려는 보법을 밟으며 급히 뒤로 물러났다. 그렇게 피했다고 생각했지만 여용려는 가슴을 짓누르는 답답함을 참지 못하고 울컥하며 피를 토하고 말았다.

"우욱?!"

콰우웅!

낙불의 공격에는 결코 인정이 없었으며, 상대가 생각할 틈을 주지 않았다. 강하고 신속하며, 수많은 싸움의 경험으로 전투를 주도해 나가는 법을 알고 있었다.

"으읏!"

현어운은 단리회천을 위험하게 할지도 모르는 금탁의 무사들을 처리하다가 낙불이 순식간에 호위 무사 둘을 죽이고 여용려마저 위험한 상황에 처하게 만들자 놀랄 수밖에 없었다.

'…또 다른 강시가?'

낙불을 향해 이동하려던 현어운은 언덕 위에서 또다시 세 구의 강시가 솟아오르는 것을 보았다. 그리고 그것은 놀랍게도 보이지 않는 그를 향해 정확히 날아오고 있었다.

‘어떻게……?!’

번개처럼 자신과의 거리를 좁힌 세 구의 강시는 자신이 보이는 것인지 서슴없이 머리와 가슴, 그리고 등을 노리고 들어왔다.

"같은 이매망량끼리는 서로를 느낄 수 있다!"

현어운은 몸을 솟구치면서 초선득이 했던 말을 떠올릴 수 있었다. 강시도 엄연히 말하자면 저쪽 세상에 있다가 이쪽 세상으로 온 경우라 할 수 있으니, 이들이 이매망량의 상태인 자신을 느낄 수 있다는 것도 무리는 아니었다.

세 구의 강시가 동시에 팽이처럼 회전하며 솟아올라 현어운의 전신과 부딪쳐 왔고, 현어운은 강시들을 향해 도끼를 휘둘렀다. 사방으로 공격해 오는 강시 모두를 공격하기 위해 한 바퀴 회전하며 휘둘렀지만 결과는 그를 경악에 빠뜨렸다.

까가가강!

‘……?!’

부강과 초섬유성수를 동시에 시전했음에도 강시들은 그저 뒤로 날아가 땅에 떨어졌을 뿐 아무런 충격을 받지도 않은 것이다. 오히려 현어운의 손아귀가 찢어질 듯 아파왔다.

‘광마 같은 놈들이군!’

"아악!"

강시들이 또다시 신형을 솟구치려 할 때 여용려의 비명 소리가 들려왔고, 현어운은 지체없이 여용려를 향해 날아갔다. 이미 간다고 생각한 순간 여용려의 곁으로 다가갔지만, 강시들 또한 움직임이 만만치 않았는지 빠르게 현어운의 뒤를 따라오고 있었다.

"켈켈켈! 강시들은 그놈의 기척을 알아채는구먼."

낙불은 죽장으로 검을 찌르듯 여용려를 향해 어지러이 공격했다. 날카로우면서도 가슴이 답답해질 정도로 가공할 압력이 두 사람을 짓누르자 현어운은 지체없이 여용려를 붙잡고 피했다. 몸을 가누지 못해 현어운의 품에 안겨 있는 여용려의 몸은 그저 공중에 떠 있는 괴이한 모습이었다.

낙불은 마치 기다렸다는 듯이 죽장을 거두고 곧바로 여용려를 향해 죽장을 던지듯 날렸다. 아무렇게나 던진 죽장이었지만 곧이어 죽장 주위를 연두빛 기운이 감싸더니 호선을 그리며 여용려와 현어운을 향해 날아갔다.

'이기어검술과 같은 수법이다!'

그와 동시에 세 구의 강시가 현어운의 뒤를 바짝 쫓고 있었다. 이기어검술을 상대하는 것도 보통 어려운 일이 아니거니와 설령 피한다고 해도 결국 강시를 상대해야 한다. 여용려를 안고 있는 상태에서 행동의 제약이 많을 수밖에 없었다. 그저 계속 몸을 움직여 도망치듯 주위를 맴돌 수밖에 없었다.

"으윽……!"

낙불의 파상적인 공격에 의식을 잃지는 않았으나 큰 부상을 입고 머리가 멍한 상태였던 여용려는 아무도 없는데 자신이 공중을 날아다니는 것을 보고 놀랐지만 이내 상황을 파악할 수 있었다.

'모습이 보이지 않다니?!'

그녀는 뒤이어 자신의 뒤로 혈명강시와 생명이 달린 듯한 죽장이 날아오는 모습을 보고는 입술을 꼭 깨물더니 거칠게 몸을 흔들었다.

"네놈의 도움을 받을 바에야 죽음을 택하겠다! 어서 놔라!"

"읏?!"

현어운은 여용려가 갑자기 몸을 뒤흔들자 순간 그녀를 놓치고 말았다. 땅바닥을 구르는 그녀를 확인한 그는 순간 어떻게 할까 망설였지만, 낙불의 죽장이 호선을 그리며 여용려의 머리 쪽으로 내리 꽂히자 더 이상 망설이지 않았다.

최대한 빨리 그녀의 곁으로 다가간다고는 했지만 죽장 또한 눈 깜짝할 사이에 그녀의 지척에까지 이르러 있었다.

"젠장!"

현어운은 여용려의 몸을 안고 신형을 솟구치려 했지만 죽장에 적중당하는 것을 피할 수는 없었다. 그 절체절명의 순간, 여용려가 갑자기 보이지 않는 현어운의 몸을 끌어안더니 그대도 몸을 회전시켜 버린다.

꽈아아앙!

"아아악!!"

여용려는 현어운의 얼굴에 피를 한 사발이나 쏟아내었다. 둔탁한 충격을 받은 현어운은 그 여력을 이기지 못하고 그녀와 함께 바닥을 나뒹굴었다.

"켈켈켈! 이제야 모습을 드러내는구나! 어서 죽여라!"

"소저……!"

여용려의 눈빛이 급격하게 꺼져 가고 있었다.

"네, 네놈의 도움… 따윈… 소… 성주님… 잘 지켜……."

끼에에엑!

"……!"

세 강시의 손이 현어운의 몸 곳곳을 파고들었다. 현어운의 눈빛이 살기로 번들거리는 순간, 그의 몸이 사라진다.

파파팍!

죽은 여용려의 몸이 강시에 의해 또다시 유린되자 피가 튀며 조각나 버린다. 강시들은 이에 멈추지 않고 순식간에 보이지 않는 현어운을 향해 도약했다. 그런데 그 방향은 낙불이 있는 곳이었다.

"나를 공격하겠다고?! 켈켈켈!"

싸움에 대해 누구보다 경험이 풍부한 그는 현어운이 가진 무공의 특징을 이미 파악한 상태였다. 강시가 없었다면 크게 힘들었겠지만 현어운을 느낄 수 있는 강시가 있으니 승기는 자신이 잡고 있었다.

낙불은 회수한 죽장을 들고 경력을 뿜으며 팽이처럼 회전했다. 그의 몸속에는 마르지 않는 내공이 담겨져 있는지 끊임없이 회전하며 연두빛 경력을 뿜어내었다. 그 엄청난 기의 장벽으로 인해 현어운은 어쩔 수 없이 물러날 수밖에 없었고, 그런 그를 향해 강시들이 재차 공격해 왔다.

까가강! 깡!

현어운의 공격으로 강시들의 공격은 막혔지만 손해는 현어운이 볼 수밖에 없었다. 지치지 않는 이들은 자신의 공격에도 끄떡없지만 자신은 조금씩 충격을 받고 있었기 때문이다.

"크흑!"

시종일관 대등하게 싸움을 이끌어가고 있었지만, 도무지 몸을 빼내지 못하던 단리회천 또한 결국 내공이 조금씩 고갈되어 가다 강시의 공격에 부상을 입고 말았다.

"크크큭! 현어운, 약속을 잊었더냐?!"

그의 발작적인 외침에 현어운은 강시들의 공격을 피하며 단리회천이 있는 곳으로 날아갔다. 강시들이 뒤따라오고 있음에도 상관하지 않았다. 그가 마음에 들지는 않지만 자신의 임무만큼은 제대로 하고 싶었던 것이다.

까강! 깡!

부강이 부딪칠 때마다 나는 지독한 쇳소리는 듣기 싫을 정도로 자극적이었다. 단리회천을 공격하던 세 구의 강시를 공격하여 포위를 풀자 단리회천은 망설임없이 몸을 뒤로 빼며 재빠르게 몸을 날렸다.

"큭큭! 난 아직 이곳에서 죽을 수 없다! 으하하하! 네놈은 이곳에서 이들을 상대하고 뒤따라오너라!"

숲 속으로 급히 사라지는 단리회천을 향해 현어운은 가지 말라고 외치고 싶었지만, 어느새 여섯 구로 늘어난 강시의 공격으로 입을 다물 수밖에 없었다. 세 구를 상대할 때와는 그 느낌이 전혀 달랐던 것이다. 이들이 팔을 휘두를 때마다 느껴지는 섬뜩한 느낌도 더욱 강해졌고, 무엇보다 이전과 달리 마치 서로 진을 짠 듯 조직적으로 움직이는 것 같았다.

'강시가 진을 안다고? 설마!'

현어운은 황당한 생각을 애써 지우며 이들의 공격을 일일이 튕겨내었다. 전신을 울리는 강력한 반력을 가까스로 이겨내고 몸을 솟구친 현어운은 자신의 몸을 저쪽 경계로 더욱 내몰았다. 전신이 고통스러웠지만 그는 억지로 참아내었다. 이제 그의 몸은 더욱 이매망량에 가까워져 경계에 서 있을 때보다 더욱 빠르게 움직일 수 있고, 더욱 강한 공격을 할 수 있게 된 것이다.

그의 몸이 순식간에 십 장을 이동하였다. 강시들이 순식간에 그곳을 향해 도약하는 순간, 현어운은 또다시 남쪽으로 십 장을 이동했다. 그러자 원래 있던 곳으로 착지한 강시들은 다시 방향을 바꾸어 도약한다. 하지만 이미 그 순간 현어운은 우측으로 십 장을 재차 이동한 상태였다. 그렇게 이동하니 낙불의 좌측 후면을 점할 수 있었다. 그때 낙불은 강시들의 움직임을 보며 현어운의 움직임을 파악하는 중이었다.

'얼마 견디지 못한다!'

저쪽 경계에 있는 자신을 그대로 놔두었다 가는 진짜 이매망량이 되어 다시는 돌아오지 못할 수 있었다. 게다가 전신이 찢어질 것만 같은 고통으로 이매망량을 풀고 싶은 마음과 싸우는 것이 너무 힘들었다.

강시들이 다시 자신이 있는 쪽으로 도약하는 순간, 현어운은 북쪽으로 이동하여 낙불의 좌측 전방을 점하였다. 그리고 번개처럼 낙불을 향해 몸을 날렸다.

그러나 놀랍게도 낮게 도약하던 강시들의 몸이 팽이처럼 회전하더니 몸을 숫구쳐 도약의 방향을 바꾸는 것이었다. 현어운이 향하는 곳으로 날아가는 셈이 되자 낙불은 그 즉시 현어운의 의도를 파악할 수 있었다.

"켈켈켈! 제법이구나!"

죽장이 다시 사방으로 돌면서 엄청난 경력을 뿜어내었다. 지치지도 않는 낙불의 내공을 보면 괴물이라 말하지 않을 수 없었다.

'……!'

그러나 현어운은 공격을 멈추지 않았다. 강시들이 저렇게 갑자기 방향을 바꿀 수 있을 것이라고는 생각지도 못했지만, 그렇다고 자신의 공격을 멈추기에는 이번에 잡은 기회가 아쉬웠다. 무엇보다 다시 이런 기회를 다시 잡을 수 없을 것이기 때문이었다.

현어운의 부강이 초섬유성수의 묘리를 담으며 낙불의 내공으로 만

들어진 일종의 강기막에 유성처럼 내리 꽂혔다.

파파팍!

불꽃이 튀며 현어운은 큰 반력과 함께 이매망량이 풀릴 뻔했지만 가까스로 견딜 수 있었다. 낙불도 온전한 것은 아니었는지 입가에 피를 흘리며 뒤로 몇 걸음 물러났다.

"켈켈켈! 이제 보니 움직임만 기똥찰 뿐 무공 자체는 움직임만 못하구나!"

여섯 구의 강시가 현어운을 향해 발작적으로 뛰어들 때 현어운은 자신의 힘이 회복되기 전까지는 저쪽 세계로 들어갈 수 없음을 느꼈다. 더구나 억지로 저쪽 세계로 들어간다고 해도 강시들에게는 아무런 소용이 없다는 것도 문제였다.

'제길!'

몸을 뒤로 날려 강시들의 포위를 피한 현어운은 게걸스럽게 웃고 있는 낙불을 노려보았다. 그리고 시선을 돌려 처참하게 망가져 있는 여용려를 보았다. 결코 잊지 않겠다는 듯 두 눈을 부릅떠 가슴에 담은 그는 거칠게 몸을 돌렸다.

자신과 아무런 관계도 없는 그녀였다. 오히려 자신을 싫어했고 자신도 그녀를 좋게 생각하지 않았다. 오로지 같은 편이라는 이유로 자신은 그녀를 도와주려 했고, 그녀는 자신을 거부하면서도 자신을 구해주었다. 정말 알 수 없는 게 사람의 관계이리라.

그 순간에도 강시들은 자신의 기척을 느끼고 낮지만 빠르게 도약하여 다가오고 있었다.

'낙불이라 했던가! 그리고 강시들!'

현어운은 강시들과의 거리가 더욱 가까워지자 단리회천이 향했던 곳으로 도망치듯 몸을 날렸다.

낙불은 강시들이 숲 속으로 들어가려는 것을 보고 상대가 도망쳤음을 알 수 있었다.

"욕심이 나지만… 한 놈을 죽이는 것보다는 승리하는 것이 더욱 중요하지."

상아 호각으로 강시들을 다시 불러들인 낙불은 수하들을 독려하여 무림제왕성과 싸우고 있을 본진으로 돌아가기로 했다.

그러나 아쉬움이 남았던지 다섯 명을 뽑아 단리회천의 뒤를 추적하라며 막 출발시킨 낙불은 그때 저 멀리 숲 속에서 하늘 높이 솟아오르는 것을 보았다.

"우리에게는 저런 신호탄이 없다. 일단 가볼 필요가 있겠군. 소성주 놈일지도 모르니까 말이야."

광마의 힘에도 한계라는 것이 있다는 것을 두 사람은 처음으로 알 수 있었다. 하지만 분명한 건 한계라고 말해 봤자 일반 무인들로서는 상상할 수 없을 만치 높다는 것이었다.

광마는 두 구의 혈명강시, 거기에 벽력마군의 합공을 기적처럼 견뎌 내며 강시부터 한 구 한 구 차례대로 박살 내었고, 결국 두 구의 강시를 모두 행동 불능으로 만들어 버릴 수 있었다. 하지만 그때에는 광마도 크게 지친 상태라 힘을 안배하며 싸운 벽력마군을 상대하기란 힘겨워 보였다.

"우리가 도와주어야 하나?"

전유림의 물음에 조선영은 고개를 끄덕이며 앞으로 걸음을 옮겼다.

"우리의 임무는 뭐라 해도 벽력마군을 죽이는 것입니다. 수단과 방법을 가릴 필요는 없어요.”

“그거 마음에 드는 말인데?”

전유림은 불타오르는 호승심을 간신히 참았던 것인지 지체없이 그녀의 뒤를 따랐다. 그때 두 사람은 멀리서 몇몇 인영이 빠른 속도로 자신들을 향해 다가오고 있는 것을 볼 수 있었다.

“누구지? 급습조원들인가?”

네 명의 인영이 놀라울 정도로 빠른 속도로 다가왔고, 전유림은 그들이 이십 장 정도로 가까워지자 이내 정체를 파악할 수 있었다.

“강시잖아, 또?!”

“패련도입니다.”

“패련도?!”

그녀도 패련도에 대한 소문을 들어 잘 알고 있었기에 놀랄 수밖에 없었다. 금탁의 서열 삼위가 강시와 함께 나타났으니 상황이 좋지 않아질 것은 명약관화했기 때문이다.

몇 호흡도 되지 않아 이십 장의 거리를 좁힌 패련도는 주변의 상황을 살펴보다 강시 세 구가 엉망이 된 채 바닥에 나뒹구는 것을 보고는 싸늘한 비웃음을 흘렸다.

“제대로 만들었다고 하더니 겨우 이 정도였군. 진짜 싸움이란 사람과 사람이 하는 것이다. 내 말을 이해하겠느냐, 계집들?”

패련도의 말에 전유림이 고개를 끄덕인다.

“너의 말이 맞아. 싸움이란 사람과 사람이지. 그러니까 너의 뒤에 있는 강시들을 사용한다면, 넌 어미 없는 개자식이 되는 거야.”

“좋군. 나의 말을 이해해서. 아까 상대하던 무림제왕성의 멍청한 강아지들은 결국 꼬리를 말고 도망쳐 버렸지만, 두 계집은 그러지 않았으면 좋겠군."

세 사람 사이에 엄청난 살기가 휘몰아치기 시작했다. 한쪽은 평생을 도와 함께 살아온 자였으며, 다른 한쪽은 잠력을 이용한 장풍의 고수와 독특한 검법을 구사하는 여검사였다. 어느 한쪽도 서로를 만만하게 볼 수는 없겠지만 객관적으로 본다면 전유림 쪽이 불리하다 할 수 있었다.

"재미있겠군."

전유림이 무뚝뚝하지만 자신감 넘치는 표정으로 전투의 시작을 알릴 무렵, 광마와 벽력마군은 휘몰아치는 기의 소용돌이 속에서 서로를 죽이기 위한 살초를 아끼지 않고 있었다.

콰콰쾅!

"하아앗!"

광마는 검을 자신의 머리 위에서 사막의 용권풍처럼 회전시키더니 곧 자신의 몸도 함께 회전시키며 벽력마군의 전신을 후려친다. 벽력마군 또한 결코 물러섬없이 벽력지기를 뿜으며 손을 내질렀다.

공격 일변도이며 공격하는 한 수 한 수가 패도적인 것은 예전의 벽력마군도 마찬가지였지만, 지금의 벽력마군은 분명 예전과 달라진 점이 있었다.

꽈르르릉! 쿠쿠쿵!

벽력마군은 시종일관 여유있는 표정으로 벽력굉천수를 비롯한 자신의 여러 절기들을 시전하며 그를 상대하고 있었다. 그런 그의 무공에는 옛날과는 달리 부드러움이란 것이 포함되어 있음을 알기나 할까? 강(強)과 패(覇)의 대명사였던 벽력굉천수에 유(柔)의 묘리를 넣은 것이다.

비록 벽력굉천수 자체가 너무나 패도적인 무공인지라 티가 나지는 않았지만 그의 과거를 알며, 그에 필적하는 고수가 이 모습을 보았다면 공수가 하나로 자연스러우면서도 강맹함을 전혀 잃지 않고, 오히려 더욱 강해졌다는 사실에 탄식할 수밖에 없을 것이다.

광마의 모든 힘이 담겨 있을 것만 같은 묵직한 공격을 쌍장으로 밀어낸 그는 뒤이어 재차 벽력굉천수를 시전했다.

지독한 굉음이 울려 퍼졌고, 다시 펼쳐진 광마의 공격과 부딪쳐 대기를 진동시킨다. 그야말로 초극고수들의 공전절후한 생사결이라 할 수 있었다.

우우우웅!!

어느 순간 벽력마군의 쌍장에서 이전과는 비교도 할 수 없을 만큼 강력한 뇌전지기가 휘몰아치기 시작했다. 벽력굉천수 중에서도 상위의 무공에 속하는 벽력연환멸혼수(霹靂連環滅魂手)가 그의 손에서 뿜어지기 시작했다.

연환검이 쉴없이 상대를 휘몰아치는 것처럼 벽력연환멸혼수 또한 상대가 죽을 때까지 끊임없이 장력을 쏟아 부을 수 있는 수법이었다. 그만큼 내공도 뒷받침되어야 하며 연환장법류에 대한 조예가 깊어야 했다.

꽈르릉! 꽈르릉! 꽈르릉!

세상이 터져 나가려 함인지, 연이어 바닥에서 토석이 솟아오르며 사방을 휘몰아쳤다. 광마의 몸이 누구보다 단단하고 웬만한 공격으로는 충격을 줄 수 없다는 것을 아는 벽력마군은 광마의 기운이 느껴지는 곳을 향해 끊임없이 장력을 내뿜었다.

"크하하하하!!"

믿기지 않는 장력의 위력에도 광마는 폭풍 속에서 웃는 광인마냥 그렇게 웃을 뿐이었다. 검을 휘둘러 연신 장력을 막으며 조금씩 다가가고 있는 그의 몸이 예전보다 더욱 시커멓게 변해 있었다.

쩌저적!

그때 벽력마군의 장심에서 우레가 내려치는 소리가 터지더니 작은 단환만한 크기의 푸른색 환이 번개처럼 튀어나가 광마의 검을 피해 어깨에 적중했다.

"크으윽!!"

너무나 갑작스러운 공격이었던 데에다 푸른색 환의 속도가 너무나 빨라 광마는 미처 피하지도 못하고 맞을 수밖에 없었다. 바로 벽력연환멸혼수의 가장 무서운 최후 공격에 당한 것이었다.

번개를 맞은 듯 머리가 뻣뻣이 서고 전신의 근육이 부들부들 떨린다. 그 끔찍한 장면에 벽력마군은 만족스런 미소를 지었다. 이번의 공격으로 과도한 내공을 소모한 듯 안색이 조금 파리해져 있었다.

"장력을 시전하는 정도의 길을 걷는 자들이 간혹 장력의 최고 경지가 장강(掌罡)이라 생각하곤 하지만 그 위로 장환(掌環), 장사(掌絲), 장령체(掌靈體)라는 경지가 더 존재하지. 방금의 것은 장환이라 하는 것이다. 벽력연환멸혼수의 마지막은 장환을 시전하는 것이지."

벽력마군은 이제 자신도 슬슬 본진의 전투에 참여해야겠다는 마음에 광마의 목숨을 취하기로 했다. 그의 손에서 다시 푸른 빛의 뇌전지기가 터지듯 솟아오르더니 곧바로 장환이 생성되어 날아가 광마의 몸에 재차 적중되었다.

"크아아악! 크카카카!"

웃음인지 비명인지 모를 괴성이 사방을 울리며 아수라장을 방불케 했다. 광마의 몸을 휘감는 뇌전은 그를 더욱 고통스럽게 했고, 그럴수록 광마의 몸은 더욱 검게 변해갔다. 두 눈을 부릅뜬 광마의 눈은 끔찍한 고통의 빛과 함께 광기로 번들거렸고, 쩍 벌린 입에서는 피와 침이 범벅이 되어 광인을 연상시켜 주었다.

"……."

광마의 상태가 심상치 않다는 것을 느낀 벽력마군은 눈살을 찌푸리며 재차 장환을 시전하였다. 내공의 소모가 크지만 광마를 죽이는 데 그 정도의 소모는 충분히 감안할 수 있었다.

팡!!

그러나 눈에 보이지 않을 정도로 빠르게 날아간 장환은 놀랍게도 아무렇게나 뻗은 광마의 주먹에 맞고 다른 곳으로 튕겨나고 말았다.

"……?!"

"크크크크… 크으으윽!"

웃음과 고통 서린 비명이 동시에 터져 나오는 것만큼 묘한 기분을 느끼게 해주는 것이 있을까? 벽력마군은 그가 지금의 고통을 즐거워하고 있음을 확신했다.

"크아아아아아—!!"

광마의 몸에서 주체할 수 없는 광기가 사방을 휘몰아칠 듯 솟아올랐다. 몸은 완전한 어둠인 양 검었고, 심지어는 두 눈에도 흰자위가 사라진 상태였다.

벽력마군은 그 황당한 장면에 침중한 얼굴로 내공을 끌어올렸다.

"독패삼류 중에는 인간다운 모습이 없다는 것이 사실이었나? 완전 괴물이군."

단리회천은 분한 마음을 애써 숨긴 채 숲 속으로 내달음질치고 있었다. 낙불이 직접 나타날 줄 몰랐는 데에다 간혹 아버지와 제왕부주가 나누던 대화에서 들곤 했던 혈명강시가 실제로 나타날 줄도 몰랐다. 그 강시가 상상도 하지 못할 정도로 강할 줄은 더 더욱 몰랐다.

하지만 그는 여유를 잃지 않으려 애썼다. 자신은 누가 뭐라 해도 무림제왕성주의 둘째 아들이자, 이번 전투에서 명목상 총지휘자였기 때문이다.

"크크크! 꼴좋군, 단리회천! 벽력마군을 죽인다는 기고만장함은 어딜 갔단 말이냐!"

자신을 세게 채찍질한 단리회천은 벽력마군을 죽이기 위한 임무를 띤 급습조에게 일말의 희망을 걸 수밖에 없었다.

'나보다 약한 그들이 백 명이나 모여 있다고 해서 벽력마군을 죽일 수 있을 것인가? 크크!'

사실 그는 누구보다 잘 알고 있었는지도 모른다. 아버지에 대한 원망과 반발 심리가 쌓이고 쌓여서 이렇듯 충동적으로 일을 저지른 것임을 그는 알면서도 애써 부정했다.

"난 충분히 벽력마군의 목을 딸 수 있다! 그들이 안 된다면 내가 할 것이다! 내가 누구인가? 열혼후 단리회천이다! 단리가의 자랑스런 핏줄이란 말이다!"

"그렇지. 단리가의 더러운 핏줄이지. 크크……!"

"누구냐?!"

숲 속을 울리는 사내의 음산한 웃음소리에 단리회천은 얼굴을 찡그리며 외쳤다. 그제야 주위에 수십 명에 달하는 자들의 기척이 느껴졌다.

"…이 기운은?!"

단리회천은 수십 명에게서 느껴지는 익숙한 기운에 눈살을 찌푸리며 시선을 돌렸다. 그의 전방뿐만 아니라 사방에서 일단의 무리들이 모습을 드러내자 단리회천은 눈썹을 파르르 떨며 입술을 깨물었지만, 이내 원래의 신색으로 바꾸며 싸늘하게 웃었다.

"이거… 전혀 상상도 못했는데? 아버지가 안다면 꽤나 실망할 일이겠군. 큭큭큭!"

"덤덤한 모습이 보기 좋구나."

폭혈마마대를 상징하는 복장을 보는 순간 단리회천은 이들을 이끌고 온 자가 암마왕이라는 것을 눈치챌 수 있었다. 이번 전쟁에서 자신이 누군가에게 목숨을 위협받을 것이라고는 이미 예상하고 있었지만, 그 상대가 암마왕일 줄은 전혀 생각지도 못했기에 내심은 긴장으로 가득 찰 수밖에 없었다.

"어떤 것이지? 배신인가, 아니면 아버지의 명령을 받은 것인가?"

"흐흐, 글쎄? 꽤 복잡한 문제라 말하기가 그렇군."

단리회천은 폭혈마마대원들의 사이로 걸어 나오는 암마왕을 볼 수 있었다. 섬뜩한 마기가 넘실거리는 그의 전신에서는 이전과는 다른 이질감이 강하게 느껴진다. 마도를 대표하는 절대자 말고도 다른 무언가를 내포하고 있는 듯한 위험한 기운이었지만 단리회천은 알지 못했다.

시커먼 얼굴에 맺힌 새하얀 미소가 더욱 불길함을 안겨주자 단리회천은 눈살을 찌푸렸다.

"무슨 말인지 똑바로 말해 봐!"

"건방지군. 아무리 네놈이 소성주라고는 하지만 명색이 본좌는 마도의 절대자. 겨우 아비의 이름을 빌려 간신히 명목만을 유지하는 주제에… 흐흐!"

암마왕의 눈에서 자색(紫色) 광채가 일렁인다 싶은 순간, 단리회천은 전신을 옭죄는 엄청난 압력을 느끼며 자신도 모르게 고통에 찬 비명을 지르고 말았다.

"으아악!"

피를 쏟으며 자리에 주저앉고 만 단리회천은 믿지 못하겠다는 표정으로 암마왕을 향해 간신히 고개를 들었다.

"대, 대체 이 힘은……?"

그가 평소에 알고 있던 암마왕은 자신을 이토록이나 간단하게 제압할 수 있는 자가 아니었다. 자신의 무공이라면 암마왕을 이기지는 못해도 이렇게 쉽게 당할 리 없었기 때문이다.

"원래 사람은 자신의 모습 중 삼 할을 숨기고 살지. 그리고 본좌는 남들과 크게 달라 오 할을 숨기고 산다."

"으……!"

피이잉— 펑!

암마왕은 품속에서 무언가를 꺼내 들었고, 그것은 이내 시원한 소리를 내며 하늘 높이 솟아올라 폭죽처럼 터졌다. 바로 여의대의 대기조원을 출동시키는 신호탄이었다.

"……!"

"이번 전쟁은 무림제왕성의 패배다. 어차피 나는 무림제왕성이 패하는 것을 원하기 때문에 오히려 좋은 일이지. 혈명강시가 나타난 것은 너무나 의외이긴 하지만 말이야. 호호호!"

"시, 신록희… 네놈은 신록희……."

"좋은 것을 가르쳐 주지. 무제는 내가 천검의 십팔제자 중 하나라는 것을 잘 알더군. 하지만 내가 알려지지 않은 오 인 중의 하나이며, 앞으로 이 무림을 이끌 자들 중 하나인 것은 모를 것이다."

놀라워하는 단리회천을 향해 걸음을 옮기던 암마왕의 전신에서 자색 운무가 넘실넘실 피어오르기 시작했다. 마도의 절대자로 오르게 해주었던 그의 독문절기인 자황마무강(紫惶魔霧罡)이 단리회천의 전신을 압박하자 그는 신음 소리를 흘리며 고통스러워할 뿐 어떤 대응도 할수 없었다. 암마왕의 무공에 그 오만하고 자신감 넘치던 단리회천이너무나 쉽게 무너지고 있는 것이었다.

"중요한 것은… 무제는 내가 배신자라는 것을 알고도 너를 보좌함과 동시에 모든 실질적인 지휘권을 나에게 주었다는 것이지. 화천신마녀 때와 상황이 똑같지 않은가? 흐흐흐! 무림제왕성에 반대되는 생각을 가지던 여식, 후계자 문제로 분열의 소지가 다분한 거친 성격의 차남, 모두 차도살인으로 해결하는 무제의 계략은 어이가 없으면서도 감탄이 나올 수밖에 없다."

"…그럴 리가 없다!"

"그래? 하지만 난 그럴듯한 일이라 생각한다. 무제는 무황의 자식이니까. 무제의 피를 제대로 이은 놈은 너의 형인 단리백오지 너는 아니다. 무제는 무신을 선택하고, 열혼후를 버렸다. 그럼과 동시에 무림제왕성은 몰락을 걷게 될 것이다."

"무황의 자식… 무제의 피… 큭큭… 맞다. 아주 정확한… 말이야."

"……."

알지도 못하는 무공에 당해 버린 단리회천의 호흡이 점점 거칠어지고 있었다. 단 한 번의 공격에 단리회천의 생명력을 계속 갉아먹고 있는 것이다.

"하아, 하아……. 그, 그런데 몰락? 무림제왕성이? 크흐흐… 웃기지 마라앗!"

단리회천은 발작적으로 외치며 번개처럼 두 손을 앞으로 내밀었다. 양손의 검지와 중지 끝에는 눈이 부실 정도로 백광이 불타오르듯 빛나고 있었다. 그의 최후의 비기라 할 수 있는 무공인 태극소염지(太極燒炎指)였다.

찬란한 빛이 사방을 휘감자 사람들의 시야가 가려지는 것은 물론이고 머릿속마저 하얗게 타는 것만 같은 고통을 안겨주었다.

하지만 그 작열하는 빛 속에서도 암마왕은 두 눈을 감지 않은 채 잔인한 미소를 짓고 있었다. 백광을 품은 태극소염지가 암마왕의 양 가슴을 짓누르는 순간, 어두운 기운을 품은 자색 빛이 아주 잠시 명멸했다.

콰콰콰쾅!

"끄아아악!"

칠공에서 피를 흘리며 하늘 높이 솟아오른 단리회천은 엄청난 충격의 여파를 고스란히 받으며 십여 장이나 날아가 바닥을 나뒹굴고 말았다.

"자천반탄마공(紫天反彈魔功)에 고스란히 당했음에도 죽지 않았군. 선천적으로 타고난 생명력은 무황의 것을 제대로 이어받은 모양이야. 흐흐흐!"

암마왕은 손짓으로 쓰러져 있는 단리회천을 가리킨 후 신형을 돌렸다. 더 이상 자신이 손 쓰지 않아도 놔두면 죽겠지만 할 건 확실히 해야 했던 것이다. 다섯 명의 폭혈마마대원이 그의 지시에 몸을 날려 단리회천에게로 다가가 망설임없이 무기를 뽑아 들었다. 자신들이 속해 있는 곳의 소성주이자 이번 전쟁의 총책임자라는 사실을 전혀 모르는 것인지, 아니면 애초에 신경 쓰지 않는 것인지 그들의 움직임은 거침이 없었다.

다섯의 검과 도가 뱀처럼 단리회천의 전신을 헤집고 들어가려는 그때, 걸음을 옮기던 암마왕이 전신을 움찔거리더니 급히 신형을 돌렸다.

"……!"

채채챙!

"크윽……?!"

다섯 명의 무기가 모두 어떤 강력한 충격을 받고 뒤로 팅겨나자마자 뒤이어 다섯의 목이 날카로운 무언가에 의해 잘려지고 말았다. 너무나 갑작스러운 일이었기에 장내의 그 누구도 한순간 아무런 대처도 하지 못했다. 그것은 암마왕도 마찬가지였다.

암마왕이 정신을 차린 것은 바닥에 쓰러져 있던 단리회천이 아무도 없는 공중에 저절로 떠오르는 것을 보고 난 후였다.

'이매망량!'

콰콰콰쾅!

그의 두 눈에서 자광이 번뜩이는 순간 단리회천의 몸은 누군가 이끌어 당긴 것마냥 공중으로 솟아오르자마자 그 자리에서 폭발이 일어났다. 이매망량의 상태에 있는 현어운이 절체절명의 순간에 단리회천을 구한 것이다.

한순간에 팔 장을 솟아올라 나무 위로 올라간 현어운은 순식간에 장내에서 사라져 버렸다. 축 늘어져 있는 단리회천이 허공에서 선을 그리며 날아가는 모습은 현어운의 존재에 대해 알지 못하는 폭혈마마대원들에게 큰 충격을 주었는지, 무리는 삽시간에 웅성거리기 시작했다.

"뭣들 하는 것이냐! 쫓아라!"

암마왕의 외침에 폭혈마마대원들은 다시 원래의 신색을 회복하며 일제히 몸을 날렸다.

"너희 셋과 대주는 이곳에 남거라!"

폭마육성(爆魔六星)이라 해서 암마왕이 평소에 특별히 지켜보던 자들이 있었는데, 그중 셋은 단리회천이 호위조로 세웠다 혈명강시에 의해 모두 죽어버렸고 셋만 남은 상태였다. 그의 명령을 들은 네 사람은 급히 다가와 앞에 부복한다.

"신호탄을 날렸으니 곧 이곳으로 나머지 여의대원인 여의대주와 만위령이 올 것이다. 전쟁에 어떠한 변화를 가져올 수 있는 자들은 미리미리 제거해야 한다. 대주는 내가 뜻하는 바를 잘 알고 있겠지?"

광폭함의 화신이자 마도에서 무력의 상징이라 할 수 있는 폭혈마마대주, 염왕(閻王) 산혼양(珊魂樣)은 마치 미혼약을 먹은 자처럼 혼탁한 눈을 번뜩이며 고개를 끄덕였다.

"창기대주를 반드시 죽이겠습니다."

평소에는 이렇듯 혼탁한 눈빛으로 정상인처럼 보이지 않았지만 싸움에 임하면 지옥의 왕이 되어 미친 듯이 날뛴다는 공포의 대명사이기도 한 그는, 창기대주였던 남궁명욱과 함께 한때 천룡이무(天龍二武)라는 별호로 불리기도 했었다. 그러나 무공적인 면으로 본다면 남궁명욱보다는 산혼양을 더욱 쳐줄 정도로 산혼양의 무공은 대단했다.

암마왕은 산혼양의 서늘한 미소를 보고는 고개를 끄덕였다.

'이매망량이 나타나다니 정말 놀라운 일이군. 직접 처리했다는 말을 곧이곧대로 믿지는 않았지만 정말 이렇게 버젓이 살아 있을 줄이야.'

더구나 그로서는 상상도 하지 못할 정도로 뛰어난 이매망량의 경지였다.

‘우리들 중 누구도 저놈만한 이매망량을 이루지 못했거늘… 대체 그분은 무엇을 생각하고 있단 말인가?’

그러나 분명한 것은 단리회천을 데려간 놈이니 같이 죽여야 할 대상이라는 것이다.

‘그분의 생각이 어떻든… 나에게 걸렸으니 처참히 죽여주마. 이매망량은 이제 존재할 필요가 없다. 무황을 죽인 이후 귀영무흔육살은 더 이상 쓸모없는 존재들이었으니까. 그 당시 일살이 살아 나왔다는 것 자체가 계획에서 어긋난 일이었으니, 이번에는 내가 확실히 처리해주지.’

“하아… 하아……!”

현어운은 혹시나 그들이 따라올 것을 염려하여 무리한 힘을 쓸 수밖에 없었다. 하지만 오랜 시간 이매망량을 유지하다 보니 자객의 수련으로 인내력이 남보다 월등하다고 해도 한계가 나타날 수밖에 없었다. 무엇보다 낙불과 혈명강시를 상대하면서 너무 많은 힘을 쓴 것이 문제였다.

‘죽지 마십시오! 당신이 죽으면… 난 나의 맹세도 지키지 못한 놈이 되질 않습니까?!’

그리고 무엇보다 도착하자마자 들었던 암마왕의 말에 큰 충격을 받을 수밖에 없었다. 그가 신록희의 사람이라는 것은 둘째치고, 무제가 자신의 딸을 차도살인으로 죽이고 단리회천마저 그렇게 했다는 것에 어찌 놀라지 않을 수 있겠는가?!

‘무제는 자식마저 목적을 위해서라면 죽이는 악마인가?!’

그는 주체할 수 없는 분노를 느꼈다. 자신이 사랑하던 사람이 아버지에게 내쳐져 죽임을 당할 뻔했다. 사실을 알게 되니 단리채빈은 신록회가 아니라 무제에 의해 죽은 것 같아 분노를 참을 수가 없었다.

"으으……!"

의식을 잃은 듯했던 단리회천이 미약한 신음 소리를 흘리자 현어운은 굵은 나뭇가지 위에 착지하여 그를 조심스럽게 내려놓았다.

"괜찮습니까? 이렇게 허무하게 죽으면 안 됩니다."

지금은 그마저 단리채빈처럼 슬픈 죽음을 맞이해서는 안 된다는 생각이 머리를 지배했다. 그마저 죽는다면 왠지 또 다시 단리채빈을 보내는 두려움을 받을 것 같았기 때문일지도 몰랐다.

그리고 그의 성격이 비정상적으로 어긋났던 것이 이상하게도 지금은 이해가 되었고, 동정심이 갔다. 그렇게도 자신과 신경전을 벌이고 자신에게 모욕을 주었는데도 말이다.

현어운은 기식이 엄엄한 그의 명문혈에 기를 주입하고 싶었지만 내부가 엉망인지라 어느 정도 안정시킨 다음에 주입하지 않는다면 오히려 해가 될 것을 알고 있었다.

'침술은 하지 못한다. 젠장! 쓸데없는 상처 봉합술만 알면서 무슨 서당개 삼 년이란 말인가?!'

"소성주!"

"형님… 이라 불러라……."

"……?!"

두 눈을 뜬 단리회천은 지금 그 어느 때보다 평온한 눈빛이었지만 현어운은 그것이 마지막을 향하는 최후의 모습임을 알고 있었다.

'회광반조!'

"내 동생은… 그 누구보다 사람을 잘 보지……. 하물며 인생의 반려 자임에야······."

"으음······."

현어운은 눈물이 쏟아지려는 것을 간신히 참을 수 있었다. 그의 말 속에서 단리채빈을 사랑하는 오라버니로서의 마음이 고스란히 담겨 있음을 느꼈기 때문이다.

"내 성격이 비록 모나지만··· 내 동생에게만큼은 누구보다 진심으로 대했다. 그녀가 죽은 이유를 알았을 때··· 그때 느꼈던 분노와 절망을 너는 알겠느냐······? 지금의 내가 그녀와 비슷한 상황으로 죽어가지만··· 지금 나는 오히려 마음이 편하다. 다만 누구보다 행복했어야 할 그녀가··· 제 꿈을 펼치지도 못한 채 꺾인 것이··· 너, 너무나··· 한스럽다······!"

"형님······."

그는 쥐어짜듯 단리회천을 그렇게 불렀다. 처음이라 어색했지만 비장함과 분노가 더욱 앞서 있어 어색함을 지워주었다. 어느새 현어운의 두 눈에서는 눈물이 흐르고 있었다.

"그녀를 위해 우는··· 네가 참으로 고, 고맙다. 앞으로도 그렇게 살아달라면··· 나의 욕심일까······?"

그의 칠공에서 다시 피가 흘러내리기 시작했다. 그가 선천적으로 생명력이 강했기에 이 정도로 오래 견딜 수 있었지, 다른 사람이었다면 암마왕의 그런 공격에 즉사했을 것이다.

"아버지로 인해 어긋났고··· 또 아버지로 인해··· 절망했다. 그리고 아버지에 의해 죽는구나. 그래, 옳지 못하게 살아온 내가··· 이렇게 죽는 것은 당연한 일이겠지······."

현어운은 두 눈을 감았다. 죽기 전에 하는 말만큼 진실된 것이 어디 있겠는가? 그 회한과 후회가 현어운의 마음을 자꾸만 후벼 파고 있었다. 그를 지키지 못했다는 자괴감보다는 또 한 번 단리채빈을 보내 버린 것 같은 미칠 듯한 두려움이 그의 마음을 더 크게 차지하고 있었다.

"널… 자, 자꾸 괴롭히기만 해서 미, 미안했다."

"……."

현어운이 고개를 젓자 일그러진 표정을 하고 있던 단리회천이 희미하게나마 웃는 것 같았다.

그때 갑자기 숨소리가 더욱 거칠어졌고 칠공에서 흐르던 피가 서서히 멈추고 있었다. 누가 보아도 곧 죽으리라는 것을 알 정도로 급박한 모습이었다.

"어, 어운… 무, 무림을 떠나라… 너, 넌 이곳에 있을 만한 사람이… 아니야. 그녀를… 생각해서라도……."

생기가 다 빠져나가자 단리회천은 채 말을 잇지도 못한 채 숨을 멈추고 말았다. 무제의 차남이자 열혼후라 불리며, 좋든 나쁘든 무림에 그 이름을 날리던 단리회천이 전장에서 배신과 함께 허무한 죽음을 맞이한 것이다.

"으윽……."

두 눈을 감은 채 소리없이 울던 현어운은 멀리서 느껴지는 불길한 기운에 이제 자리를 떠나야 함을 알 수 있었다. 단리회천의 시신을 이대로 방치할 수는 없었지만 전쟁이 끝날 때까지 그의 시신을 들고 다니는 것을 불가능했다.

'유인하여 시체를 발견하지 못하게 하자!'

멀리서 암마왕의 기운이 미약하게나마 느껴졌다. 자신의 뒤를 이렇게 빨리 추적할 수 있다는 것에 놀라기도 전에, 그는 하늘 높이 솟아오르는 밝은 불빛을 볼 수 있었다.

"신호탄!"

조금 전에 보았던 신호탄 말고 또 다른 신호탄이 터졌다는 것은 전 유림이 있는 곳에 문제가 생겼다는 것을 의미했다.

'광마가 있음에도 신호탄이 터졌다는 것은… 역시 벽력마군을 이기지는 못했단 말인가?

현어운의 얼굴이 어두워졌다. 이런 정신없는 전쟁은 그로서도 처음이라 대체 무엇이 먼저이고 나중인지 갈피를 잡을 수 없었던 것이다.

'죽은 자는 이미 죽은 자이다! 살아 있는 자에게 먼저 신경을 쓰자!'

그전에 시신을 적들에게 들키지 않으려면 자신이 유인해야 했다.

'방어적인 유인은 하책이다. 공격을 통한 유인은 이매망량이 할 수 있는 특권이다.'

현어운은 초선득에게서 배웠던 것을 떠올리며 순식간에 몸을 날렸다. 경계의 세상으로 사라지는 현어운의 모습이 전과 다르게 비장했다.

第六章

절연세운기

　하지만 저쪽 세상은 경계에 있으려는 우리를 끊임없이 유혹한다. 그 유혹을 이겨내야 하며, 저쪽 세상으로 발을 들여놓았을 때 느껴지는 저쪽 세상의 흡입력과 고통을 이겨낼 수 있어야 한다. 오직 고절한 정신력과 극한의 인내력만이 이를 이겨낼 방법이다. 아마 내가 장풍을 익히기에 최상인 잠력을 지닐 수 있었던 것은 이 수련 때문이 아닐까 생각한다. 초선득이 말한 선례를 간단히 말하자면 유혹을 이기지 못해 저쪽 세상으로 간 자들, 흡입력을 이기지 못해, 혹은 호기심을 이기지 못하여 스스로 들어간 자들, 이들 모두의 결말은 비참했다. 다시는 이쪽 세상으로 돌아오지 못하고 저쪽 세상에서 억겁의 시간 동안 고통을 받으며 살아가야 하니까.

　　전장의 근처에서 대기하고 있던 남궁명욱과 만위령은 애써 평온한 모습을 하고 있었지만 불안한 그들의 마음을 대변하듯 경공술을 시전하는 발이 평소보다 유난히도 빨랐다. 신호탄이 터진 곳에 거의 도달한 두 사람은 더욱 빠르게 이동하여 장내가 보이는 숲 속에 도착할 수 있었다.

　　"……!"

　　두 사람이 멀리서 기척을 느꼈을 때 예상했던 대로 장내에는 두 무리의 전투가 한참 치열하게 이루어지고 있었다.

　　"저자는 낙불이에요!"

　　"……."

　　남궁명욱도 낙불에 대한 정보를 잘 알고 있는지라 한눈에 그가 낙불인 것을 알아차릴 수 있었다. 하지만 낙불도 낙불이거니와 지금 폭혈마마대주를 비롯한 폭마육성의 세 사람과 싸우고 있는 자들은 인간이 아니라 강시라는 것이 더 심각했다.

'금탁이 강시를 제조하다니… 결국 완전한 역천의 길로 들어섰단 말인가, 벽력마군!'

한때의 영웅이 지금은 마웅으로 변해 버렸으니 씁쓸함을 금할 길이 없었다.

"우리 쪽으로 오고 있어요!"

"……!"

낙불이 기척을 느끼지 못하도록 충분한 거리를 두었는데도 낙불의 곁에 서 있던 두 구의 강시가 자신들을 어떻게 알았는지 괴성을 지르며 날아오고 있었다.

남궁명욱은 어떻게 할까 고민했지만 그 고민은 그리 길지 않았다.

"일단 후퇴합시다. 저들을 구하고 싶지만 우리의 임무는 신호탄을 터뜨렸을 것으로 예상되는 소성주님을 먼저 구출하는 것이오."

두 사람은 강시가 예상보다 더욱 빠르게 다가오자 급히 몸을 날렸다. 하지만 두 구의 강시가 이전보다 더욱 빠르게 이동하여 순식간에 거리를 일 장으로 좁혀 버리자 두 사람은 깜짝 놀라며 각자 무기를 꺼내 들 수밖에 없었다.

남궁명욱의 검강이 강시의 목을 노리며 번개처럼 날아가 찔렀고, 만위령 또한 비검을 강시의 두 눈을 향해 날리며 자신은 뒤로 몸을 빼어 안전을 기했다.

까강! 까앙!

끼아아악!

검강을 맞았음에도 몇 걸음 뒤로 물러난 것이 다일 뿐, 오히려 남궁명욱의 손이 얼얼했다. 그리고 만위령의 예리한 비검이 강시의 두 눈을 정확하게 맞혔음에도 아무런 상처도 입히지 못하고 철에 부딪친 듯 쇳소리를 내며 땅에 떨어지고 말았다.

"눈 부위마저 강철처럼 단단하다니……!"

하지만 그런 놀라움도 잠시, 무식하게 앞으로 다가와 공격하는 강시들로 인해 두 사람은 곧장 방어 태세를 취했다.

"저놈들은 누구지? 무림제왕성의 놈들인 것은 알겠는데… 호오, 저 사내놈의 무공이 보통은 넘는구나!"

낙불이 의외의 방해자에게 신경을 쏟을 때 하늘 높이 솟아오르는 신호탄이 있었다.

"오늘 두 번이나 신호탄이 터지는구나, 켈켈켈! 그만큼 무림제왕성 쪽에서 예상 밖의 일을 많이 당하고 있다는 증거이겠지?"

자신이 하고 있는 일이 예상보다 잘 되어가자 낙불은 희희낙락거렸다. 자신이 하고 있는 일을 완수하기만 해도 전쟁에서 이긴 당상이나 마찬가지였기 때문이다.

네 구의 혈명강시가 염마왕을 비롯한 세 사람을 숨 쉴 틈도 없이 몰아붙이자, 결국 그들은 서로 눈빛을 교환한 뒤 강력한 일격으로 혈명강시를 공격했다.

"크윽!"

하지만 세 사람 중 하나가 강시의 방어를 도외시한 공격을 피하지 못하고 심장을 가격당하고 말았다. 연이어 머리가 박살나 버리자 나머지 폭마육성 중 한 사람이 참지 못하고 강시를 향해 날아갔다.

끼에에엑!

"크헉!"

하지만 동료를 죽인 강시를 향해 채 접근하지도 못한 채 두 구의 강시에게 가로막혔고, 곧바로 강철 같은 팔에 가슴이 꿰뚫렸다.

"……!"

염왕 산혼양은 동료가 죽은 것보다 자신이 이렇게 허무하게 패배하며 물러나야 하는 사실에 분노를 참을 수가 없었다. 한낱 강시에 의해 삼십여 년간 쌓아왔던 드높은 자존심이 무너져 버렸다.

'나의 본래 임무만 아니었다면 가만히 있지 않았을 것이다, 낙불!'

"켈켈켈! 폭혈마마대도 별것 아니군. 말만 많은 곳이 무림제왕성이라는 걸 세상은 알아야 할 것이다!"

그때 마침 남궁명욱과 만위령도 강시를 물리치고 후퇴하는 중이었다. 하지만 낙불은 더 이상 두 사람을 쫓지 않고 강시를 불러들였으며, 수하들을 독려해 폭혈마마대원들의 뒤를 쫓도록 했다.

"줄줄이 이어서 모두 쓸어주마. 금탁이 승리하기 위해, 무림제왕성을 무너뜨리기 위해선 이 전쟁에 참여한 무림제왕성의 개들은 모두 죽어야 하느니라."

낙불과 혈명강시 여섯 구의 신형이 선을 그리며 숲 속으로 사라졌다.

"모두 숲 밖으로 나가라!"

"세 명이 한 조가 되어 삼면을 방어하라! 보이지 않는 적에 대해서는 방어가 최선이다!"

숲 속은 한바탕 큰 소요가 일어나고 있었다.

단리회천을 데리고 사라진 기이한 존재를 뒤쫓던 폭혈마마대원들은 흔적을 도무지 찾을 수 없어 추적에 어려움을 겪고 있었는데, 암마왕이 직접 나섬으로써 그 일은 쉬이 해결될 수 있었다.

하지만 얼마 가지 않아 누구도 알아채지 못할 정도로 은밀하게 대원들이 하나하나 사라지는 괴상한 일이 일어나기 시작했다.

암마왕은 흔적도 없이 수하들을 어딘가로 데려가 죽이는 자가 이매망량임을 알고는 한 장소에 가만히 머물기로 했다. 얼마 있지 않아 암마왕은 수하의 혈을 짚어 은밀히 빼내는 이매망량의 존재를 느꼈고, 질풍같이 다가가 단리회천에게 제일 처음 사용했던 자천마안공(紫天魔眼功)을 시전했다.

이매망량을 노리던 자신의 수하가 자천마안공의 영향으로 죽어버렸지만, 그래도 이매망량에게 나름대로 충격을 주었음을 알 수 있었다.

하지만 얼마 지나지 않아 반대편에 있던 수하들 세 명의 목이 갈라지는 것을 기점으로 이매망량의 본격적인 학살이 시작되었다. 몰래 죽이겠다는 생각을 버린 듯 상대의 살인은 노골적이었다.

암마왕은 자신이 이매망량의 기척을 느낀다는 걸 상대가 알아차리고, 오히려 그것을 역이용하여 자신만 피하는 방식으로 수하들을 죽이고 있음에 분노할 수밖에 없었다.

자신도 일정 거리 안이 아니면 느낄 수 없었기 때문에 어쩔 수 없이 그는 후퇴 명령을 내려야만 했다. 나무와 수풀이 우거지지 않은 곳으로 나가야 그나마 이매망량에 대항할 수가 있기 때문이었다.

'이매망량은 전쟁의 귀신이다! 일 대 일에서보다 일 대 다의 싸움에서 그 진정한 가치가 드러난다. 마음만 먹으면 전쟁터에서 혼자 이천 명 이상을 죽일 수 있는 존재가 바로 이매망량!'

자신도 이매망량의 공부를 했었기에 이매망량이 얼마나 대단한 것인지는 잘 알고 있었다. 선택된 자들만이 익힐 수 있다는 이매망량, 자신의 대에서는 모두가 실패하고 말았다. 오직 초선득만이 성공했으며, 그가 진정한 이매망량의 후계자로서 남게 되었다.

그리고 그가 키운 후대를 이을 귀영무혼육살—실질적으로 후대를 위해 키웠다기보다는 무황을 죽이기 위해 키운 것이긴 했지만—중 저자 하나만 남게 되어 본의 아니게 이매망량의 후계자가 된 것이다.

'하지만 지금은 우리의 대망(大望)에 방해물일 뿐이다!'

이제 자황마무강이 아닌 진정한 자신의 절기를 사용해야 할 때가 왔음을 그는 느꼈다. 어차피 자신의 정체를 무제가 알고 있으며, 그가 원하던 대로 단리회천을 죽인 이상 계속 이곳에 남아 있을 필요는 없었다. 금탁의 싸움 다음엔 원하든 원치 않든 신록희와 싸워야 하기 때문에 원래의 곳으로 돌아가야 하는 것이다.

'끝이 다가오고 있군. 흐흐흐……!'

후퇴하는 와중에도 자신의 수하들이 죽어가고 있었지만 암마왕은 전혀 상관하지 않았다. 이매망량이 아무리 대단해도 기적을 느낄 수 있는 자신에게는 큰 위협이 될 수 없었기 때문이다. 더구나 개인의 힘에는 한계가 있어 개인은 결국 큰 흐름에 어쩔 수 없이 휩쓸려 갈 수밖에 없는 것이다.

'너는 개인이고… 난 큰 흐름이다!'

현어운은 암마왕과 폭혈마마대원들이 자신의 의도대로 숲 밖으로 벗어나자 한시름 놓을 수 있었다.

'암마왕, 그도 설마 내가 이렇게 밖으로 몰아내 놓은 후 다른 곳으로 갈 것임은 모르겠지! 나를 느낄 수 있다는 것은 놀랍지만 나와는 상관없는 일이다. 당신과 만나지 않으면 그만이니까 말이야.'

현어운은 암마왕의 무리들이 밖으로 나가자마자 진형을 이루어 자신에게 대항하려는 모습을 보이자 멀리서 피식 웃어줄 뿐이었다.

몸을 돌리기 전, 암마왕의 모습을 뚫어져라 처다본 그는 자신과 그가 처음 만났던 날을 잠시 떠올렸다.

"지켜보겠다."

자신을 묘한 눈빛으로 바라보며 하던 그 말이 기억나자 현어운은 두 주먹을 꽉 쥐었다.

'신록희, 두고 보겠다!'

신호탄이 터진 장소를 떠올린 현어운은 그곳을 향해 얼마간을 더 이동하다 이매망량의 상태에서 벗어났다. 전유림이 있는 곳에는 무황과 대등하게 싸웠다는 전설적인 무인인 벽력마군이 있으니 최대한 힘을 아껴두는 것이 좋았다.

경공술로 한참을 이동하면서 본 광경은 처참하기 그지없었다. 팔과 다리가 잘린 것은 예사요, 온몸이 둔기에 으깨어진 시신도 넘쳐 났다. 피가 시냇물처럼 흐른다는 것이 과장된 묘사가 아니라 실제로 그 말에 어울릴 정도로 바닥은 흥건히 젖어 흐르고 있었고, 그 냄새는 머리를 어지럽게 만들 정도로 지독했다.

아직 죽지 않고 바닥에 쓰러진 채 꿈틀거리며 희미하게 살려달라는 말도 현어운은 생생하게 들을 수 있었다. 하지만 현어운은 자신이 해야 할 일을 알기 때문에 애써 외면할 수밖에 없었다. 어설픈 동정은 위선일 뿐이라는 걸 마음에 재차 새겨 넣었다.

'지옥이다!'

자신은 현세의 지옥에 와 있었다. 모두가 악마로 보이고, 흐르는 피는 불타오르는 유황불 같았다.

두렵지 않았다. 그는 그 누구도 상상하지 못할 정도로 고된 수련을 받은 자였으며, 그 누구보다 절륜한 인내력을 지닌 자였기에 모두 참아낼 수 있었다.

'견딜 수 있다, 현어운! 이 정도는……'

그 자신은 잘 모르지만 그 인내력은 후천적인 것이기도 했으며, 선천적인 것이기도 했다. 만약 선천적인 인내력이 없었다면, 그는 이매망량의 수련을 하면서 순수한 천성을 잃어버리고 전혀 다른 그가 되었을 것이다.

얼마나 달렸을까? 현어운은 사십 장 밖의 대기가 무시무시한 기운으로 요동치는 것을 볼 수 있었다. 핏빛 기운으로 뭉친 것만 같은 대기는 죽음과 살기가 넘실거렸고, 바라만 봐도 사람의 정신을 미치게 만들 광기를 뿜어내고 있었다.

현어운은 차갑게 가라앉은 눈으로 그 대기를 바라보며 더욱 빠르게 경공술을 시전했다. 그곳에 가까워질수록 섬뜩한 기운을 더해가고 있었다.

'본진의 싸움터다!'

현어운은 저토록이나 무시무시한 기운을 뿜어내는 곳이 바로 무림제왕성과 금탁의 본진이 싸우고 있는 전장임을 알았다. 이천 명이 넘는 인원이 무차별적으로 서로를 죽이고 또 죽이고 있는 것이었다.

사방을 울리는 병장기 소리만으로도 내상을 입고 피를 게워내지 않을까 생각될 정도로 소리는 엄청나게 컸다.

'지독하군!'

서로를 맹목적으로 죽이려는 끔찍한 살기가 온몸으로 느껴지자 현어운의 전신에서 자신도 모르게 살기가 뿜어져 나왔고, 두 눈은 더욱 차갑게 가라앉았다.

장내는 엄청난 수의 무사들이 서로에게 무기를 겨누며 죽이고 죽이는 살육을 벌이고 있었다. 누구는 살기 위해, 누구는 살인의 쾌감을 위해, 누구는 소중한 무언가를 지키기 위해, 저마다의 이유를 대며 싸우고 있는 것이다.

하지만 현어운에게 그런 싸움은 아무런 의미도 없었다. 그저 죽고 죽이는 사실 외에 그 어떤 의미를 부여할 수 있겠는가?

'살인에 대체 어떤 의미를 부여한단 말인가?'

문득 저들이 불쌍하다는 생각이 들었다. 저것은 피할 수 없는 무림인들의 삶. 벗어나지 못해 발악하는 저들이 안쓰럽다.

끼에에엑!

"크아악!"

갑자기 전장의 한곳에서 엄청난 피의 소용돌이가 휘몰아치기 시작했다. 진형이 무너지면서 수십에 달하는 무사들이 누군가에 의해 피를 흩뿌리며 바닥에 쓰러졌다. 괴성과 함께 나타난 여섯의 검은 인영이 사방을 날뛰면 그때마다 무림제왕성의 무사들이 너나 할 것 없이 처참한 죽음을 맞이했다.

"강시!"

여섯 구의 혈명강시를 이끄는 낙불과 금탁의 무사들이 내뿜는 무력은 가공할 만한 수준이었다. 특히 혈명강시들은 그야말로 살인을 위해 태어난 병기들로, 그 어떤 날카로운 무기도 소용이 없는 공포스런 존재였다. 그들은 방어가 필요없는 살인 도구로 누가 공격을 하든 말든 상관없이 손을 휘두르고 몸통으로 부딪치며 공격만을 했다. 이렇듯 강시들의 방어를 도외시한 공격에 어느덧 백에 가까운 수의 무사들이 죽어나갔다.

거기에다 낙불 또한 자신의 죽장을 휘두르며 그간 참아온 살심을 마구 뿜어내고 있었으니 단리회천이나 암마왕같이 강력한 지휘자가 없고 대리자들만 있는 지금, 무림제왕성의 전세는 급격히 무너질 수밖에 없었다.

현어운은 그곳에 뛰어들어 죽어나가는 무림제왕성의 무사들을 돕고 싶었지만 여러 가지 이유로 망설여졌다. 무제의 잔혹한 면을 알게 되어 그런 것도 있었지만, 무엇보다도 지금 자신의 임무가 따로 있었기 때문이다.

'가야 한다! 유림이 위험해!'

그는 결국 마음을 결정하고 몸을 돌려 경공술을 시전하려 했다. 그때 현어운의 두 눈에 누군가의 모습이 들어오자 그는 깜짝 놀라고 말았다.

'모 형!'

백의급 무사 한 명과 금의급 무사 두 사람을 주축으로 한 진형은 그동안 뼈저리게 해왔던 훈련을 바탕으로 착실히 금탁의 무사들을 상대해 나가고 있었다. 무사들의 수도 훨씬 많을뿐더러 단결력 또한 굉장히 좋아 처음에는 수월히 적들을 상대해 나갔다.

이 싸움에서 살아남기 위해 낭인무사대원들은 최선을 다하고 있었으며, 그들의 곁에 있는 폭혈마마대의 무사들 이십여 명 또한 이런 그들과 함께하기 위해 자신들도 진을 이루어 적들을 상대해 나갔다.

하지만 어느 순간 금탁의 한 무리에서 십여 명의 인원이 비조처럼 솟아올라 폭혈마마대원들에게 향했고, 뒤이어 두 명의 인영이 공중으로 솟아오르더니 역시 폭혈마마대원들을 향해 날아갔다.

"야랑객(野狼客)과 금왕수(金王手)다!"

누군가 두 사람의 정체를 알아내고는 공포에 찬 목소리로 외쳤다. 금탁의 서열 육위인 야랑객과 칠위인 금왕수의 출현은 그에 필적할 만한 고수가 진영에 현재 없는 무림제왕성 무사들의 평정심을 깨기에 충분했다.

"흔들리지 말고 공격하라! 우리가 할 일은 금탁의 무사들을 죽이는 것이다! 아무리 야랑객과 금왕수라 해도 우리를 이길 수는 없다! 우리는 무림제왕성의 자랑스러운 낭인무사대이다!"

백의급 낭인무사 파산권(破山拳)이 내공을 실어 외치며 직접 금탁의 무리들을 향해 나아가자 이에 힘을 얻은 무사들은 우렁찬 함성을 외치며 그의 뒤를 따랐다. 진을 흐트러뜨리지 않고 질서정연하면서도 힘있게 나아가는 모습에, 그렇지 않아도 수적으로 밀리는 금탁의 무사들은 기세에 밀려 조금씩 뒤로 물러날 수밖에 없었다.

금탁의 무사들을 차례대로 도륙하고 있을 때, 폭혈마마대원의 무사들은 절정고수인 야랑객의 거친 검과 금왕수의 금빛 손, 그리고 십여 명의 청조마인의 합격에 하나둘 무너지고 있었다. 특히 칙칙한 회색빛 검강을 띠는 야랑객의 검은 유난히도 돋보여 허공을 휘두를 때마다 어김없이 한 사람씩 배를 움켜쥐며 쓰러졌다.

한쪽에서는 낭인무사대원들이 세력 전에서 압도적인 승리를 하고 있었고, 근처에서는 폭혈마마대원들이 두 명의 초고수에 의해 속절없이 쓰러지고 있는 정반대의 상황이 벌어지고 있는 것이었다.

　그리고 이들과 삼십 장 정도 떨어진 곳에서는 어느새 나타난 낙불과 혈명강시들의 힘에 더해 압도적인 우세를 점하고 있었다. 혈명강시들의 위력은 그야말로 천번지복인지라 단 여섯 구임에도 전세를 확실히 승기로 이끌어갔다.

　폭혈마마대원 이십여 명이 너무나 허무하게 쓰러지자 야랑객과 금왕수를 비롯한 청조마인들은 지체없이 파산권이 이끄는 낭인무사대원들을 향해 날아갔다. 그 즈음 사방에 흩어져 있던 무림제왕성의 무리와 금탁의 무리들이 합류하기 시작해 전장의 규모는 더욱 커지고 있었다.

　야랑객과 금왕수, 그리고 청조마인들은 두려움이란 전혀 찾아볼 수 없는 모습으로 낭인무사들의 무리 속으로 들어가 저마다의 절기를 뿜어내며 적들을 도륙하기 시작했다.

　"막아라!"

　"크아악!"

　"살려줘!"

　절정고수의 무공은 단연 전장에서 그 빛을 발할 수밖에 없었다. 더구나 이기지 못하면 자신이 죽을 수밖에 없는 이번 전쟁에서 금탁의 두 고수는 누구보다 절실했다.

　파산권과 두 금의급 무사는 저들로 인해 진형이 무너지고 혼전의 양상으로 들어가자 크게 불리해짐을 느꼈고, 결국 방향을 바꾸어 직접 그들과 상대하기 위해 진형 안으로 들어섰다.

　"멈추어라, 금탁의 개들!"

　파산권은 비록 낭인 출신이지만 오랜 세월 무공을 갈고닦아 백의급의 무사로 인정받은 자였다. 결코 만만히 볼 수 없는 무인이었지만 야랑객과 금왕수는 금탁에서 그 서열이 상위에 드는 절정고수였다. 벽력마군이 괜히 그 서열에 앉힌 것이 아니었다.

파산권과 금의급 무사 두 사람이 다가오자 야랑객과 금왕수는 진득한 살기를 뿜어내며 그들에게 공격을 감행했고, 세 사람은 순식간에 수세에 몰릴 수밖에 없었다.

열 명의 청조마인 또한 청조마인들 중에서 고르고 고른 자들이라 그런지, 수적으로 크게 밀리는 혈전에서도 단 하나도 죽지 않고 사방을 날뛰며 청조를 휘두르고 있었다.

파산권과 두 금의급 무사를 따라 진형 안으로 들어오던 모태강을 비롯한 열 명의 은의급 무사는 곧바로 뒤쪽에서 금탁의 무리들이 전세를 읽고 강력한 반격을 가해오자 당황할 수밖에 없었다. 모두가 어떻게 해야 할지 갈팡질팡하고 있을 때 모태강이 돌연 앞으로 나서며 자신의 키만큼이나 거대한 도끼를 하늘로 치켜들며 외쳤다.

"우리는 원래대로 금탁과 상대한다! 결코 물러서지 마라! 우리가 저들을 막으면 진 내부의 적들은 수에 밀릴 수밖에 없을 것이다!"

"나아가라!"

"와아아!"

모태강이 조장으로 있는 동의급 무사 열 명을 주축으로 엄청난 함성이 울려 퍼지자 덩달아 사기가 솟아오른 주위의 무사들은 모태강을 쫓아 앞으로 나아간다. 구심점이 없는 이런 전쟁에서는 통솔력이 있는 자가 나서면 그에 따르는 것이 살 수 있는 방법임을 모두 잘 알고 있었다. 파산권과 금의급 무사가 고수들을 상대하느라 통솔권을 발휘하지 못한다면, 대리인이 이들을 통솔해야 하는 것은 당연한 일이었다. 다른 은의급 무사들도 모태강의 무공을 인정하는지 군말없이 모태강을 좇아 금탁의 무리들을 향해 공격해 나갔다.

부우웅─!

모태강의 거부가 공기마저 숨을 멈출 듯한 힘을 뿜으며 날아가면 금
탁의 무사들은 무기로 막아도 견디지 못하고 두세 사람이 동시에 뒤로
날아가고 말았다. 재수가 없으면 그의 도끼에 머리가 동강나 버렸으며,
그의 발에 차여 피를 뿜어내는 자들도 있었다.

이런 혼전에서 격식을 차리는 무공은 오히려 우스울 뿐, 철저히 살
인을 위한 무공만이 목숨을 구해줄 수 있었다. 그런 점에서 지금 모태
강이 사용하는 무공은 다수를 상대하는 전장에 더할 나위 없이 알맞았
다.

거구와 거부, 그리고 압도적인 힘은 은의급의 무공이라고 보기에는
힘들 정도로 놀라웠다. 주변을 순식간에 장악할 정도로 강력한 그의
분위기를 뿜어내는 지금, 진흙 속에 숨겨진 진주가 드디어 빛을 발하는
순간이라 할 수 있었다.

그의 거침없는 전진에 힘을 얻은 무사들은 금탁의 무사들을 하나하
나 도륙해 나갔고, 금탁의 무사들은 또다시 뒤로 물러날 수밖에 없었
다. 그리고 전장 전체가 서서히 혼전의 양상을 띠어가고 있어 또 다른
고수의 등장을 기다리는 것은 헛된 희망이었다.

그때 금탁 진형의 뒤쪽에서 다섯의 인영이 숫구쳐 올라 앞으로 나오
더니 모태강을 향했다.

"청조마인이다!"

"무림제왕성의 개들을 쳐라!"

"오늘의 승리는 금탁의 것이다! 결코 전세를 바꿀 수는 없다!"

청조마인 다섯이 순식간에 모태강의 전면에 나서며 공격을 감행했

고, 그들의 주위로 힘을 얻은 금탁의 무사들이 나서며 동의급 무사들의 개입을 막았다.

"크흐흐! 좋지! 괴협의 기본은 일 대 다에서 진가가 드러나는 법! 어르신의 도끼를 받아라!"

일 대 오의 치열한 전투가 시작됨과 동시에 주변은 금탁과 무림제왕성의 무리들이 서로를 죽이고 죽이는 혼전이 이루어지고 있었다. 압도적인 무력의 누군가가 없다면 이렇듯 혼전의 양상을 이룰 수밖에 없었다.

그러는 와중에 다른 진영 쪽에 있는 낙불과 혈명강시는 이미 압도적인 승기를 잡고 적들을 도륙하고 있었다. 너무나 압도적인지라 이곳 금탁의 무사들 중에 사상자를 손으로 헤아릴 수 있을 정도였다.

낙불은 어느 정도 여유를 가지고 주변의 전세를 살피다 삼십 장 떨어진 곳에서 야랑객과 금왕수가 적의 진세 속에서 피아를 잊은 듯 살육을 벌이는 모습을 볼 수 있었다.

"켈켈… 좋아, 그렇게 해야지! 응?"

그는 우연히 청조마인 다섯과 싸우는 거구의 사내를 보더니 놀란 눈을 크게 치켜떴다.

"저 움직임은……?!"

어지간히 놀란 듯 손에 쥐고 있던 죽장이 부르르 떨릴 정도였다.

"미숙하기 그지없으나 분명… 분명 혈전마(血戰魔)가 사용하던 박투술이다!"

놀람을 진정시킨 낙불은 잠시 말없이 모태강이 싸우는 양을 지켜보았다. 그들의 싸움이 삼십여 합 정도 흐르자 낙불은 그제야 고개를 끄덕이며 기묘한 미소를 지었다.

"혈전마의 후예가 있었다니 정말 의외군. 그것도 제대로 전승되지 않은 듯한 후예로 말이야! 그 말은 혈전마의 진신무공이 끊겼다는 말이 되겠지. 켈켈켈!"

그의 두 눈에서 살기가 맴돈다. 저 정도의 수준이라면 자신이 상대할 필요도 없었지만 분명 숨겨둔 한 수는 있을 것이라 생각되었다.

"켈켈! 두 마리면 충분할 게다!"

그가 죽장을 들어 모태강을 가리키자 무사들을 무차별적으로 학살하던 강시들 중 두 구가 번개처럼 도약하여 멀리 있는 진형으로 날아갔다.

낙불은 그 모습을 보며 기괴한 미소를 짓는다. 아쉬워하는 모습이 없잖아 있었지만 지금은 호승심보다는 전쟁의 승리가 더욱 중요했다.

"하물며 풋내기처럼 제대로 전승하지 못한 자임에야……."

모태강은 나름대로 여유롭게 그들을 상대하고 있었지만 좀처럼 청조마인들을 물리칠 수 없자 슬슬 열이 뻗쳐 오르기 시작했다.

"흐흐! 이 모 어르신이 청조마인 다섯쯤을 이기지 못하면 괴협이 아니지! 으아아압!"

막 자신의 전신을 향해 사방에서 공격해 오는 다섯의 청조를 보고 모태강은 질풍같이 거대한 도끼를 두 손으로 잡고 제자리에서 회전하기 시작했다.

부우우웅!

싸움에서는 결코 옳지 않은 헛된 움직임이라 할 수 있었지만 이내 상대의 입을 쩍 벌리게 할 만한 놀라운 장면이 벌어졌다. 그다지 빠르지 않은 속도로 회전하고 있었지만, 어느새 그의 주변으로 붉은빛의 기운이 도끼에서 뿜어져 나와 반 장 길이의 원을 생성한 것이다.

그 기운은 모태강이 회전하면서 자리를 이동하면 역시 같이 이동하여 청조마인들을 공격했다.

카카캉!

"크흑!"

두 명의 청조마인은 자신들의 청조가 부서지는 것으로도 모자라 엄청난 충격을 받고 뒤로 일 장이나 튕겨 나가고 말았다. 바닥에 나뒹굴고는 더 이상 움직이지 못하는 모습이 즉사한 모양이었다.

회전을 하던 모태강은 방향을 바꾸어 다른 세 명을 향해 나아갔다. 원을 그리는 붉은빛의 기운이 흉포했지만, 어느새 모태강의 이마에서는 그동안 보이지 않던 땀방울이 비처럼 쏟아지고 있었다.

세 명의 청조마인은 모태강의 위협적인 공격에 두 명의 동료가 죽었음에도 결코 물러나지 않고 부딪쳐 갔다. 그들은 결코 물러섬없이 오로지 돌진과 공격만을 배우고 행하는 자들이었기에 그만큼 두려운 존재로 부각될 수 있었던 것이다 .

카카카캉!

"크허억!"

청조가 부서진 것도 모자라 세 사람의 전신이 붉은빛의 원에 닿자 갈기갈기 찢어지며 피를 뿜어내었다. 실로 패도적이고 잔인한 무공이 아닐 수 없었다.

그때 마침 금왕수가 금의급 고수 한 명과 치열한 접전 중 기회를 잡아 상대의 심장을 가격하여 즉사시키던 참이었다. 곧바로 야랑객에게 합류하려던 그는 우연히 모태강의 엄청난 신위를 보자마자 자신도 모르게 경악성을 내지르며 외쳤다.

"아니, 혈전마의 광폭회회혈부(狂暴回回血斧)!"

하지만 다른 금의급 무사와 함께 야랑객을 공격하던 파산권이 분노에 찬 거친 함성과 함께 자신을 향해 공격해 오자 다시 싸움에 집중할 수밖에 없었다.

"크헉!"

파산권이 빠진 금의급 무사는 야랑객의 적수가 될 수가 없었다. 몇 초 만에 그의 목숨을 빼앗은 야랑객은 스산한 미소를 지으며 금왕수와 파산권의 싸움에 합류했다.

"으윽!"

몇 초 지나지 않아 파산권은 수세에 몰려 정신없이 뒤로 밀려날 수밖에 없었다.

"이제 끝이다, 파산권."

금왕수는 사람 좋은 웃음을 흘리며 금빛으로 빛나는 두 손을 얼굴 앞으로 들어올렸다.

"아! 모 형……!"

현어운은 모태강이 놀라운 신위로 청조마인 다섯을 죽이자 뿌듯한 마음이 들었지만 낙불이 모태강을 향해 혈명강시를 보내자 깜짝 놀라고 말았다.

지체없이 몸을 날리려던 그는 좌측 숲 속에서 갑자기 남궁명욱과 만위령이 나타나자 급히 몸을 멈출 수밖에 없었다.

"대주님?!"

"어운! 소성주님은 어떡하고 여기에 있는 것이냐? 소성주님은? 그리고 흑맥부주님은?"

"우리는 잠시 전장을 살피다 동생을 발견하고 이곳으로 온 거야. 전투를 이끌어야 할 흑맥부주와 소성주는 어디 가고……?"

"대주님! 신호탄이 터진 곳을 보셨습니까? 어서 그곳으로 가야 합니다! 저는 잠시 할 일이 있어 그것을 마치고 따라갈 테니……!"

"그게 무슨 소리야? 자네의 임무는 소성주님을 호위하는 것이야! 첫 번째 터진 신호탄이 소성주님의 것이라 판단했는데, 대체 어떻게 된 일이지? 그곳에는 자네와 소성주님은 없고 낙불과 폭혈마마대주가 싸우고 있을 뿐이었어. 어서 자초지종을 말해!"

"대주님……! 저는 모 형을 도와야 합니다!"

다급한 표정으로 전장을 바라보니 모태강은 어느새 혈명강시와 격전을 벌이고 있었다. 도끼에 적중당하고도 몇 걸음 물러날 뿐, 오히려 더욱 빠르게 가하는 공격으로 다소 당황한 모습이 역력한 모태강이었다.

"그자가 누구인지는 모르나 일단 우리의 임무는 호위와 구출이네! 여의대의 임무 조항을 알고 있지 않나? 동시 임무가 있을 때 한 임무에 실패한 대원은 다른 임무에 가담해야 함을! 호위가 어떻게 되었는지는 나중에 물을 테니, 일단 우리와 함께 광마가 있는 곳으로 가야 해!"

이런 급박한 와중에도 조항을 들먹이며 고지식한 모습을 보이는 남궁명욱의 모습에 현어운은 결국 화를 참아내지 못했다.

"시팔! 임무가 중요한 것도 알지만 일단 구해야 할 사람은 구해야 할 것 아닙니까?! 모 형은 정말 제게 중요한 사람입니다!"

"그럼 유림은? 유림 또한 우리에게도, 누구보다 자네에게도 중요한 지인인 것으로 안다! 그녀를 구출하는 데 다른 사람의 손을 빌리겠다는 말인가? 그럼 자네가 알아서 해! 더 이상 막을 정도로 지금의 상황이 여유롭지 않은 것 같으니 말이야!"

한 치 앞도 파악할 수 없으며 쉽게 인간의 판단력을 흐트러뜨리는 전장에서는 그 무엇보다 잘 짜여진 계획과 질서가 중요함을 남궁명욱은 잘 알고 있었다. 그런데 지금 현어운이 사사로운 감정에 휩싸여 자기 멋대로 행동하려 하자 그도 결국 참지 못하고 소리를 질러 버린 것이다.

"제길!"

현어운은 어떻게 할지 갈피를 잡지 못했다. 지금도 모태강은 혈명강시를 상대로 힘겨운 싸움을 벌이고 있었다. 아직까지는 공격도 가하며 잘 견디고 있는 듯했지만 그가 겪은 바로, 혈명강시는 결코 쉽게 볼 상대가 아니었다. 자신이 가서 도와주어야만 했다.

"소성주님은… 죽었습니다! 저는 그에게 결코 죽지 않게 해주겠다고 오만하게 약속했었죠! 그런데 저 강시들의 출현으로… 그리고 그놈의 배신으로……! 아니, 그런 건 필요없습니다. 제가 부족했음은 부인할 수 없는 것이니까요. 하지만 중요한 것은 또다시 내 곁의 중요한 사람들이 죽게 놔둘 수 없다는 것입니다! 지금 모 형은 위험에 처해 있고, 난 그를 구해주어야 합니다! 대주님, 저는 그를 구해줄 테니 대주님은 제발 유림을 구하러 가주십시오!"

그의 두 눈은 어느새 눈물이 맺혀 있었다. 그 절실함을 읽었음인가? 소성주가 죽었다는 말에 큰 충격과 분노에 휩싸여 있던 남궁명욱은 간신히 냉정을 되찾으며 무겁게 고개를 끄덕였다.

"가라! 죄는 나중에 묻겠다!"

그의 말에 현어운은 아무 말 없이 모태강이 있는 전장으로 신형을 날렸다.

"앗?!"

그때는 놀랍게도 야랑객과 금왕수가 파산권을 죽이고 어느새 모태강을 공격하고 있는 중이었다. 혈명강시 두 구와 야랑객, 금왕수의 합공을 견딜 수 있는 자가 이 전장에서 몇이나 되겠는가? 당연히 모태강은 크게 위험에 처할 수밖에 없었다.

“크흑!”

야랑객의 검에 옆구리를 베인 모태강은 금왕수의 공격을 간신히 피할 수 있었다. 하지만 곧이어 혈명강시 두 구의 팔이 등을 찔러오자 급히 오른쪽으로 몸을 구를 수밖에 없었다. 수치스러운 나려타곤의 수법이었지만, 이런 긴박한 상황에 수치고 뭐고 따질 때가 아니었다.

“크크! 괴협의 위력에 놀라 잘나신 분들이 합공을 하는구나!”

“전쟁에서 합공이니 정당함이니 따위를 따지는 것이 우스운 것이지!”

금왕수는 잔인하게 웃으며 그를 향해 금왕타종수(金王打鐘手)를 시전했다. 엄청난 위력의 경력을 느낄 수 있었지만 모태강은 피할 생각은 없었다.

‘피할 수 있었으면 진작에 피했을 것이다! 가라!’

쾌쾅! 두웅—!

금빛 손과 도끼가 부딪치자 폭음과 종소리가 동시에 울리는 기현상을 일으킨다. 이번 격돌로 내공이 부족한 모태강은 입에서 피를 게워내며 뒤로 물러나고 말았다.

“우욱!”

“모 형! 뒤를!”

멀리서 누군가의 목소리가 들려왔다. 무리하게 무공을 시전한 데에다 이번의 일격으로 체력과 내공이 급격히 무너지기 시작한 모태강은 누구의 목소리인가를 따지기도 전에 본능적으로 몸을 돌려 도끼를 휘둘렀다.

까강!

"으윽?!"

야랑객의 회색 검강을 뿜은 검이 부딪쳤지만 모태강의 도끼는 용케도 견뎌냈다. 그러나 검강에서 흘러온 엄청난 반력에 큰 충격을 받고 또다시 피를 게워내며 뒤로 물러난다.

"안 돼!"

'현 제!'

두 번의 큰 충격으로 인해 흐릿해진 그의 시야로 눈물을 뿌리며 달려오는 현어운이 보였다. 이십 장 정도 떨어진 거리였는데, 어느새 십 장의 거리로 좁혀 있는 것이 분명 자신이 잘못 본 것이리라.

"크으윽!"

등 뒤로 화끈한 무언가가 가슴을 헤집고 들어오는 것 같았다. 그 순간 머리가 멍해지고 두 다리가 후들거렸지만 그는 이 상황에서 자신이 할 수 있는 모든 것을 뿜어내야만 한다고 생각했다. 평생 쓰지 않기를 바라던 그 무공, 그것을 쓸 때가 왔음을 그는 멍한 정신인 와중에서도 본능적으로 느낄 수 있었다.

'혈천마왕세(血天魔王勢)!'

고오오오—!

후들거리며 힘겹게 선 모태강의 손에 힘없이 들려진 도끼에서 주변을 찢어발길 듯한 엄청난 소리가 울려 퍼지자 내공이 약한 수십 명의 무사들이 귀를 막으며 자리에서 쓰러졌다.

끼에에엑!

모태강의 가슴에 손을 박아 넣은 뒤 재차 공격을 하려던 강시마저 마치 지옥의 유부에서나 울려 나올 법한 울림에 공격을 멈추고 주춤거릴 정도였다.

"크흑!"

"이건?!"

듣지도 보지도 못한 기현상에 야랑객과 금왕수도 공격을 멈추고 내공을 끌어올려 소리에 대항해야 했다. 현어운 또한 엄청난 소리에 자리에서 멈추고 귀를 막아야만 했다.

끄아아아아—!

한 생명을 불태운 기운이 도끼를 통해 흘러나오자 전장 전체가 악마의 소리로 장엄함과 두려움을 동시에 맛보아야만 했다.

멀리서 경악에 찬 낙불이 급히 네 구의 강시를 모조리 날려 보내고 있었다.

"아아악!"

"으으윽!"

점차 커지는 악마음에 결국 참지 못하고 비명을 지르며 주저앉는 사람도 속출했다.

"모, 모 형……!"

끼아아악!

두 구의 강시가 악마의 울림에 전신을 부르르 떨다 발작적인 괴성을 지르더니 번개처럼 도약하여 모태강의 가슴과 복부에 손을 박아 넣었다. 그와 동시에 모태강의 손에 들려 있던 도끼가 저절로 솟아오르더니 그의 머리 위로 살짝 떴다. 살짝 뜬 그것은 그리 높게 솟지 못하고 포물선을 그리며 강시의 머리 위로 떨어졌다.

콰콰콰쾅!!

벽력탄이 터졌을 때가 바로 이러했을까? 도끼가 박살이 나며 붉은 기운이 폭발하는가 싶더니 모태강의 전면은 엄청난 기의 폭발로 쑥대밭이 되고 말았다.

너무나 갑작스럽게 폭발하여 강시의 뒤쪽에 있던 무사들은 소리조차 지르지 못한 채 죽음을 맞이할 수밖에 없었다. 십 장 길이의 땅이 강력한 힘에 파헤쳐져 있어 얼마나 강력한 힘이었는지를 짐작케 해주었다.

이 놀라운 사태에 장내의 모두가 숨을 멈출 수밖에 없었다. 이것이 인간의 힘이라는 것을 누가 믿을 수 있겠는가? 더구나 모태강의 앞에 있던 두 강시는 흔적도 남기지 못한 채 사라지고 없었다. 하지만 이 기적 같은 일의 당사자인 모태강은 자리에 쓰러져 엎어진 상태였다.

"이것이… 혈전마의 무공인가……?"

금왕객은 마른침을 삼키며 자신의 눈앞에 벌어진 상황을 어떻게 받아들여야 할지 혼란스러워하고 있었다.

"하지만 죽었다. 위협적인 놈이 죽었으니 더 이상 위협적일 수 없어."

야랑객의 냉혹한 말은 현실을 그대로 말해 주는 것이었다.

"모 형—!!"

그가 쓰러지자 넋을 잃은 듯 바라보고 있던 현어운은 문득 정신을 차리며 순식간에 그를 향해 달려가 모태강의 몸을 일으켰다.

"모 형! 모 형! 죽으면 안 돼요!"

그는 그의 명문혈에 대고 내공을 주입했다. 그의 속이 어떻든 내공을 주입하고 볼 일이었다. 그만큼 그는 지금 절박했다.

"끄으… 현 제… 어떤… 가… 내… 무공……?"

"모 형! 모 형! 으흑……!"

모태강의 두 눈이 급격하게 꺼져 가고 있었다.

"아쉽… 군… 자네랑… 해… 보고 싶은 것… 많았…….."

"모 형! 모 형! 눈을 감지 마세요! 제발!"

"살아… 남게… 부… 디…….."

그가 힘없이 두 눈을 감자 현어운은 하늘을 향해 고개를 들며 미친 듯이 고개를 저었다.

"모 형! 모 형! 으아아아―!"

그는 한 맺힌 절규를 울부짖으며 그의 뻥 뚫린 가슴에 얼굴을 묻는다.

"모 형! 모 형! 우리… 으흑! 같이! 같이 무림을……!"

같은 도끼를 쓰는 두 사람이 후에 같이 무림을 질타하자던 그 말을 끝내 내뱉지 못한다. 또다시 그의 곁에 있던 소중한 사람이 죽었다. 사라져 가던 악몽이 되살아나고, 깊이 가라앉아 있던 슬픔이 떠오른다.

"눈물겨운 장면이군."

야랑객은 비릿하게 웃으며 그를 향해 검을 시전했다. 이런 긴박한 전장에서 저런 모습은 추할 뿐이었다. 때마침 도착한 네 구의 강시는 애초의 방향을 바꾸어 숙연한 분위기로 인해 방심하고 있던 무림제왕성의 무사들을 공격하기 시작했다.

"크허억!"

"아악!"

한 인간의 죽음 따위는 전쟁에서 비일비재한 일이었다. 또다시 죽음이 시작되고 치열한 전투는 시작될 것이다.

"너희의 이름 모두 세상에 남아 영원히 기억되어야 한다!"

"귀영무혼오살!"

"소중한 이들… 이 세상에 이름조차 남기지 못해 너무나 불쌍한 내 친구들……."

"금강불괴인 그의 가슴을 뚫을 수 있는 건… 오직 너의 검뿐이다!"

"그마안!!"

떠오르려는 기억을 애써 거부했다. 기억을 떠올릴 때마다 자신을 자신이 아닌 것처럼 변화시키는 것이 두려웠다.

카캉!

그는 본능적으로 도끼를 휘둘러 야랑객의 검을 쳐내었다. 눈물과 콧물로 뒤범벅인 그의 모습을 비웃고 싶었지만 야랑객은 손에서 느껴지는 놀라운 충격에 실눈으로 그를 노려보았다.

"제법 하는 놈이었군."

하지만 현어운은 그의 말에 대답하지 못하고 무엇이 고통스러운지 얼굴을 찡그린 채 울고 있었다.

"혈전마의 무공으로 인해… 이매망량은 무적의 살수로서 완벽해졌다!"

"제발……! 흐흑!"

"일 대 다, 일 대 일, 그 어떤 싸움에서도 절연세운기는 완벽하다. 하지만 익힐 수 있는 자는 너처럼 한 치의 오차도 없이 힘과 내공, 호흡을 분배할 수 있는 자뿐이지."

"네가 이것을 익히게 될 수 있으리라고는……."

"으흐흐윽……!"

고통에 겨운 울음이 계속되자 야랑객은 얼굴을 찌푸리며 거칠게 검을 날렸다.

"이만 죽어라, 버러지 같이 약한 놈!"

"안 돼!"

멀리서 다가오고 있는 자는 만위령이었다. 현어운의 상태가 이상한 것을 본 만위령이 그를 보호하기 위해 전장에 뛰어든 것이다.

"이것으로 죽일 자는 바로……."

"아아아악—!"

머리가 깨질 듯 아파오자 현어운은 자리에 주저앉고 말았다. 그와 동시에 야랑객의 검이 한 치의 오차도 없이 현어운의 머리를 노렸지만 어느새 날아온 만위령의 비검이 검과 부딪쳤다.

까앙!

"흥! 계집년이!"

적지 않은 반동으로 공격을 멈출 수밖에 없었던 야랑객은 눈살을 찌푸리며 만위령을 향해 날아갔고, 금왕수는 어쩔 수 없다는 표정으로 현어운을 향해 다가갔다.

"내가 너를 죽여주지. 죽음이란 그리 멀지 않거든? 그렇게 슬프면 같이 죽으면 되는 것이란다, 애송이!"

현어운은 머리가 부서질 것만 같던 고통이 서서히 가라앉는 것을 느낄 수 있었다. 그렇지만 자신의 옆에 편히 잠들어 있는 모태강이 두 눈에 들어오자 가슴이 아파왔다. 또 하나의 아픔을 가슴에 안고 살아야 하는 것이다.

'살겠습니다, 모 형! 살아서… 이 전쟁을 끝내야겠지요. 아울러 무림의 전쟁도 끝내서… 나와 모 형 같이 더러운 경우가 없도록 해야겠지요. 그리고 형님의 말대로 무림을 떠나겠습니다!'

그의 마음속에서 전에 없이 진한 살기가 흘러나오고 있었다.

우우웅!

일 장 앞에 선 금왕수는 망설임없이 엎드려 있는 현어운을 향해 금왕타종수를 시전했다. 하지만 그는 그때 그의 옆에 아무렇게나 버려져 있던 한 자루의 검이 심하게 요동치는 것을 보지 못했다. 그의 손에서 일어난 금빛 경력이 현어운의 전신을 으스러뜨리려는 순간,

"……!!"

돌연 금왕수의 손에서 일던 경력은 씻은 듯 사라지고 앞으로 나아가던 손도 멈추어 버렸다.

"끄으……!"

금왕수의 허리가 반으로 갈라지더니 피를 내뿜으며 상체가 바닥에 나뒹군다.

피이잉—!

금왕수의 허리를 반으로 가른 검은 누군가의 조종을 받는지 빠르게 타원형으로 회전하며 하늘로 솟구쳐 오르고 있었다. 붉은빛의 기운이 검에 맺혀 있어 멀리서 본다면 타원형의 강기가 날아가는 것으로 착각할 만했다.

그것뿐만이 아니었다. 현어운의 주위에 있던 십여 자루의 무기가 동시에 부르르 떨더니 공중으로 떴고, 이내 맹렬히 회전하며 붉은 기운을 뿜어내었다. 어떤 무기인지를 가리지 않고 모두가 똑같이 회전함으로써 날카로운 예기를 내뿜는 것이었다.

피이잉!

두 자루의 무기가 미약한 소리를 내며 야랑객을 향해 날아갔다. 그제야 금왕수가 죽은 것을 본 야랑객은 만위령이 날린 비검을 튕겨낸 뒤 자신에게로 날아오는 두 자루의 무기를 향해 검강을 내뿜으며 맞섰다.

"억?!"

회전하는 한 자루의 무기는 돌연 방향을 꺾더니 그의 옆으로 향했고, 나머지 한 자루는 그대로 날아가 야랑객의 검을 소리도 없이 반으로 갈라 버린다. 그가 어찌해 볼 틈도 없이 뒤이어 그의 팔을 갈랐고, 종내는 머리마저 깨끗이 가르고 계속 날아갔다. 옆으로 휜 무기는 다시 방향을 바꾸더니 이미 죽은 야랑객의 허리를 베어버렸고, 다시 방향을 바꾸어 만위령을 향해 날아갔다.

"악?!"

만위령을 벨 것만 같던 무기는 모로 세워져 아슬아슬하게 그녀의 옆을 스치더니, 이내 뒤에서 멍한 표정으로 서 있던 금탁의 두 무사를 깨끗하게 베어버리고는 다시 회선하여 현어운을 향해 날아갔다.

피이잉! 피이잉! 피이잉!

현어운의 주위에서 공중에 뜬 채 회전하고 있던 십여 자루의 무기들이 일제히 살육을 벌이고 있는 강시들과 금탁의 무사들을 향해 날아갔다.

"…믿을 수 없어……!"

회전하는 무기들은 소리도 없이 날아가 앞을 막는 무엇이든 베어 넘기고 있었다. 금탁의 무사들이 그것을 피하면 그대로 따라와 베어버리자 안 되겠다 싶어 아예 공격해 보았지만 그것마저 되지 않았다. 무기로 공격하면 무기를 갈랐고, 장력으로 막으려면 무형의 기운마저 깨끗하게 갈라 버리고는 상대를 잘라 버린다.

한 사람이 저런 기의 운용을 할 수 있다는 것 자체가 믿을 수 없는 일이었다. 열한 자루에 해당하는 무기가 동시에 회전하는 것도 모자라 각기 따로 움직인다. 더구나 자르지 못하는 것도 없었다.

키에에엑!

현어운은 강시들을 향해 몸을 날렸다. 그들과의 거리를 오 장으로 좁힌 그가 다섯 자루의 무기를 날리자 강시들은 그것을 잡기 위해 팔을 내밀었다.

키엑!

"아아!"

"저럴 수가?!"

놀랍게도 어떤 방법을 써도 끄떡없던 그들의 팔이 현어운의 검에 너무나 쉽게 잘려 버렸다. 그들의 팔을 자른 것도 모자라 머리를 반으로 가르고 목을 자른다. 가슴을 자르고 허리를 자르고, 그것도 모자라 다섯 자루의 무기는 강시들을 아예 조각 내려함인지 무릎마저 수 조각으로 잘라 버렸다.

다섯 자루의 회전하는 무기로 인해 네 구의 강시가 너무나 허무하게 사라져 버린 것이다.

"저건 대체……?!"

“만 소저!”

현어운이 낙불을 향해 가는 것을 망연자실한 표정으로 바라보던 만위령은 누군가 자신을 부르자 화들짝 놀라며 뒤를 돌아보았다.

“대주님……!”

“가야 하오. 광마와 조 소저, 유림이 있는 곳으로 어서 갑시다. 이곳은 어운에게 맡기고 우리의 할 일을 하러 갑시다!”

“…….”

만위령은 고개를 끄덕이며 그와 함께 몸을 날렸다. 순식간에 고수 두 사람을 죽이고 강시 네 구를 산산조각 내어버린 현어운의 신위가 그녀의 뇌리에 너무나 강력하게 자리잡았기에 그녀는 다시 한 번 고개를 돌려 현어운을 바라보았다.

그의 주위에 뜬 채 회전하는 무기가 스산하다. 그것은 어느새 사방으로 날아가며 금탁의 무사들을 무차별적으로 가르고 있었다. 강시가 무림제왕성의 무사들을 그렇게 한 것처럼, 현어운이 이번에는 금탁의 무사들을 도륙하고 있는 것이다.

“이노옴!”

분노와 당혹스러움을 금치 못한 낙불은 노호성을 지르며 현어운을 향해 죽장을 날렸다. 상상하기 힘들 정도로 엄청난 경력을 뿜으며 날아가는 죽장은 이기어검술에 버금가는 놀라운 수법이었지만, 그런 죽장을 향해 어김없이 현어운의 세 자루 무기가 회전을 하며 날아갔다. 그리고 어느새 현어운은 이매망량으로 돌아가 사라지고 없었다.

카카캉! 카카캉!

“으음!”

두 자루의 무기가 죽장의 경력을 이기지 못하고 뒤로 팅겼지만 마지막 무기에 의해 너무나 쉽게 잘리고 말았다.

피이이잉!

회전하는 무기는 순간 속도가 느려지나 싶었지만 이내 더욱 빠르게 회전하여 낙불을 향해 날아갔다.

"하앗!"

위기를 느낀 그는 두 손을 합장했다가 떼었다.

우우우우웅!!

허공을 뒤덮는 거대한 손에는 마치 부처의 손과 같이 범접하기 힘든 힘이 서려 있었다. 그의 숨겨진 비기라 할 수 있는 불가의 무공, 합장보리수(合掌菩提手)였다.

합장보리수에 부딪친 무기는 너무나 허무하게 박살나 버렸지만 낙불은 오히려 이상함을 느끼고 급히 몸을 회전시키려 했다. 그러나 그는 그렇게 할 수 없었다.

"으윽……!"

가슴 밖으로 뿜어져 나온 검을 내려다본 낙불은 뒤이어 또 다른 검이 자신의 목을 꿰뚫고 나오는 것을 느꼈다. 그의 뒤에는 차갑게 가라앉은 살수의 눈을 한 현어운이 있었다.

"지옥에서도 잊지 마라, 이매망량을."

하지만 낙불은 그 말을 채 듣지도 못하고 차가운 시신이 되어 바닥에 쓰러지고 말았다.

낙불이 쓰러지자 전황은 급변하기 시작했다. 강시마저 조각나 버리고 그들을 이끌던 야랑객과 금왕수도 죽은 지금, 무림제왕성 쪽의 무사들은 사기가 솟아오를 대로 오를 수밖에 없었고 지휘자를 잃은 금탁의 사기는 땅에 떨어졌다.

금탁의 무사들을 죽이려던 현어운은 때마침 암마왕이 나타나자 지체하지 않고 급히 이매망량으로 돌아갔다. 그의 손에 들려 있던 검이 회전하며 공중에 떴지만 그 누구도 그 무기를 보지 못했다. 그만큼 현어운이 소모해야 하는 힘은 엄청났지만 그는 전혀 신경 쓰지 않았다. 그가 죽이고자 하는 자를 죽이기 위해서라면 그쯤은 충분히 참을 수 있었던 것이다. 그는 암마왕을 향해 조심스럽게, 그리고 빠르게 다가갔다.

“이게 대체……?!”

장내의 상황은 누가 봐도 명백했다. 금탁이 패하고 무림제왕성이 승리해 가고 있는 중이었던 것이다.

“야랑객과 금왕수가 죽고… 낙불마저……?!”

암마왕은 강시들을 찾았지만 보이지 않자 의아해할 수밖에 없었다.

“대체 어찌 된 일인가?!”

암마왕은 사람을 부르려다 돌연 불길한 예감에 몸을 부르르 떨다 급히 몸을 숙였다.

“크아아악!”

그의 곁에 있던 다섯 명의 대원이 돌연 피를 뿜으며 몸의 한두 군데가 갈라졌다.

피이잉—!

그제야 암마왕은 어떤 파공성을 들을 수 있었고, 그것이 이매망량의 짓임을 알았다.

“설마?!”

암마왕은 머리 속을 스쳐 지나가는 불길한 생각에 놀라워하다 파공성을 내는 존재가 자신을 향해 날아오자 급히 몸을 날려 피했다. 하지만 그것은 너무나 자연스럽게 회선하여 암마왕을 노렸다.

'절연세운기! 혈전마의 진신무공이자… 이매망량의 역사 동안 아무도 익히지 못한 무공!'

"하앗!"

콰콰쾅!

땅에 착지하자마자 자신을 향해 날아오는 보이지 않는 무기를 향해 자천마안공을 시전했다.

'제길! 뚫렸다!'

어느새 자신의 지척까지 다가온 것을 느낀 그는 몸을 급히 위로 솟구쳤다. 그런 와중에도 자신이 거느리는 폭혈마마대원들이 보이지도 않는 무언가에 의해 속절없이 잘리며 죽어가고 있었다.

"이노옴!"

자신의 뒤쪽에서 이매망량의 존재가 느껴지자 암마왕은 몸을 놀릴 수 없는 상황에서도 결코 당황하지 않았다. 허공에서 그의 몸이 순간 멈추는가 싶더니 몇 걸음 빠르게 걷는다.

'…허공답보?!'

그야말로 말로만 전해지고 있을 리가 없다고 알려진 허공답보가 암마왕에 의해서 펼쳐진 것이다.

"하앗!"

현어운이 놀라 움직임을 멈춘 사이, 허공에 떠 있던 암마왕은 현어운이 있는 곳을 정확히 지적하여 쌍장을 내밀었다. 그의 비기 중에 하나인 암전포혼력(暗全捕魂力)이었다.

'크흑!'

현어운은 자신의 몸을 옭죄는 엄청난 힘에 더 이상 몸을 움직이지 못했다. 상대의 움직임을 순식간에 제어할 수 있는 기이한 무공이 있다는 것을 그는 직접 당하고서야 처음 알았다.

"흐흐흐! 이 수법은 내공이 많이 소모되어 쓰지 않으려 했건만… 모두 네놈이 자초한 일이다! 네놈의 얼굴이나 보아야겠구나!"

콰아앙!

자천마안공이 다시 시전되자 현어운이 있던 곳이 폭발한다.

"으으윽!"

현어운은 피를 뿜으며 고통스러워했지만 자신의 온몸을 여전히 옭죄는 힘 때문에 빠져나가질 못하고 결국 이매망량을 풀 수밖에 없었다.

"현어운! 크흐흐흐! 설마 했는데… 네놈이 귀영무혼일살이었구나!"

"날… 귀영무혼살의 존재를… 안단… 말이냐?"

"물론이지! 널 아는 다섯 중의 하나라 할 수 있지. 네놈이 죽인 만독색신과 함께… 귀영무혼육살을 아는 자는 모두 다섯이다!"

"네, 네놈들이… 으윽!"

현어운은 그들이 바로 자신과 초선득을 죽이기 위해 왔던 자들임을 알 수 있었다. 토사구팽하여 자신과 초선득을 죽이려 했으며, 자신만 간신히 살아남았었다.

"크큭큭! 아주 복잡한 일이기 때문에 굳이 네놈이 다 알 필요는 없다. 요지는… 네놈이 죽어주기만 하면 된다는 것이다. 헉!"

암마왕은 현어운의 모습이 갑자기 사라짐과 동시에 자신의 손에서 느껴지던 그의 느낌마저 사라지자 깜짝 놀라고 말았다. 하지만 그런 놀라움에 대처하기도 전에 자신의 뒤에서 무언가 날아오는 것을 느끼고는 공중에서 더욱 위로 몸을 솟구쳤다.

"이럴 수가?!"

　이쪽 세상과 저쪽 세상의 경계에 서 있던 현어운은 아예 저쪽 세상의 경계로 몇 발자국 들어간 것이다. 낙불과 혈명강시를 상대할 때보다 더욱 저쪽 세상으로 깊게 들어간 현어운은 온몸이 터질 것만 같은 고통과 함께 저쪽 세상에서 자신을 강하게 흡입하려는 알 수 없는 힘, 그리고 본능적으로 일어나는 미지의 세계에 대한 두려움에 맞서야 했다.

　"미친놈! 아예 귀신이 되려고 작정했구나!"

　그도 예전에 이매망량의 수련을 했기에 현어운의 지금 상태가 무엇인지를 잘 알고 있었던 것이다. 이제는 그가 아예 느껴지지 않자 암마왕의 눈빛은 절망에 빠져 버렸다.

　"크헉!"

　어느새 무기가 암마왕의 한 팔을 가르고 다른 팔마저 가른다.

　"으으……! 어, 언제……?!"

　'자천반탄마공(紫天反彈魔功)!'

　암마왕은 크게 당황하며 자천반탄마공을 시전했다. 그 어떤 공격도 모두 배의 위력을 더해 팅겨내 버린다는 역천의 마공! 단리회천이 최후의 일격으로 시전했던 태극소염지도 이 자천반탄마공으로 인해 무용지물이 되어버리고 목숨을 잃게 되었을 정도였다.

　"끄윽……!"

　그의 가슴이 날카로운 무언가에 의해 깊숙이 파이며 피를 뿜어낸다. 그리고 뒤이어 심장에도 구멍이 났다. 자천반탄마공도 절연세운기 앞에서 너무나 허무하게 무너지고 만 것이다.

　"하아… 하아……!"

　"끄으… 미, 미친놈……!"

창백한 안색으로 입가에 피를 흘리고 있는 현어운의 모습이 드러나자 암마왕은 그를 비웃으려 했지만 고통과 함께 급격히 꺼져 가는 생명으로 인해 그럴 수 없었다.

"과연… 이매망… 하나… 그런… 수법… 몇 번만……."

"몇 번만 더 하면 다시는 이 세상으로 돌아올 수 없다고 말하고 싶겠지. 하나 그건 내 일이니 걱정할 필요 없다."

현어운은 손에 든 검을 휘둘러 암마왕의 목을 베어버렸다. 장내의 상황은 거의 정리되어 가고 있었는데, 현어운이 이번 전투의 실질적인 총책임자라 할 수 있는 암마왕을 죽이자 혼란이 일어날 수밖에 없었다.

"강시와 낙불을 죽인 자가 암마왕도 죽였어!"

"저자는 여의대원인데……!"

현어운은 이들의 반응에도 아무런 동요를 보이지 않았다. 그저 차가운 눈으로 금탁의 무사들을 살펴볼 뿐이었다.

"이 전쟁을 완전히 끝내고… 무림에 일고 있는 전쟁 자체도 완전히 끝내주마!"

현어운의 주위로 다시 십여 자루의 무기가 공중으로 솟아오르자 금탁의 무사들은 완전히 전의를 상실하고 말았다. 같은 편의 지휘자, 그것도 마도의 절대자라 할 수 있는 암마왕마저 아무렇지도 않게 죽이는 자를 상대로 싸움이 이루어질 수 있을 리가 없었다.

"무, 물러나라!"

"후퇴해!"

무림제왕성의 무사들도 더 이상 저들과 싸우려는 의지가 없어 보였다. 이미 승기는 고수들의 연이은 죽음으로 무림제왕성으로 돌아와 있었고, 금탁의 무사들은 두려움으로 도망치고 있었기 때문이다.

"멈춰라, 버러지 같은 촌놈!"

현어운은 그들의 뒤를 쫓아가려 했으나 자신의 앞을 막는 사람들로 인해 멈출 수밖에 없었다. 상대는 바로 폭혈마마대원의 대표자이자 이들 중 가장 강한 무인인 염왕 산혼양과 그의 수하들이었다.

"네놈이 감히 암마왕님을 죽여놓고도 살기를 바라느냐?"

분명 현어운의 믿기지 않는 무공을 보았을 텐데도 그는 전혀 두려워하지 않았다.

'많이 맡아본 냄새가 저자에게서 난다!'

현어운은 그 냄새의 정체를 떠올리고는 눈살을 찌푸렸지만 이내 싸늘한 미소를 지었다.

"너는 누구를 따랐느냐? 암마왕 자체를 따랐던 것이냐, 그렇지 않으면 신록회의 첩자인 암마왕을 따랐던 것이냐?"

"무슨 헛소리를 지껄이는 것이지? 네놈이 감히 마도의 절대자를 신록회의 첩자로 취급하다니… 미쳐도 단단히 미쳤군! 남궁명욱의 밑에 있다 보니 머리가 굳었나 보지? 널 배신으로 간주하고 척살하겠다!"

"쓸데없는 이야기는 하기 싫군. 이러는 와중에도 후에 전쟁의 빌미를 줄 수 있는 잔여 세력이 도망가고 있다. 모조리 죽이지 않으면 또다시 전쟁이 벌어질 거야. 자꾸 막는다면… 너도 죽이겠다."

차가운 눈은 더 이상 예전의 현어운이 아니었다.

"…어디 한번 그 대단한 솜씨를 겪어보지."

이십여 명의 폭혈마마대원과 산혼양이 그의 주위를 둘러싸자 현어운은 결코 망설이지 않았다. 망설임이 또 다른 죽음을 만들고 슬픔을 만들 것이다.

'유림……!'

그는 자신의 곁에 있는 소중한 친인인 전유림을 떠올렸다. 이제 그녀가 유일하게 자신과 가장 가까운 사람이었다.

'너마저 죽으면 난……!'

"모두 비켜라!"

현어운은 그들을 향해 번개처럼 다가갔다. 다섯 명이 동시에 그를 향해 검을 내밀자 현어운은 거침없이 초섬유성수의 묘리를 담아 검을 휘둘렀다. 짙은 검강이 보이지 않을 정도로 빠르게 그들의 검에 닿자 검은 너무나 깨끗하게 잘려 버렸고, 그것도 모자라 다섯의 목도 동시에 베어버렸다.

"크헉!"

그와 동시에 그의 양옆으로 세 명씩 모두 여섯 명의 무사가 합공을 시전했다. 전방과 후방의 퇴로마저 완벽히 막은 공격이었지만 현어운은 좌측으로 검을 아무렇게나 던져 버리고는 허공으로 몸을 솟구쳤다.

피이잉!

가벼운 파공성과 함께 검은 돌연 세차게 회전하더니 이리저리 방향을 바꾸며 세 사람의 시선을 괴롭혔고, 이내 그들의 무기를 비롯하여 팔다리를 가르고 목마저 갈라 버렸다.

"크헉!"

허공에 뜬 현어운은 이내 이매망량으로 들어가 버렸고, 세 사람을 죽인 검은 바닥에 떨어져 버렸다.

"……!"

그가 사라지자 산혼양은 입술을 깨물며 품속에서 무언가를 꺼내었지만 손 안으로 쥐고 있어 누구도 이를 볼 수 없었다.

"재미있군. 너에게서 익숙한 냄새가 난다고 했었어."

“헉?!”

산혼양의 뒤에서 현어운의 목소리가 나자 대경하며 뒤로 도는 순간 이미 상황은 끝나 있었다. 산혼양의 목이 검에 꿰뚫림과 동시에 무언가를 쥐고 있던 손목이 잘려 나간 것이다.

“끄르르……!”

“혹시나 했었지. 이걸 가지고 있는 걸 보니 너도 신록희의 첩자였나 보지?”

모습을 드러낸 현어운은 차가운 표정으로 굳어버린 산혼양의 손가락을 펴 그 속에 있던 작은 환약 크기의 벽력탄을 꺼내었다. 그것을 품 속에 집어넣은 그는 자신들의 수장이 죽자 더욱 분개하며 공격해 오는 자들을 바라보았다.

그의 주위에 버려져 있는 다섯 자루의 무기가 공중으로 솟아올랐다. 전쟁터에서라면 무기를 걱정할 필요도 없으니 다수를 상대하기에는 최고인 무공이라 할 만했다.

‘어차피 너희들도 나의 편은 아니야. 무제는 우리 편이 아니라… 타인일 뿐이다.’

현어운의 주변에 있던 무기들이 일제히 사방으로 날아갔다. 무엇이든 잘라 버리고 마는 예리함의 극을 이룬 무공인 절연세운기. 그 압도적인 무공 앞에 폭혈마마대원들은 공격조차 제대로 해보지도 못하고 죽어나갔다.

“크악!”

마지막 한 명의 목이 갈라지고 사지가 갈라져 버리자 현어운은 다시 가슴이 아파왔다.

‘지금의 나는… 내가 그토록이나 증오하고 피하던 살인자들과 뭐가

다른가? 나 역시 위선자였나!'

그러나 괴로운 생각과는 달리 시종일관 차가운 표정을 한 현어운은 앞으로 몸을 날렸다. 위험에서 아직 벗어나지 못했을지도 모르는 전유림과 일행을 구해야 했기 때문이다. 그가 다가오자 무림제왕성의 무사들이 일제히 길을 비켜주었다. 그의 차가운 표정이 마치 자신들마저 죽은 저자들처럼 만들 것만 같았다.

현어운의 신형이 이 세상에서 사라진다.

第七章
퍼즐과 함께 울다

우리는 신화라 불리던 그를 어떻게 죽일 수 있었을까? 지금 생각해도 이해가 되지 않는다. 기적이었을까, 아니면 그만큼 이매망량이 대단한 것이었을까? 난 잃어버렸던 기억들 중 절연세운기의 기억을 떠올림과 동시에 엄청난 두려움과 슬픔을 얻게 되었다. 무황… 내가 죽인 상대가 무황이었음을 알았기 때문이다. 난 내 아내의 조부를 죽이게 된 셈이었다. 아아! 하늘이여… 패륜을 자행하게 되어버린 나의 죄를 용서할 수 있겠나이까? 나는 이렇게 속죄하는 마음으로 이제 그 당시의 일을 적으려 합니다. 지금 나는 두려움에 손이 떨리고, 아직도 아내를 속이고 있다는 죄책감에 가슴이 찢어집니다.

치열한 생사투를 벌이던 벽력마군과 광마는 그 자리에서 사라져 버린 지 오래였으며, 전유림과 조선영만이 네 구의 강시를 구경꾼으로 둔 채 패련도와 싸우고 있을 뿐이었다.

패련도의 압도적인 무공에 두 사람은 방어에만 급급할 뿐이었으며, 간간이 전유림이 뿜어내는 장풍이 위험한 상황을 모면하게 해주었다.

그러던 중 남궁명욱과 만위령이 등장하자 상황이 쉽게 종결되나 싶었지만 패련도는 망설임없이 한 구의 강시를 움직이게 하여 남궁명욱과 만위령을 상대하도록 했다.

"빌어먹을! 강시를 쓰면 내가 뭐라고 했었지?"

패련도의 무시무시한 도법에 정신없이 밀려나면서도 전유림은 할 말을 빼먹지 않았다.

"그건 너희 두 계집과의 싸움에서만이었다. 새로운 방해자는 거치적

거릴 뿐이야. 하앗!"

패련도의 도가 이전보다 더욱 강력한 위력을 담으며 펼쳐지자 두 사람이 피할 곳은 아예 존재하지도 않게 되어버렸다. 뒤로 물러나기에는 그의 공격이 너무나 빨랐는지라 어쩔 수 없이 맞부딪칠 수밖에 없었다.

"하앗!"

조선영은 검과 함께 자신의 몸을 거칠게 회전시켰다. 패련도의 도강이 자신의 전신을 덮치자 그녀의 검은 아주 빠른 속도로 자신을 위협하는 도강들을 하나하나 부딪쳐 가며 상쇄시켰지만, 그럴수록 조선영의 몸은 점점 지쳐 갔다.

콰앙! 콰앙!

전유림 또한 연달아 장풍을 시전했음에도 패련도의 도세를 어느 정도 약화시키는 것만이 다였다.

"강하긴 더럽게 강하네! 하앗!"

몸을 뒤로 뒹굴며 간신히 도강의 물결을 피한 전유림은 조선영의 전신이 도에 베인 채 헐떡이고 있는 모습을 볼 수 있었다.

"방법이 없어? 난 지금 밑천이 다 드러났단 말이야!"

"하아… 하아… 확실하지도 않은 밑천을 함부로 썼다간… 둘 다 죽을 수도 있어요."

"그래도 해볼 건 해봐야 하지 않겠어?"

"아니, 그럴 필요 없어."

"……?!"

두 여인의 뒤에서 누군가의 목소리가 들려오자 두 사람은 대경하며 신형을 뒤로 돌려 방어 자세를 취했다. 하지만 아무도 보이지 않자 전유림은 이내 상황을 파악할 수 있었다.

“너……?!”

이매망량이 되어 있는 현어운은 아직 전유림이 살아 있음을 내심 감사해하며 죽은 듯 서 있은 세 구의 혈명강시를 향해 자신의 검을 날렸다.

소리도 없이 혈명강시들의 전신이 조각나 버리자 이상한 기색을 느낀 패련도는 급히 고개를 돌려 보았다.

“……?!”

그에 그치지 않고 남궁명욱과 만위령을 위협하던 혈명강시도 곧이어 머리와 목을 시작해서 전신이 조각나며 바닥에 허무하게 나뒹굴고 말자 패련도의 표정이 급격히 굳어버렸다.

“이거… 전혀 보이지 않는 절대고수가 나타났군.”

패련도는 잠시 아무 말 없이 주변의 기척을 느껴보았지만 전혀 느껴지지 않자 오히려 비릿한 웃음을 지었다.

“모습을 보이지 않으면 싸울 수가 없나 보지?”

“난 무인이 아니라 자객이니까.”

패련도는 자신의 바로 옆에서 사내의 목소리가 들려오자 번개처럼 그쪽을 향해 도를 휘둘렀다. 아무것도 베어지지 않았지만 이미 예측한 듯 패련도는 번개처럼 방향을 바꾸어 두 여인을 향하더니 그대로 도를 던졌다.

그의 절초인 경혼패련비(驚魂覇聯飛)가 펼쳐지며 두 여인을 향해 내려치듯 도가 날아갔다. 아무런 기운도 담겨 있지 않은 듯 밋밋한 모습이었지만 무엇보다 빨랐고, 그 속에 담긴 힘이 평범하지 않음을 두 여인은 알 수 있었다. 그러나 너무나 갑작스런 기습이었는지라 대항하지 못하고 그저 바라볼 수밖에 없었다.

“크헉!”

카카카캉!

패련도의 왼쪽 팔이 통째로 잘리며 피를 뿜었고, 그와 동시에 날아가던 도가 어떤 힘에 의해 날카로운 소리를 내며 저항하더니 결국 땅에 떨어지고 말았다.

“크으… 경혼패련비를 막다니 놀라운 놈이군. 후후!”

모습을 드러낸 현어운은 방금의 일격이 아무렇지도 않았는지 태연한 표정이었다.

피이잉!

“……!”

패련도는 자신의 뒤에서 갑자기 들려오는 파공음에 깜짝 놀라며 뒤로 몸을 돌렸다.

“켁?!”

하지만 수중에 무기가 없는 패련도는 막을 생각조차 하지 못한 채 회전하는 검에 가슴이 갈라져 버렸고, 패련도는 짧디짧은 신음성을 끝으로 죽음을 맞이하게 되었다.

너무나 압도적인 현어운의 무공에 놀란 것은 물론이거니와 전쟁을 시작하기 전과 너무나 달라져 버린 분위기에 놀라고만 일행이었다.

“어운, 너…….”

네 사람이 현어운의 근처로 모였지만 모두가 아직 현재의 상황을 실감하지 못하고 있는 모습이었다. 결국 말을 먼저 꺼낸 것은 현어운이었다.

“이제… 끝입니까, 대주님?”

“글쎄…….”

전장의 전체를 보지 못했기에 확신할 수는 없었지만 조금 전 현어운이 야랑객과 금왕수를 죽이는 수법, 그리고 지금 패련도를 이렇듯 쉽게 무너뜨린 무공을 보건대 전쟁은 거의 끝이 난 듯했다.

'광마와 현어운……. 성주님은 과연 이들 둘을 위해 여의대를 구성한 것이었나?'

하지만 현어운의 이렇듯 갑작스런 무공의 상승과 변화는 그로서도 이해하기 힘든 부분이 있었다.

서로가 아무 말도 못한 채 가만히 자리에 서 있었다. 너무나 거대한 전투를 치르며 죽을 고비를 몇 번이나 넘겼는지도 모른다. 하루 만에 인생의 모든 것을 겪어버린 것인 양 온몸이 지쳐 버려 쉬고 싶은 마음이 굴뚝같았다.

"광마가……?"

만위령의 손을 따라 모두의 시선이 돌아갔다. 멀리서 광마가 이곳으로 오고 있는 것이 보였다. 절뚝거리며 오고 있는 모습을 보니 부상이 작지 않은 듯했지만 어느 누구도 그를 향해 다가가려는 사람은 없었다. 광마에 대한 거부감은 처음에도 그랬으며, 지금도 그랬으니까 어쩔 수 없는 일이었다.

그가 일행 쪽으로 당도했을 때 보인 그의 모습은 참으로 끔찍했다. 한쪽 팔이 완전 꺾여 있었고, 전신은 무언가에 타버린 듯 새카맣게 그슬려 있었다. 칠공에서 흘러내린 핏자국이 말라붙어 있어 얼마나 치열한 싸움을 벌였는지 알 만했다.

"벽력마군은?"

"큭큭… 글쎄……."

"져놓고 일부러 이긴 척하려는 거 맞지?"

전유림의 말에 광마는 크고 섬뜩한 두 눈을 돌려 그녀를, 아니, 정확히는 현어운을 바라보았다.

"난 거짓말은 하지 않는다. 그놈은 나보다 더욱 큰 내상을 입고 도주했다. 큭큭, 어떤가, 애송이? 엄청난 피를 손에 묻힌 기분이?"

"……."

광마는 현어운의 몸에서 풍겨오는 지독한 피와 죽음의 냄새를 알아채고 말했지만 현어운은 아무 대답도 하지 않았다.

문득 고개를 든 현어운은 남궁명욱을 바라보며 말했다.

"모두가 끝난 것 같으니… 아까 그곳에 다시 가봐도 되겠습니까?"

"굳이 지금의 상황에서 내게 허락을 얻을 필요는 없어. 내키는 대로 하게."

현어운은 고개를 끄덕이고는 신형을 날렸다. 그러자 전유림도 말없이 그의 뒤를 따랐고, 만위령도 잠시 주저하더니 이내 뒤를 따랐다.

"같이 가주어야 하는 건가요?"

"꼭 그런 것은 아니지만… 친구의 죽음으로 많이 슬퍼 보이니 위로해 주는 것도 동료의 도리가 아니겠소?"

"……."

남궁명욱이 신형을 날리자 조선영도 그의 뒤를 따라 신형을 날렸다. 석상처럼 제자리에 가만히 서 있던 광마도 검을 등에 멘 뒤 절뚝거리며 걸음을 옮겼다.

모태강이 죽은 언덕 위로 올라가 그의 시신을 수습한 현어운은 아무 말 없이 그의 앞에 무릎을 꿇고 앉아 있었다. 그런 숙연함과는 대조적으로 무림제왕성의 무사들은 주변에서 팽호의 지시 아래 시체들을 처리하느라 분주했다.

"내가 자네에게 임무를 말하며 시간을 지체한 것에 대해서는 사과하네……."

남궁명욱은 편치 않은 표정으로 말했다. 따지고 보면 자신으로 인해 현어운이 모태강을 지키지 못한 것일 수도 있었으니까. 하지만 현어운은 고개를 저었다.

"아닙니다. 대주님은… 그 누구보다 자신의 역할에 충실하신 분입니다. 오히려 제가… 제 자신이 해야 할 일에 충실하지 못해 부끄러울 뿐이군요."

"자네는 전쟁을 승리로 이끌었어. 그것은 자네의 역할에 충실했기 때문이야."

"여의대주님!"

그때 뒤에서 팽호가 분기에 찬 얼굴로 다가왔다.

"현어운은 소성주님의 신변을 제대로 지키지 못하였습니다. 방금 소성주님의 시신을 찾아 옮겨놓았는데… 저자가 제대로 임무를 했다면 죽지 않았을 것입니다! 더구나 그는 암마왕과 폭혈마마대주마저 죽였습니다! 대체 어떻게 하실 겁니까?"

"암마왕과 폭혈마마대주를 죽여……?"

남궁명욱도 처음 듣는 사실에 대경하며 현어운의 뒷모습을 바라보았다.

"이봐, 대주. 어운이 죽였으면 그건 그놈들이 죽을 만한 놈들이었기 때문일 거야. 대주는 어운이 어떤 사람인지 아직도 몰라? 그래서 의심 밖에 들지 않는 거야?"

전유림의 말에 남궁명욱은 신음성을 흘릴 수밖에 없었다.

"유림의 말을 이해하지만… 당사자로부터 직접 들어야 수긍이 가겠군. 해명을 해라, 어운. 그렇지 않으면 문제는 걷잡을 수 없이 커질 것이다."

그러나 현어운은 말없이 모태강의 시신만을 바라보고 있을 뿐이었다. 무슨 생각을 하고 있는지 그의 얼굴에는 착잡함과 허탈함으로 가득 차 있었다. 대답이 없자 팽호가 눈살을 찌푸리며 소리치려 할 때 현어운의 입이 이윽고 열렸다.

"과연 이 무림에서… 우리 편이 누구고 적이 누군지 알 수 있습니까? 난 이번 전쟁에서… 누가 적이고 누가 아군인지를 알아볼 수가 없었습니다."

"……."

현어운은 혼란스러움 외중에도 죽어버린 친구와 사랑하는 연인을 생각했다. 배신과 음모, 살인만이 존재하는 험난한 무림일수록 편안하고 아름다웠던 과거와 친인들이 더욱 그리운 법이다.

그들이 있을 때에는 마음이 그렇게도 편했고, 행복했었다. 하루하루 일거리의 걱정, 어떡하면 단리채빈의 마음을 얻을 수 있을까에 대한 고민들, 전유림과의 티격태격한 말다툼… 모두가 행복이었다.

그의 눈에 모태강의 시신이 다시 들어오자 결국 참지 못하고 두 눈에서 눈물이 흐르기 시작했다.

"으윽……."

"또 우냐?"

전유림의 마음 또한 그리웠던 시절을 그리고 있었음일까? 눈빛이 반짝였지만 시선을 다른 곳으로 돌려 버려 과연 그런 것인지는 알 수 없었다.

"왜, 왜 서로 죽이고 죽여야 모든 것이 끝날 수 있는 것이죠? 흐흐흑!"

"씨… 울지 마!"

그렇게 외치는 전유림도 어느새 눈물을 참지 못하고 울고 있었다.

"피는 피를 부르고… 슬픔은 슬픔을… 알면서도, 알면서도 무림인들은 왜 피하지 않는 겁니까! 으아아아—!"

비어버린 전장에 현어운의 공허한 절규가 울려 퍼진다.

그때 만위령이 천천히 그의 곁으로 다가가 앉더니 그의 몸을 가볍게 껴안았다.

"흐흐흑!"

"동생… 실컷 울어… 마음에 들진 않겠지만 지금 이 순간만큼은 너의 누나가, 어머니가 되어줄게."

"지랄… 끝까지 그러기냐."

전유림이 눈물을 훔치며 그녀를 흘겨보았지만 만위령은 현어운을 더욱 끌어안을 뿐이었다.

"흐흠!"

이상한 분위기가 마음에 들지 않는지 팽호는 본성으로 돌아가서 보자는 눈빛으로 현어운을 노려본 뒤 몸을 돌려 언덕 아래로 내려가 버렸다.

"빈 매! 빈 매!"

현어운은 만위령을 단리채빈으로 착각했는지 그녀의 허리를 껴안고는 서글픈 눈물을 멈출 생각을 하지 않았다. 만위령의 두 눈에서도 눈물이 흘러내렸다. 오래전에 말랐다고 생각했던 눈물이 흘러내리자 자신도 모르게 깜짝 놀라고만 그녀였다.

"동생……."

그녀는 그를 가만히 껴안은 채 아무 말도 하지 않았다. 이렇게 말없이 있는 것만으로도 서로에게 위안이 될 수 있을 것이라 생각하며 그녀는 두 눈을 감았다. 조금씩 현어운의 숨소리가 안정되어 갔고, 울음도 그쳐 갔다.

다 큰 어른이 서럽게 우는 모습이 뭐가 보기 좋으랴마는 지금 이곳에 있는 여의대원 누구도 그런 그를 탓하지 않았다. 울고 있는 현어운의 모습은 그들이 정말로 원하는 감정이었기 때문이다. 그들의 감정을 현어운이 대신 표현해 주고 있었다.

"무림에… 피 끊길 날 없음에 마음이 애닯도다… 허망한 검명(劍鳴)만이 하늘을 울린다!"

"……."

현어운은 돌연 파검가를 읊조리기 시작했다. 나지막하지만 감정이 진득하게 실려 있어서일까? 모두가 그의 읊조림에 눈빛이 흔들렸다.

"내 인생 갈 곳 없어 하염없이 울었으나… 결국 내 발길은 처절한 핏길 위라!"

그 다음을 이어 전유림이 그와 함께 읊조린다.

"검을 부수어 내 마음 날린다. 하나 부서진 검은 내 마음이기도 하니, 돌아갈 길 없는 낙엽 같은 내 운명이여……."

마지막 구절은 만위령도 함께 읊조렸다.

"아아! 나의 울음은 누구를 위함이었으며, 나의 검은 누구를 위해 울었던가!"

세 사람의 파검가가 장엄하게 끝이 나자 남궁명욱과 조선영, 전유림, 만위령의 표정이 일그러졌다. 가슴을 후벼 파는 파검가의 내용이 절실하게 와 닿았기 때문이다. 심지어는 눈을 감고 있던 광마조차 두 눈을 번쩍 떴다가 다시 감았을까.

“동생, 인생이란 게 원래 속박이라잖아? 이렇게 벗어나지 못하는 바보들 같은 무림인들이지만… 그래도 아직은 살 만하니까, 그래서 아직은 웃을 수 있는 거겠지……?”

만위령의 말에 현어운은 천천히 그녀의 품에서 벗어났다. 눈물로 눈이 젖어 있었지만 현어운은 희미하게 웃으며 고개를 끄덕였다.

시선을 돌려 어슴푸레해지는 하늘을 바라보았다. 해가 지고 해가 뜨듯이, 무림인의 슬픈 운명도 언젠가는 밝게 변할 것이다.

‘하지만… 정말 웃을 수 있을까?’

만위령은 그렇게 자문해 보았지만 자신있게 답할 수는 없었다. 전장의 하루가 끝나가고 있었다.

“들어오라.”

태극산현각 안으로 들어온 사내, 태극탈명비동주는 조심스럽게 예를 취한 뒤 곧바로 말을 꺼내었다.

“혈명강시의 제조 장소를 알아냈습니다.”

“…….”

금탁과의 전쟁이 일어난 지 이 주 만에 이루어낸 성과였다. 그만큼 금탁은 비밀을 유지하려 했고, 무림제왕성은 이를 알아내기 위해 필사적이었다. 그리고 결국 금탁이 패배함으로써 그들의 혼란스러움을 틈타 목적을 이루어낼 수 있었던 것이다.

“안휘성 영대산의 비처에 자리를 잡은 상태였는데, 추측으로는 금탁의 잔당들이 모두 그곳에 집결해 있는 듯합니다.”

“창기대와 폭혈마마대의 비사(秘士)들을 따로 보낼 것이다. 물론 태극탈명비동도 출전해야겠지. 열 명이면 되리라 생각한다.”

“존명!”

“그전에 여의대를 먼저 출동시킨다. 예전에 계획했던 대로 차질없이 진행하도록 하라.”

“존명!”

“목표를 잊지 마라.”

“물론입니다.”

천하가 진동했다. 금탁과 무림제왕성의 싸움은 묘사가 힘들 정도로 처절했지만, 밀고 당기는 승리의 줄은 결국 무림제왕성이 차지하게 되었다. 대부분이 예측한 결과였지만, 그 과정을 들어보면 실제로는 거의 금탁의 승리나 마찬가지인 전쟁이었다.

시귀류의 저주받은 혈명강시의 등장, 열혼후 단리회천의 죽음, 그리고 낙불의 등장. 모든 것이 금탁이 승리할 조건을 가지고 있었지만 결국 무림제왕성이 승리하고 말았다.

그리고 그 승리의 주역에 대해서는 모두가 단 한 사람의 이름만을 이구동성으로 외치고 있었다.

—현어운!

전장에서 보여준 그의 가공할 신위는 사람들의 뇌리에 깊이 박혔다. 동의급 무사에서 시작해 여의대원으로 발탁되었고, 그런 그가 수차례의 임무에서 겸성무와 만독색신을 죽이는 데 일조하는 기염을 발했다. 그리고 결국 무림제왕성 사상 최대의 전투에서 모두에게 공포심을 안겨주었던 혈명강시를 모조리 도륙하고 야랑객, 금왕수, 패련도, 심지어 낙불마저 죽였다.

그것에 그치지 않고 현어운은 아군이라 할 수 있던 암마왕과 폭혈마마대주도 죽이는 이해할 수 없는 행위를 하였다. 하나 얼마 지나지 않아 무림제왕성에서 암마왕과 폭혈마마대주가 신록희에서 보낸 오래된 첩자였음을 밝히자 무림계는 경악의 도가니에 빠질 수밖에 없었다.

마도의 절대자였던 암마왕이 신록희에서 보낸 한낱 첩자일 뿐이라는 사실에 어느 누가 놀라지 않을 수 있겠는가?

이런 놀라운 일의 연속인 와중에 현어운에 대한 이야기는 무림 전체로 퍼져 나갔고, 자연스럽게 그의 무공에 대한 특징을 따 별호가 붙게 되었다.

—비검탈명귀영(飛劍奪命鬼影).

검이 날아가면 어김없이 상대의 목숨을 취하며, 그 움직임은 귀신의 그림자인 양 은밀하다.

동시에 무림제왕성에서 쉬쉬하기만 하던 광마의 존재도 무림 전체로 퍼져 나갔다. 무황이 죽은 이후 일각에서는 벽력마군이 천하제일인이라는 평가도 있을 정도로 벽력마군의 무공은 대단했는데, 그런 벽력마군을 물리쳤기 때문이다. 광마가 벽력마군을 견제하여 그가 전쟁에 직접 참여하지 못하게 함으로써 무림제왕성의 승리에 결정적인 역할을 했다는 것이 세인들의 평가였다.

하지만 세인들의 반응이야 어찌 되었든 무림제왕성은 승리의 기분을 만끽할 여유도 없이 또 다른 준비에 들어가고 있었다. 폭풍은 아직 끝나지 않은 것이다.

지난 보름 동안 여의대원들은 그야말로 만사를 잊고 편안한 휴식을 취할 수 있었다. 그 누구도 방해하지 않았으며, 상부 쪽에서도 어떤 간섭도 하지 않았다. 다만 단리회천의 장례식을 위해 단 하루만 행사에 참여했을 뿐 그 외에는 편안한 날의 연속이었다.

현어운은 그런 평화로움 와중에 모태강을 위해 조촐한 장례식을 치렀다. 연고자 하나 없는 그였기에 현어운이 상주가 되었으며 문상객은 당연히 아무도 없었다.

그 후로는 편한 마음으로 빈둥거리며 지냈다. 그가 전쟁 중에 느낀 모든 사실은 그의 마음속에 담겨져 있을 뿐, 누구도 그가 무슨 생각을 하고 있는지는 알지 못하리라.

"아, 심심해."

현어운은 회의 시간이 다가오자 먼저 대기실로 들어가 퍼질러 앉아서는 벽력탄을 이리저리 돌리며 구경하고 있었다. 폭혈마마대주에게서 탈취한 이 벽력탄을 보고 있자면 묘한 기분이 들었다. 어딘가로 확 집어던지고 싶은 욕망이 불끈 솟아오르곤 했던 것이다.

누군가가 오는 기척을 느낀 현어운은 태연히 벽력탄을 품속에 집어넣었다. 그의 손이 품속에서 나오자마자 대기실 안으로 전유림이 들어왔다.

"야, 너 구결 다 외웠냐? 요즘 유난히 빈둥거리며 지내는 모습이 영 마음에 들지 않는데."

"이번에 다 외웠으니 걱정 마."

"정말이지? 시일 내에 점검할 테니 긴장해라. 못하면 그 뒤의 사태는 더 이상 책임 못 지니까 말이야."

"시간은 충분한데 왜 그렇게 익히라고 강요하는 거야? 천천히 익혀도 되잖아. 어, 어이? 아악!"

전유림이 성큼성큼 다가오더니 그의 배를 그대로 밟아버렸다. 피할 수도 있었지만 현어운은 늘 그렇듯 피하지 않았다.

"요즘 들어서 이상하게 시간이 없을 것 같다는 생각이 들더군. 무림인이 앞날을 기약할 수 없듯이 말이야. 무슨 일이 생기기 전에 네가 어서 장풍을 익혀야 마음이라도 편하지."

"무슨 그런 재수없는 소리를……."

하지만 현어운은 그녀의 말을 완전히 부정하지를 못했다. 정말 앞일을 알 수 없는 것이 무림인의 인생이기 때문임을 그도 뼈저리게 느꼈기 때문이다.

곧 만위령을 비롯해 두 사람이 더 들어왔고, 그 후 남궁명욱이 초췌한 얼굴로 들어와 회의의 시작을 알렸다. 하지만 전유림이 그의 몰골에 대해 먼저 지적했다.

"요즘 너무 무리하는 거 아냐? 얼굴색이 말이 아니잖아?"

"요즘 흑맥부의 지휘 체계가 크게 흔들린 상태라 내부 사정이 말이 아니다. 창기대주가 저번 전쟁에 출전하지 않을 걸 감사하고 있을 정도니까. 폭혈마마대주가 죽고 흑맥부주가 죽으니 한순간에 지휘 체계가 무너져 덩달아 백명부도 같이 고생하고 있다. 그냥 보고만 있을 수는 없어서 돕고는 있다만, 언제 진정될지는 알 수가 없어."

"사서 고생을 하는 거잖아? 굳이 위로해 줄 필요는 없겠군."

그녀의 말에 이제 적응이 되어버린 그는 그저 피식 웃으며 들고 있던 종이를 펼쳤다. 그의 표정이 살짝 굳어지는 것이 아무래도 새로운 임무가 들어온 듯했다.

"전쟁이 끝난 지 얼마 지나지 않아 미안하지만 우리에게 매우 중요한 임무가 들어왔다."

“얼마나 중요하길래 전쟁이 끝난 지 얼마 되지도 않았는데 임무가 들어온 것이죠?”

“탈취와 관련된 임무요, 만 소저. 여기 임무 사항을 적은 서지를 각자에게 줄 테니 읽어보시오.”

그는 다섯 사람에게 서지를 건네주었고, 글을 읽은 자들은 저마다 인상을 찌푸렸다.

“우리보고 죽으란 소리 아냐?”

“나가 죽어라, 그거잖아요?”

전유림과 현어운의 말에 남궁명욱은 단호하게 고개를 저었다.

“가능한 일이다. 어운, 네가 있다면 말이야.”

“그럼 나만 죽어라 그거잖아요?”

“안휘성 영대산, 금탁의 혈명강시 비밀 제조 장소 발견. 정확도 육 할로, 제조되고 있는 예상 혈명강시 수는… 백삼십여 구?!”

만위령은 깜짝 놀라며 비명에 가까운 소리를 질렀다.

“으윽… 그런 놈들이 백삼십 구나 더 있단 말이야?”

현어운은 질린 표정으로 고개를 설레설레 저었다.

“임무는 혈명강시와 혈명강시를 움직일 수 있는 수법의 탈취. 탈취가 끝인가요? 파괴는 하지 않고?”

“우리의 임무는 탈취요. 파괴는 성주께서 결정하실 문제이지, 우리는 혈명강시 한 구와 이를 조종할 수 있는 방법을 알아오면 될 것이오.”

“작동법을 탈취해 오라니… 너무 노골적이고 위험한 의도군요. 그나마 제조법을 가지고 오란 말은 하지 않으니 다행이라 할 수 있겠군요.”

조선영이 그 속에 담긴 의도를 읽고 싸늘한 웃음을 지었지만 굳이 반대하는 모습은 아니었다. 그녀로서도 혈명강시를 탈취, 역이용하여 적들을 죽이는 것이 전쟁에 더 효율적이라는 생각을 가지고 있었기 때문이다.

"그런데… 그 삼엄한 경비를 뚫고 혈명강시를 어떻게 탈취해 오라는 말입니까?"

현어운의 질문에 만위령이 대답했다.

"동생의 그 신출귀몰한 은신술을 위쪽에서 전적으로 이용하겠다는 말이 되겠지. 방금 떠오른 방법으로는 우리가 그들의 시선을 돌리고 있을 때 동생이 잠입하여 임무를 완수하는 것이야."

"…하지만 전 이 임무를 거부하겠습니다."

"무슨 소리인가, 어운? 임무를 거부하다니?"

"혈명강시를 탈취하려는 의도는 뻔하지 않습니까? 그것을 이용하는 것 말입니다. 엄청난 전력이 되겠지만 비인간적인 짓입니다. 저는 그런 비인간적인 행위에 동참하고 싶지 않습니다."

"성주님의 명령이다. 무림제왕성의 구성원이라면 성주님의 명령은 호오를 떠나 이행하는 것이 당연한 것이야!"

"무제의 명령을 듣겠다고 한 적은 없습니다. 전 어디까지나 저의 의지대로 움직인 것뿐이니까요. 물론 휩쓸려 움직인 점은 부정할 수 없겠지만… 여지껏 무제가 명령하여 임무를 수행했다는 생각은 단 한 번도 없었습니다. 그리고 이번 같은 비인간적인 목적을 위한 임무라면 거부하겠습니다."

"그럼 무림제왕성을 떠나라."

"……?!"

웅후한 목소리가 대기실 안을 울리자 모두가 깜짝 놀라며 주위를 둘러보았다.

"크크크, 직접 납신 것을 보니 꽤 궁했나 보군!"

광마의 몸에서 서서히 살기가 피어오르기 시작했다.

"설마……?!"

조선영이 놀란 눈으로 반문할 때 대기실 안으로 들어오는 사내가 있었다. 언제나 태극산현각 안에서 천하를 조종하며 수많은 사람들의 목숨을 좌지우지하는 절대적인 존재, 그는 그렇게 존재하는 것만으로도 엄청난 힘을 발휘한다.

"무제……?"

전유림은 창대식 이후로 처음 보는 무제의 모습에 흥미로운 눈빛을 띠며 그를 바라보았다. 과연 무제는 가만히 지켜보는 것만으로도 상대에게 엄청난 심리적 부담감을 안겨주는 자였다. 변함없는 그 느낌에 전유림은 그가 어찌 보면 참으로 불쌍한 사람일지도 모른다는 생각이 들었다.

'부담만 주는 놈이잖아? 친구 하나 없는 인생이 무슨 인생이냐?'

"성주님을 뵙습니다!"

무제를 향해 부복하는 자는 단 두 사람, 남궁명욱과 조선영뿐이었지만 무제는 전혀 상관하지 않는 표정이었다.

"일어나라."

"존명!"

"이번 임무는 혈명강시 및 조종법을 탈취하는 것이다. 그중에 현어운 너의 능력을 필요로 한다. 하겠느냐, 하지 않겠느냐? 너는 둘 중 하나를 선택할 수 있을 뿐이다."

"……!"

현어운은 지독히도 차가운 무제의 말에 눈살을 찌푸렸다. 이런 자에게서 어떻게 단리채빈이 나올 수 있었는지 의구심일 들 정도로 닮은 점이라곤 하나도 없었다.

"하지 않는다면……?"

현어운의 물음에도 무제는 시종일관 차갑게 가라앉은 무덤덤한 표정을 하고 있어 도무지 무슨 생각을 하고 있는지 알 수가 없었다. 시선을 돌려 현어운을 바라보자 현어운은 자신의 모든 것이 낱낱이 드러나는 것만 같은 기분 나쁜 느낌을 받았다.

"떠나면 된다. 명령을 거부하는 자는 본 성에서 필요로 하지 않는다. 하지 않겠다면 오늘 저녁이 되기 전 본 성을 떠나라."

"음…….."

현어운은 이번 전쟁을 끝으로 무림제왕성을 떠나려 했다. 자식마저 어떤 목적을 위해 사용하며 적들을 이용해 서슴없이 차도살인하는 그에 대해 알게 되자 정나미가 뚝 떨어졌기 때문이다.

하지만 그가 떠나지 못하는 이유는 단 하나, 아직 전유림이 이곳에 남아 있기 때문이었다. 이 세상에서 이제는 유일하게 그녀 하나만이 자신과 가깝게 지내는 존재였다. 그녀도 마찬가지이리라.

그녀는 장풍을 더 높은 경지에 이르기 위해 아직 이곳을 떠날 생각이 없었다. 그녀 역시 무림제왕성이나 금탁이나 신록희나 모두 같은 곳이라 생각하고 있으면서도 잘 견뎌내고 있었으니, 현어운보다 정신적으로 더욱 강한 여인임은 분명했다.

"너의 능력이 있으면 더욱 용이하게 이번 임무를 수행할 수 있을 뿐이지 필수는 아니다."

"한 가지만 물어보죠."

"허락한다."

"당신… 채빈의 아버지가 맞습니까?"

그의 차가운 두 눈빛이 무제의 반응 하나하나를 살피고 있었다. 심지어는 그의 호흡 소리와 심장이 뛰는 소리에도 집중하고 있었지만, 처음부터 지금까지 일말의 변화도 없었다. 진정 철의 인간이 아닐 수 없었다.

"맞다."

"그런데 왜 죽였죠?!"

자리에서 벌떡 일어난 현어운이 발작적으로 외쳤지만 무제의 얼굴은 과연 살아 있는 사람이 맞나 생각될 정도로 변화가 없다.

"그녀는 네가 알듯이 신록희의 녹면쌍마가 죽였다. 그 이후의 일은 네가 더 잘 알 것이다."

그의 인간성이 전혀 느껴지지 않는 차가운 대답에 현어운은 이곳이 더 더욱 싫어졌다. 저런 인간 밑에서 무림은 마치 살아 있는 생명인 양 돌아가고 있는 것이다. 죽은 인간 밑에서 살아가고 있는 인간들. 너무나 모순적이지 않은가? 하지만 지금의 무림이 평화롭게 돌아가려면 그의 비인간성을 절실히 필요로 하는 것이 현실이었다.

현어운은 주먹을 꽉 쥐어 자신의 분노를 억누른다. 싸늘한 미소와 차가운 눈빛이 무제의 전신을 휘감았지만 그는 요지부동.

"…언젠가는 당신의 입에서 직접 진실을 듣겠습니다. 이번 임무, 제가 맡죠."

"여의대주는 계획대로 실시하라."

"존명!"

무제가 대기실 밖으로 나가 여의대 건물 밖으로 사라지자 건물을 감싸던 무시무시한 위압감이 그제야 씻은 듯이 사라졌다. 한 인간이 이렇듯 엄청난 위압감을 낼 수 있다는 것도 기이한 일이라 할 수 있었다.

"정말 정 안 가는 놈이군. 그런데 무슨 생각으로 임무를 맡은 거야?

난 네가 이곳을 떠날 거라 생각했어."

전유림의 말에 그는 고개를 저으며 힘없이 웃었다.

"아직은 떠날 때가 아니야. 그리고 너도 있는데 어떻게 떠나냐? 네가 없으면 심심해서 죽을지도 몰라."

"하긴… 나도 네가 없으면 손이 심심할 것 같다."

"……."

"어운, 괜찮겠나?"

남궁명욱의 질문에 그는 고개를 끄덕였다.

"대주로서 할 말이 없구나. 하지만 이 모든 것이 정의는 아니더라도 평화를 위해서라는 것만은 이해해라. 순수한 정의가 사라진 지금, 그나마 필요한 것은 평화뿐이다. 그런 평화마저 위협받고 있는 지금, 그 수단이 어떠하든 반드시 그것만은 이루고 싶은 것이 나의 심정이다."

"이해합니다."

현어운의 말이 진심임을 느낀 남궁명욱은 말없이 그의 어깨를 두드렸다.

"…출발은 내일이오. 오늘의 회의는 이것으로 끝내지. 다들 내일 새벽 인시에 대기실로 모여야 하오. 이상."

모두가 밖으로 나가고 만위령과 전유림만이 현어운의 옆에 남아 심각한 표정으로 무언가를 생각하고 있는 그를 보고 있었다.

"뭘 그렇게 생각해? 심각해 봤자 답이 있냐?"

"없지."

"그럼 인상 펴. 재수없게……."

"꼭 말을 해도……."

"동생, 이번 임무는 꽤 위험하니 꼭 다치지 않도록 해야 해. 동생이

다치기라도 하면 이 누나는 정말……."

닭살 돋는 말과 함께 현어운을 향해 다가오려 하자 현어운은 순간 품속에 있는 벽력탄을 던지고 싶은 충동을 느꼈다.

"누님, 더 이상 다가오지 마세요."

금탁과의 전쟁 이후 그녀를 누님이라 부르기 시작한 그였다. 그날 슬픔에 울고 있던 자신에게 어깨를 빌려주고 따뜻하게 위로하던 그녀에게 크게 고마워하고 있었던 참에 호칭이라도 친근하게 부르기로 한 것이었다.

"흐웅……."

"그 나이에 아직도 그런 재수없는 콧소리가 나오냐? 신기하네? 흐웅……."

전유림이 그녀를 따라 하자 현어운은 자신도 모르게 품속으로 손을 집어넣었다.

"뭐야? 그 표정과 품속의 손은?"

"알면 다쳐."

"……."

현어운은 아주 잠깐 무언가를 결심한 표정을 지었지만 원래의 신색으로 돌아왔다.

'그래… 그 방법뿐이야…….'

『파검가』 4권에 계속…